當我們

魏舜南——著
歸也光——譯

Soon Wiley

離析

When We Fell Apart

獻給我的父母

我，一介陌路人，心懷恐懼
在一個我未曾打造的世界。

——A·E·豪斯曼（A. E. Housman）

她踮著腳尖，轉了又轉。

——伊莉莎白·畢夏（Elizabeth Bishop）

目次

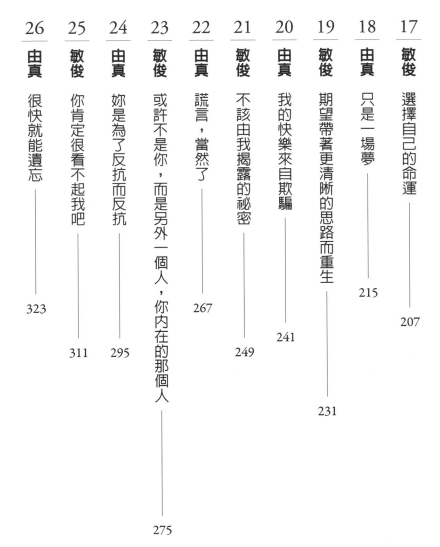

1

敏俊
你所可能渴望的一切

所有人都聽見了，啪的那聲。敏俊知道該怎麼做，他在被釘鞋踩得坑坑巴巴的草地上大口喘氣，關切的隊友們在他身旁圍成半圓。他把發疼的手臂橫過頭頂，緩緩轉手；指尖冰冷，一股熱氣刺入他的肺，他的手探向另一邊肩膀，覺得疼痛紓解時才吐氣，關節復位。看見他們臉上的表情，敏俊實在忍俊不住。

就連澳洲人也不玩了，停下來目瞪口呆地看著他那條脫臼的手臂。在所有每週六來打橄欖球的外國人之中，就屬他們最強悍，即使鼻梁斷了、股四頭肌瘀傷，他們也總是願意繼續玩下去，只要能贏英國人或紐西蘭人就好。

敏俊大可告訴他們自己前幾次肩膀脫臼的經驗——打籃球、美式足球，還有一次貿然試圖衝浪——但他沒說。他心想，最好還是保留一點神祕感。他已經習慣受傷、肉體的背叛。他受的身體傷害總是又快又輕微，尤其是在中學時期，他不顧父母反對，堅持要打美式足球。他的表現向來不突出，但重點並不在於突不突出，他享受的是激烈性，在中場驚險躲避壓倒性的碰撞，用假動作帶球出界，逃過一心想消滅他的高大防守方球員。他一天到晚被打趴，只能躺在地上眨掉眼裡的淚。不過這過程也有其迷人之處。一部分的敏俊喜歡被撞，這顯示出他承受得了疼痛。

敏俊從小就深受競爭性運動吸引，渴望其零和的本質；在像這樣的運動中，總會出現明確的贏家、輸家。只有兩種可能的結果令他感到心安，沒有灰色地帶，沒有中間值。在首爾沒機會打業餘美式足球，你只能踢足球或打橄欖球。他自然而然選擇比所有其他運動都重視激烈性、暴力風險高的橄欖球。他的名字和外表令隊友們混亂，因此他們都以小心翼翼的善意對待他。在隊上的所有外國人之中，只有敏俊是美國人，不過根據其中一名愛爾蘭隊友的說法，他一點美國人的樣子也沒有，其他人聽了都馬上點頭稱是。敏俊只是微笑。他聽慣這種評論了。無論他去哪，他人總是摸不清他的底細，對他的曖昧出身困惑不解。

只要跟外國人待在一起，敏俊無時無刻都在練習忍耐。這是打橄欖球、被撞的代價。反正外國人就是失落的一群。教英文的老師、退役軍人、精疲力竭的背包客、四十歲一事無成偏好亞洲女人的傢伙，韓國的外來男性不出這幾種類型。敏俊自認有別於他們，從某種層面來說比較特別，而且他來這裡是有原因的。混血兒，洛杉磯土生土長的三星顧問是首爾的例外，而敏俊引以為榮。他是因為祖先才來到這裡，因為他說著這個國家的語言，卻不曾踏上這片土地，因為他從來就不認為自己是真正的美國人，因為在他內心最溫暖的核心，他希望自己能找到某種歸屬。

手臂掛在臨時吊帶中，臉上沾染泥土勳章，敏俊只能在邊線觀看比賽終局。結束後，雙方隊員到處握手致意，場上色彩交雜，壞天氣在地平線虎視眈眈。敏俊用沒受傷的手拉上圓筒旅行袋的拉鍊，想在雨落下前趕回家。其中一個後期加入的隊友走了過來，這人名叫馬克，看起來親切友善。

「肩膀還好嗎？」

「好多了。」敏俊擔心他談興一發不可收拾。

「我們要去喝一杯，想說你應該也會想來。放鬆一下。」

這不是馬克的錯；他是新來的。橄欖球賽結束後，隊友們通常都會去首爾常見的俗氣西式酒吧喝琴酒、聽人翻唱綠洲合唱團的歌。敏俊極力避免這種場合，拒絕隊友們幾次後，他們也就不再約他。

「抱歉，」敏俊不知道為什麼自己有罪惡感，或許是因為馬克很有禮貌，也或許是他那母音含糊不清的加拿大口音，「沒辦法，我明天一早就要上班。」

「但明天是週末耶。」馬克在他身後喊道。

距離地鐵站只剩一個路口時，天空打開，雨滴從櫛比鱗差的高樓大廈間落下。敏俊穿過步履蹣跚的人群，雨傘一朵一朵朝上綻放。一股潮濕的六月氣流注入街道，吹斜了雨絲，也模糊了霓虹招牌和附金融即時新聞跑馬燈的ＬＥＤ廣告牌，所有店面和街區都以亮藍和亮粉紅大聲疾呼，提供卡拉OK、酒和算命。

敏俊一年半前初抵首爾時，就是這些東西迷住了他：一切事物的純粹強度，籠罩著你、讓你自覺渺小，抹去感覺的同時又提供你所可能渴望的一切。敏俊滿懷敬畏地看修鞋匠在路邊攤裡揮汗，男孩們在餐廳後巷對著煤炭搧風，女性上班族對著手機檢查妝容。這座城市充斥玻璃帷幕摩天大樓和脈動的混亂，它本身似乎在對著他耳語：你回家了。然而，最近幾個月以來，這種啟示般的片刻愈來愈少出現，敏俊開始懷疑自己來到韓國的理由。儘管如此，依然有他尚未欣賞過的風景；他先前推遲造訪這座城市的某些部分，而他希望這些角落或可讓那些轉瞬即逝的感覺重現。

進入地下後，敏俊已全身濕透。他一面等車一面擰T恤下襬，暖意從他的肩胛骨輻射而出。他為何沒對馬克說真話？他大可說他跟由真有約了，將週日保留給彼此。敏俊心想，這樣比較簡單。他想把她隔開；如果外國人社群發現他在跟一個韓國女人交往，免不了又要來制訂戰略、使手腕那一套，而他希望由真遠離這一切。他們會針對由真提出沒完沒了的問題：他們是怎麼認識的？她有沒有可愛的朋友？她是不是像韓國的所有其他女孩一樣，都是老古板？車進站時，月臺和軌道間的塑膠圍籬嗡嗡醒來，敏俊決定還是白色謊言比較好。他讓自己成為邊緣人，無須太長久戴著客套的面具，但還是免不了被雨淋濕。

2

由真
拋下所有

專注、勤奮、野心勃勃、執著：這是中學時的我，但我並不因此而有別於其他同學，我並不因此而特別。我們知道處於緊要關頭的是什麼，我們目光堅定，片刻不離目標：進入首爾的大學。對志向更遠大的人來說，他們的終極目標是飛上「天空」，首爾大學（Seoul National University）、高麗大學（Korea University）、延世大學（Yonsei University）的簡稱——進入其中任何一所，你都能立即踏上邁向財務、社會、婚姻成功的康莊大道。大學並不只是合乎邏輯的下一步，你的整個成年人生都奠基於此。大學就是一切。學校裡的一場考試出錯、晚上在 *hagwon*（學院）上課時混水摸魚，或是，最糟的情況，大學修學能力試驗考砸——你的未來就注定了，所有希望與夢想轉瞬消失，無論你曾想像過未來的自己是什麼樣貌，也都全數幻滅。

我有我自己的計畫。或者應該說，我家人也為我制定了計畫：梨花女子大學。這是我母親的母校，首爾最負盛名的學校之一，而且只收女性，這一點格外受我父親認可。

但我想要的不只是梨大嚴謹教育的前景，不只是梨大自吹自擂的畢業後人脈，也不只是逃離父母家的誘人未來，我最想要的是待在首爾，待在所有事物的中心。只要我在那裡，置身那座城市的某個角落，我知道一切都會自己找到出路。

我不討厭在雞龍市（Gyeryong）長大。並不是說這地方很危險；我們沒有犯罪，也沒有毒品；有的話，至少還會稍微有趣一點。這裡當然也有好學校、乾淨的公園、很不錯的購物中心，不過就算是在我小時候，我還是暗自懷疑我居住的這座超小城市其實很無聊，由預製構件組成。跟大多數同學一樣，我們家也是因為軍人的身分才搬來雞龍市。感覺就像所有人的父親，包含我自己的父親，都任職於城市附近的陸軍、海軍或空軍本部。

行政大樓的造型有如篷車，黯淡政府員工身穿一模一樣的灰色西裝，軍官們頂著相襯的三分頭——這就是我所見的一切。就連家庭主婦也都穿一樣的洋裝和罩衫，從不背離卡其、黑、淡藍的中性色調。一致性籠罩這座城市，抹平不平的分歧，塗上亮光漆，呈現出完美的光澤。所有餐廳賣的都是相同的三菜套餐，電影院一次只放映兩部片，*norebang*（歌房）一年只更新歌單一次，因此我得以心無罣礙專心讀書，只靠無可指摘的成績和大學修學能力試驗頂尖分數這兩個目標擺脫無聊。

我渴望一個有砂礫與稜角的地方，一個有脈搏的地方，有某個東西在表面之下沸騰。而我就快到了。潦草塗寫上課筆記時，我可以在發疼的指尖裡感覺到。在白天與夜晚的課堂之間匆匆吞下便宜咖哩 *donkatsu*（炸豬排）時，我也嘗得到那味道。我三週後就要考試了，步入我人生的正軌，衝向那座充斥混亂與生命的雄偉大城市。這是我和朋友們聊天時的唯一話題：首爾。野心勃勃的學生、有抱負的藝術家、高級時尚圈的模特兒、優秀的CEO以此為家，那裡有我們所欠缺的一切，我們所渴望的一切。我跟父母一起去過首爾兩次，參觀過宮殿，也欣賞過風景。我記得自己被從地鐵湧出的人山人海和尖峰時刻的喧天喇叭聲嚇呆了。這些人過日子的方式帶著一股能量，一種不可思議的拚命態度。從那時起，我就知道我必須回到這裡。當我坐在昏暗的 *bagwon*（學院）教室裡，寫著一題又一題多重選擇，我要用盡所有自制力才能專心坐著讀書。我距離好近了，很快就可以逃出去，丟下這一切。

有時候，朋友們會聊到上大學後要去找彼此玩。在那個情境中，我們都上了各自在首爾的第一志願。這種幻想是一種放縱。不過對我來說那並不是幻想，而是惡夢。我想要斷得乾乾淨淨，如果還跟高中朋友混在一起，那就不可能做到。我想要重新創造自己，想要重新開始的機會。我偷偷希望大家畢業後就永遠不再相見。我們的方言和對音樂、服裝的品味令我羞愧。有關我們的方方面面都在尖叫著鄉下和落後；所有人都會知道我們不屬於城市。好幾個月以來，我都站在浴室的鏡子前練習首爾方言，練習合併母音，記住每一個獨特的聲調。我還是跟她們一起說故事、繼續玩這個遊戲。我說參觀宿舍、會見室友會是多麼令人興奮。不過每到夜裡，我跪在床邊，雙手緊握，誠心祈求她們都不要考上梨大，祈求她們都不要涉足首爾。

秋季是終點前的衝刺，入學考試像黑暗、變化莫測的積亂雲一樣陰森逼近。我無所畏懼，直直衝入戰局。有些人倒在路邊——憂鬱、飲食失調、各種神祕疾病——我可沒有。我緊盯著目標。十一月的考試拿高分，一月就可以確定學校。有些同學選擇畢業後才考，換取更長的讀書時間，其他人則是靠 *susi*（隨時）招生程序碰運氣，完全避開大學修學能力試驗，將希望寄託於成績單、推薦信，以及課外活動。我不是那種學生。我不需要額外的讀書時間，也不需要走好走的路。

考試前一天，父親帶我去吃冰淇淋。我不記得我們，就我們兩個，上次一起做某件事是什麼時候的事了。他總是在工作，日出前離家，有時候他選擇睡在本部的宿舍，根本不回家。他就像個鬼魂，來來去去，只能從流理臺上半空的炒飯碗，還有他摸過早晨的報紙後在門把留下的髒指印察覺他的存在。

這是典型的十一月天：灰暗、刺骨寒意。我們坐在一家可愛的美式餐廳風格店家的窗邊，吃著分量大得叫人害怕的巧克力聖代。這是我父親在雞龍市最愛的一家店。他說這裡讓他想起美國——總之是美好的那些部分——得來速、奶昔、直排輪女孩。

我禁不住笑意，滿心歡喜。雖然我還小，他還是喜愛以誇張的方式表達欣賞和慶祝。他就是這樣：在我的小學畢業派對擺出超大的充氣彈跳城堡，在我十六歲生日時送我白金手環，在我母親四十歲生日時送她一輛全新賓士。他很在意表象，也為自己能給予這些禮物而驕傲。

他坐在我對面，方下巴，深棕色的雙眼沒透露任何蛛絲馬跡。母親老是戲稱他應該靠玩撲克牌維生才對。「憑他那張臉，」她會這麼說，「我們現在應該已經發大財了。」

但父親從不賭博。「墮落者和傻子才賭。」他曾這麼說，當時我們經過幾個在街上比對彩券的老人。「這世上沒有好運這種東西。妳記住了。只有勤奮努力。來到妳面前的一切都注定屬於妳。無論好壞，一切都是妳應得的。」

母親說得沒錯。沒任何事能讓他吃驚。當他真的發脾氣，那也是安靜的狂怒，在底下翻騰，直到表面破裂。身為孩子，我學會解讀這種沉默，以及他眉頭細微的皺褶，然而並不總是成功，如果我成績下降或頂嘴，那就得面對他的雷霆之怒。

不過自從我了解父母對我的期望，這種事就沒再發生過了。

「我說不出我有多驕傲。」那天晚餐後，他握著我的手，這麼對我說：「妳知道，對吧？我和妳母親。我們看見妳有多努力，而妳的辛苦都將獲得回報。」

他的手機在桌上震動，他厭倦地看了一眼。意外的是，他最後沒接電話，反倒露出微笑。身為戰略規劃長——我覺得驕傲，所以特別記下這個頭銜——他從不放下他的手機。他總是迴避到臥房壓低音量交談。不過這通電話可以等。在那一刻，我感覺得到：關注、被愛。他正在表達這是特別的一天，重要的一天，對我們兩個來說都一樣。

「妳要去受世界第一流的教育了。」他輕扣桌面。

「你就沒念過首爾的大學。」

「當時環境不一樣，」父親比手勢示意某個看不見的真相，「而且我在軍中往上爬，女人沒辦法跟我一樣，因此妳必須進入頂尖大學。我很幸運，妳母親沒因為我的學歷而瞧不起我。」

「我聽過這個故事了啦，爸。」我打斷他，沒讓他繼續重述他是怎麼說服母親跟他約會。他在義務役的一次強制健康檢查與她相遇，當時他加入海軍陸戰隊整整二十一個月了。我母親剛畢業於即將獲得盛名的梨大護士學系。父親害自己生病去過醫務室幾次後，她終於答應和他約會。

「我千方百計讓自己生病，」父親總是這麼說，「一定要情況真的很嚴重，否則他們不會讓你去醫務室。有一次，我吃下一大堆壞掉的肉，因此躺了好幾天。另一次，我在冬天最冷的時候洗冷水澡，然後頂著一頭濕髮到處走來走去，最後發燒了整整一週！」

母親聽他重述這些故事時只是微笑搖頭，不過我知道她樂在其中。她會翻白眼、抗議，但從不會走開。

我總是很難想像父親做這些傻事。我只認識正經八百的他，總是在謀劃該怎麼讓我們家往上爬，總是在留意我們在社群中的社會和經濟地位。

「如果不是這身軍服，我一點機會也沒有。等到妳媽發現我有多窮，已經來不及了。」他經常這麼說。

「別聽妳爸亂說。他之前害自己生病，對腦袋造成無法挽回的損害了。」母親會這麼調笑著。

我知道他們的戲謔之中夾帶部分真實。父親的家族在戰爭時失去一切，位於首爾的土地和房產在美國人和朝鮮人民軍換手時被搶走、分送他人、錯置、貼錯標籤，直到丁點不剩。母親的家族在釜山過得比較好，我想就是這點差異造成他們之間的緊繃，只不過我不曾看見任何證據。

像這樣的片刻提醒著我，我的父母在我出生前就已經存在。他們攜手共度了豐富、多采多姿的人生。我無法理解那是什麼樣的人生。他們鮮少提及過去。

「考試有把握嗎?」父親進攻他的聖代。

「我準備好了,隨時可以上場。」

「好孩子。而且誰知道呢,我們說不定會跟妳一起搬家。」

我努力隱藏我的震驚。「什麼意思?」

「別太喜形於色了。怎麼?妳以為妳爸爸會想永遠待在雞龍市?我在這裡待很久了,傳言我很快會升遷,可能會在政府裡工作,去首爾。」

我努力不驚慌。如果爸媽也遷居首爾,情況就不一樣了。如果他們搬進城裡,我就沒理由不住在家裡。這樣才實際,父親總是這麼說。

我一邊努力思考出路,一邊吃冰淇淋,麻木自我、微笑、點頭、假裝沒事。我心想,或許沒那麼糟。很多小孩都這樣。事實上,大部分都這樣,少數才住宿舍或跟朋友合租公寓。但這想法已深植我腦中。這是我的火、我的燃料——那種可能性:自由。

父親沉默地看著我,眼角擠出皺紋。「我來猜猜,妳不是很高興情況變成這樣。」

我權衡用詞。「我很高興。我猜我只是以為上大學會是我離家的機會。」

「獨立對妳而言很重要。」

我感覺到說服他的時機正在溜走,一股恐懼感襲來。「我很感激你們為我做的一切,爸。我只是想——」

「這是妳應得的，由真。」他說，「妳是妳母親和我夢想中最完美的女兒。我想給妳一些自由。我想不出還有誰比妳更應該得到自由。」

那麼他懂。他懂這對我來說有多意義重大。他往後靠，細細打量我，眼裡一抹閃爍的光。「我想妳剛開始應該會想住在宿舍，暑假就回家，如果妳找得到室友和學校之外的住處，妳可以在三年級的時候搬出去；當然了，開銷我們來付。這協議聽起來怎麼樣？」

我目瞪口呆，大喜若狂。「協議？」

「對，」他說，「我們的協議。」

我太高興了，他接下來說的話我只聽見片片段段，不過協議的條件很簡單。我要主修政治科學和國際關係。我的成績不得低於A–；畢業後，我選擇的職業必須聽從他的專業建議，多半是公職或與法律相關。如果我全部答應，我想住在哪裡都可以。

父親提到男孩時只要我小心。「妳擁有光明的前程，以後有的是談戀愛的時間，不過現在就先顧好自己吧，由真。善用未來四年，把所有精力都放在學業上，別為其他人而限制了妳的潛力和野心。年輕人最不濟就是這樣。」

這就是我們的協議，說出口和沒說出口的規則。我不假思索就答應了。

考試當天，世界停止運轉。飛機不起飛，股市遲開，高中生大軍奮勇展開修學能力試驗殊死戰，整個國家虔誠無聲地對他們鞠躬。

鬧鐘還沒響我就醒了，警覺、胸有成竹。我過去幾個月一直在練習早起，確保坐著考試的時候不會昏沉沉或疲倦。早餐是跟平常一樣的泡菜配飯，母親出門去寺廟前幫我準備的。她會在廟裡待一整個上午，祈求我考試順利。父親吃丹麥麵包配咖啡，聞起來有如天堂。他分我一些，但我搖頭，不能冒險吃壞肚子。

我們早早出門，給自己充裕的時間。父親開車駛過空無一人的街道，沒顯露絲毫焦慮的情緒。

來到考試中心停車場後，他抱緊我，刮得乾乾淨淨的平滑臉頰貼著我的耳朵。「妳準備好了，」他說，「我知道妳會讓我們驕傲的。」

我在十一月的冷冽空氣中走進大門，感覺得到數百個來幫我們加油打氣的考生家屬們散發緊張的能量。考試前我先去洗手間，坐在馬桶上專心擠出膀胱內的每一滴液體。隔壁間有人在吐。我閉上眼。我承擔不起被分心。我投入的那些時間，挑燈夜戰的那些夜晚，補習班的課程，過去三年來的每個週末——全部導向此時此刻。嘔吐、眼淚、群體焦慮——這都在我之下，在我之後。

我考得很好。

父親和母親問我，我怎能如此確定，我只跟他們說我知道。

一個月後，成績揭曉，我看見我一直以來都知道的結果。分數在手，我感覺到一股鋪天蓋地的平靜。我注定該擁有的人生在我面前開展。我看見自己和其他優秀的女人一起坐在大學課堂中，走在首爾的擁擠街道上，住在屬於我自己的宿舍房間內，隨我高興自由來去。深沉而令人欣慰的滿足感在我心中沉澱。母親啜泣，父親止不住笑意。他們為我所做的一切都是為了這一刻，現在這一刻到來，感覺就像我們一起進入了人生中某個極端未知的階段。

我打電話給我最好的朋友惠貞和海淑，聽見我的好消息後，她們尖叫、吶喊。梨大不是她們的第一志願，因此我也能為她們高興。我知道她們考得不錯，否則沒人會在這時候接電話。趁爸媽心情好，我把握機會問他們我能不能出去慶祝。他們說當然可以。他們還能說什麼？我幾乎十拿九穩幫自己在梨大搶到一個位置。突然間，我不再懼怕跟朋友見面、聊未來。一旦成功搬去首爾，我就會把她們統統忘記，她們也將不復存在。

3

敏俊　你們是什麼關係？

敏俊從雨絲滑落的窗戶朝外眺望，城市的輪廓延展、模糊。他想著昨天和由真約會的情景，他們在首爾漫步，戴著耳機，相連的耳機線擺盪，音樂在他們之間呢喃，他們在一家咖啡店休息，看著城市移動，店裡混雜著景福宮的觀光客。他不可能奢望更美好的一天了。

「我不懂。」他終於開口，不願面對坐在他辦公室裡的這個男人。

刑警在椅子上動了動，皮革嘎吱響。他用平穩的語調又解釋了一次發生了某件事。一場事故。由真死了。

額頭貼著窗玻璃，敏俊被他和由真共度的最後時光淹沒，他們吻別，忠武路地鐵站的車門在他們之間關上，她在月臺上轉身揮手道別，漆黑長髮飛旋。他的電車搖晃前進。

由真死了？不可能吧。應該是搞錯，弄錯人了，敏俊心想，等著再來某個人走進辦公室，或許是這男人的上司。他來錯大樓、找錯人，弄錯由真了。他的由真好得不得了。現在這個時候，敏俊知道她應該坐在大學的教室內，三枝鉛筆削成尖尖的鉛矛（她的幸運符），手指滑過試題本，扯斷封條貼。今天是她的最後一場政府科期末考，他們原本打算今晚要慶祝。不過沒其他人走進他的辦公室。警官只是凝視他身後，讓這消息滲入他腦中，彷彿外科醫師等待病人麻醉失去意識。

敏俊頭昏眼花，在辦公桌後坐下，專注於前方的陌生人。「不好意思，您剛剛說您是？」

「朴警官。由我負責由真的案件。」

「金由真。確定沒弄錯人嗎？我昨天還跟她在一起。」敏俊討厭自己問這種沒意義的問題。有多少美國人在首爾的三星工作？其中又有多少人的女友名叫由真？是我的由真，他心想。他們沒找錯人，但怎麼會？這不可能。

昨晚的約會後，她還傳訊息給他：今天謝謝你喔。很高興你送我轉接線。有什麼比得上在城市漫步，知道有個人正在聽你聽的音樂、看見你所見的風景？

他們聽見相同的東西，看見相同的事物了嗎？

「金由真，二十一歲，梨大的學生，主修國際關係和政治科學，黑髮，棕色眼睛，身高一百七十公分……」警官繼續說下去，但敏俊已經沒在聽了。

他在回憶她在地鐵月臺上看著他時的模樣，當時的她滿臉渴望。但會是其他情緒嗎？她眼裡那是懊悔嗎？還是恐懼？想到他可能錯失了什麼蛛絲馬跡——暗示、懇求——他害怕了起來。

朴警官在他的座椅中往前靠，聲音輕柔，彷彿溫暖的肥皂水。「我們還在努力查明究竟發生什麼事，不過她確實於昨晚在她的公寓內過世。」他的眼睛充血，因香菸的煙和 *soju*（燒酒）而泛黃。他停頓了一下，彷彿只是為了裝出難以啟齒的假象。敏俊相信那些話他應該已經說過一百次了。「現在還不確定，不過看起來她結束了自己的生命。」他說。「我很遺憾。」

不，不。敏俊只能搖頭。「她不會做那種事。我不到二十四小時前還跟她在一起。我立刻打電話給她。」

朴警官似乎是想讓他少受點痛苦和羞辱，伸出一隻手壓在辦公室內的電話上。「我只想問幾個問題。」

敏俊癱在他的椅子中。不可能發生這種事，他又對自己說了一次。這是一場惡夢，只是一場夢。

朴警官打開筆記本，按開筆。「你們是怎麼認識的？你們是什麼關係？」

他們相遇於弘大附近某家高端 *norebang*（歌房）的走廊，各自的朋友群分別在隔音包廂內高唱流行歌和美國八〇年代民歌。他們羞怯地微笑，為各自友伴的音樂品味感到不好意思。敏俊的包廂尤其令人噁心，在老闆的要求下，每位三星的行政助理，無論看不看得懂英文，都要唱至少一首旅程（Journey）樂團的歌。

「不干我的事喔。」敏俊這麼對她說。

由真透過玻璃門看著她自己的朋友。她們正對著麥克風深情唱歌，在五彩燈光下跳舞。「我們也沒把格調拉高多少。」她一邊說話，一邊紮起馬尾。就算是癱靠在牆上，她也依然高䠷，視線幾乎與他齊平。

她打量走廊，細看金黃色壁紙和亮黑色地磚。「我們可以直接離開，」她提議，「就你和我。」

「像是逃走嗎？」

「沒錯。」她伸手跨越介於他們之間的狹窄空間，薄牆脈動。「我叫由真。」

而他們確實離開了，潛逃了，就這樣丟下朋友和同事，連聲再見也沒有。由真自信、真誠到冒失的程度，言談有一種莽撞的本質，而敏俊就是因為這些特質才受她吸引。跟她在一起，感覺輕鬆、自然。

他們在轉角找到一家安靜的酒吧，客人大多是計程車司機和公務員，以謹慎的好奇心打量著新來的兩個人。無論由真去哪，目光總會追隨著她。她似乎知道自己受到矚目，裹著黑色牛仔褲的臀部款款搖擺。

敏俊還記得由真喜歡說牛仔褲是美國最偉大的外銷產品。大家都以為是民主，但那是騙人的。牛仔褲才是，她如此堅持。

他的思緒遭打斷。「關係呢。你們是什麼關係？」朴警官問。

「『關係』？」

敏俊討厭自己說話的聲音，聽起來歇斯底里又脆弱。我們是什麼關係？他尋思。他為何從沒問過這個問題？他領悟，因為沒有必要回答。

「我了解你此時此刻肯定心煩意亂，福特先生，我也會盡我所能跟你分享案情，不過我需要你先回答這些問題。我知道感覺很沒必要，但它們或許能給我們一些答案。你想要答案，對吧？」

答案——對，敏俊想要答案，但，是什麼問題的答案？關於某件由真永遠不會做、她沒能力去做的事？她不是那種人。她永遠不會主動傷害自己。敏俊覺得心裡空蕩蕩的，彷彿有一塊自我被搶走了。這是一種新的疼痛，遠比運動時受過的任何傷都要嚴重——耳膜穿孔、肩膀脫臼、鎖骨碎裂，全部都可理解、合乎邏輯，都各有因果。但是這種疼痛的源頭和懷疑是不可知、不可量化的。一片空無，一塊空洞。他滿腦子都在想：我原本救得了她的。

「你知道有誰可能會想傷害由真嗎？她的死可能對誰有好處？」

「我以為你剛剛說她自殺。」

「那是我的懷疑，但我需要排除所有其他可能。」

敏俊希望他有個嫌疑犯，有那麼一個人，只要說出其名，一切就能獲得解釋。但這樣的人並不存在。「沒有。沒這種人。」

「她有沒有跟人意見不合或起爭執，可能導致昨晚的事件？」

敏俊只能搖頭。

「她跟家人關係怎麼樣？你跟他們親近嗎？」

「不親近。」敏俊聽見自己這麼回答。

「所以你沒見過她父親。」他同情地朝敏俊一瞥。「這無關你個人。韓國父母剛開始通常都不喜歡男朋友——太讓人分心，尤其是大學時期。」

政治人物——她提起自己父親時只這麼帶過，若無其事地就像在回憶昨天的天氣。當時感覺並不重要，但或許並非如此。她父母不知道他們在交往。這是由真的決定。她父親警告過她，說認真交男朋友會阻礙學業。敏俊覺得身為美國人也沒多大幫助。「這樣比較少麻煩。」她是這麼說的，而他同意。他沒立場反對。她父母這一輩子以來都夢想著她進入梨花女子大學，現在她進去了，他們稍稍讓她獨立一些，而她希望繼續這樣下去。他不怪她，但他現在萌生疑問。他回顧兩人間的每個片刻、他們做的各個決定。她是不是在保護他？她知道會發生這種事嗎？這會兒由真不在了，瑣碎選擇、隨機事件忽然都有了意義：斜眼一瞥、眉間的陰影。

說起來，最初那夜她到底為何跟他搭話？她看見了什麼？

「那是什麼感覺？」喝到第三輪啤酒時，她這麼問道，「總是有人盯著你看？」

「什麼意思？」

「噢，少來了。」她翻白眼。「你算是這裡的天菜吧。韓國人，但又只有一半。美國人，但又不會太美國，除非你衣服底下有紋身。美國人愛紋身：帶刺鐵絲網、白頭海鵰、火焰——一大堆火焰，看起來就像一切都在燃燒。還有鼻子，打賭肯定大家都會回過頭看你的鼻子吧。」

由真這番評論應該要令他惱怒才是，因為他確實一到韓國就引來如她所說的關注——小學生駐足幫他拍照、對他的身高目瞪口呆；女服務生和酒保著迷於他的下頦輪廓、眼皮、鼻子，總是鼻子，問他是哪位整形醫師的傑作——但他沒生氣。或許是因為由真對自身軀體的意識吧，她顯然喜歡自己看起來的模樣。她從不隱藏自己的肉體之美，也不為自己因外表受益而羞愧。

敏俊按摩鼻梁。只有夜晚，只有當陰影籠罩他的臉，他才能擁有他來到首爾之後就一直在找尋的歸屬感，只有這個時候他才可能被當作韓國人。「我不知道，如果被人盯著看，我的感覺多半跟妳差不多吧。剛開始覺得很好，但是過一陣子之後就會感覺陌生，就像妳不屬於這裡。」

「想叫我同情你的帥臉嗎？怎麼，難道你寧願自己長得醜或不起眼？因為在首爾就是會那樣，變成隱形。沒人看見你，也沒人想看見你。外表在這裡很重要。你不如還是接受事實吧。而且，你又不真正屬於這裡。我的意思是，這裡不是美國，不是你的家。」

她有可能像這樣——直率，甚至刺耳——不過敏俊覺得耳目一新。然而他還是渴望解釋那種縈繞不去的恐懼，害怕自己不屬於任何地方，永遠懸在模稜兩可的狀態中。但由真不會懂。她怎麼可能懂？她是如此自信滿滿。

朴警官清了清喉嚨。「你們交往多久了？」

「大約十個月。」

「十個月。」他喃喃自語，一面在筆記本潦草書寫。「所以你們是」——他停頓，看似在抗拒什麼——「是戀人囉？我是說你們的關係。」

「你是在問我們有沒有上床嗎？」

朴警官快速地點頭，坐立不安。

敏俊回想起他們的第一夜。他們怎麼會站在同樣那條走廊，彼此間只有數英尺距離？到頭來都是她一手造成，不是嗎？她開始了一切。「有，」他說，「我們有上床。」

喝完酒，她要他出錢讓她搭計程車回她的公寓，他給了，很高興自己能為她做些什麼。他和她一起站在凌晨三點燈光下的人行道上，舞廳苟延殘喘，酒吧稀稀落落吐出喝醉的熟客。

「我還想再跟你見面，」由真說，「你覺得怎麼樣？我們可以再逃走。」

朴警官爆出一陣乾咳，唾沫在他的上唇顫動。「再問幾個問題就好。」他說。「你想得出由真有什麼自殺的理由嗎？昨天有沒有注意到什麼不尋常的地方？像是心情突然改變？行為古怪？」

「沒有，什麼都沒有。」這番說詞的真實性讓敏俊放下心來。他跟她在一起將近一年了。她會對他吐露祕密、依賴他。就算出什麼錯，他也會察覺，尤其是如果她承受著痛苦或折磨。我們很快樂，敏俊心想。她很快樂。當然了，他們並沒有預期這段關係延續到他離開首爾之後，或是她大學畢業之後。對於未來，對於時候到來時他們將分道揚鑣，他們都很坦率。不知怎麼地，這情況反倒讓他們共度的時光更加親密，更加意義深厚。他們之間沒有花招，也無所圖。至少他以為是這樣。

朴警官起身，拉起磨舊的西裝外套，扣上腹部的扣子。「有沒有人能為你昨晚的行蹤作證？」

「你認為我有嫌疑？」

「我必須調查每一條線索，再難以置信的線索都要查。」

「約會結束後我就直接回家了，只有在午夜的時候出去一趟，到我家大樓轉角的便利商店買零食。」

「那就可以了。」朴警官說。「我們可以看他們的監視影片。」

在她離世的那一刻，他是否醒著，無憂無慮地呼吸著？

朴警官一手放在他脫臼的那邊肩膀上。「這不算反常。」

敏俊幾乎沒察覺他的碰觸，無法再壓抑淚水。「什麼？」

「不知道別人腦袋裡在想什麼。相信我，我見多了。有時候，內在正經歷地獄的人反倒外表看起來似乎完全沒事，他們不知道怎麼搞的，就是最擅長隱瞞。」

「你不知道你在說什麼。」

由真不會隱瞞像那樣的事，敏俊心想。我們總是坦誠相待。她沒理由對我隱瞞任何事。我會懂的。

然而，儘管敏俊堅信如此，他還是無法忽略在他心中嘮叨的猜疑，他是不是確實遺漏了什麼。由真的人生發生了某件事，而他一無所知。有人對她做了這種事。這是唯一的可能。

「這是你家地址嗎？」朴警官將筆記本拿給敏俊看。

「你可不可至少告訴我，你目前對案情的看法是什麼？」

「我實在不應該透露——」

「我只是想了解情況。」

朴警官皺眉，咬著下脣。「目前證據指向自殺。」

「但你沒排除謀殺的可能。」

「我不會妄加揣測，福特先生。我必須遵守規定，一切全看證據。」

「我這是在告訴你，由真不會傷害自己。她有什麼合理的理由要自我了結？」

「我看過的大多數案子都是因為社會或學業壓力。我剛剛說過了，現在下定論還太早，不過考量她的年齡、統計數字和社經地位，我會說是學業壓力。」

「不可能。學業對她來說不成問題。她有好朋友、關心她的人，而且幾週後就要畢業了。」

「我無意與你辯論，福特先生。如果你想到任何線索，請打電話給我。」朴警官遞了一張名片給敏俊，而敏俊草草接下，然後握緊，將硬挺的卡紙邊緣壓入掌中。

「你弄錯了。如果你認識由真，你就會知道她不可能做這種事。肯定有人對她做了什麼……」

「你受到驚嚇，敏俊。我可以叫你敏俊嗎？」

「你還是沒告訴我她是怎麼死的。」

朴警官停下腳步，轉身。「我不認為你此時此刻需要知道這種事。」

「聊勝於無。」

「窒息。」朴警官皺起臉。

敏俊原本認為他知道之後會感覺好些，然而在這一刻，他滿腦子忽然只剩下他的呼吸，吸氣，吐氣，多麼輕而易舉啊，聽起來平順又嘲諷。

朴警官離開前再次表達他的哀悼，聽在敏俊耳裡，都只是遙遠的低喃。門關上後，敏俊靜坐良久，一再回憶他們共度的最後時光，一次次倒帶重播，找尋著蛛絲馬跡，一個暗示，一點線索，她盔甲上的一線裂縫，絲襪上的一縷抽絲。由真很堅強，她不會因為緊張或壓力就自殺。這不像她。不——有人做了什麼，威脅她、傷害她。但，是誰？敏俊回想朴警官說的話。

有些人或許就是完全不可知。或許他根本不曾真正認識由真。

4

由真
反正妳就是完美

我跟海淑、惠貞一起在人行道上等，三個人穿著裙子直發抖。我們離開家時都穿著長褲，碰面後才快快換裝，然後塞進計程車裡，司機的視線掃過我們光裸的腿。

幾個比較年長的男孩邀請我們去鎮上的遊樂房[1]玩。他們去年七月就畢業，拚死拚活了四個月為修學能力測驗臨時抱佛腳。他們的策略成功了，最後拿到很不錯的成績，因此想慶祝一下。我無法想像像那樣等待；若非必要，我連在雞籠多待一秒也不願意。但他們似乎不在意。男生都像這樣，事事不關心，自信滿滿，等閒看待一切。

1. 譯註：멀티방，源自英文multi room，類似MTV包廂，可於其中看電影、唱歌或玩電玩。

他們知道有個地方可以帶酒進去，老闆完全不會管我們。我預期較年長的男孩懂這些事：哪裡可以喝酒、哪些商店會賣菸給你。我也有過言行失檢的時候，但都很輕微：午餐時間偷抽菸，假日聚會的時候和表兄弟姊妹搶多出來的 *makgeolli*（馬格利）。別誤會了。我也想超過該回家的時間才回家、蹺課、跟已經知道自己上不了大學的孩子一起喝個爛醉。但叛逆代表毀掉進梨大、去首爾的機會。只有現在，在我考試拿到高分以後，我才能讓目光偏離目標，無論偏離得多短暫都一樣。

我踩著高跟鞋搖搖晃晃，手提包裡的運動鞋已經在呼喚我了，而現在甚至還不到九點。海淑拿出菸。我注意到她看起來比平常更用心打扮，頭髮拉直了，短髮有如縞瑪瑙，還塗上緋紅指甲油。「今晚誰要來？」我問道，納悶著她想打動哪個男孩。

海淑摸索著打火機。「別擔心，妳認識其中一個。」

即使她抽起菸來稱不上非常令人信服，我還是必須讚賞她的用心。她有可能真被當作大學生看待，惠貞和我則依然一副笨拙模樣，就好像我們還在習慣各自這副總是在變化、總是不讓我們舒服的軀體。

然而海淑總是太過用力。就算只是聞到男生的味道，她也會丟下我們。她向來如此，每次數週，追逐著新的迷戀對象。然後她再次露面，心碎，搞不懂對方為何甩了她。我們都沒告訴她原因，但我們知道。她太容易沉淪。我還小，但我知道男孩們喜歡玩遊戲，就算他們說不喜歡的時候也一樣。

我還是處女，我猜惠貞應該也是。確實，她很常跟海淑在一起，不過我還是看過她跟男孩子在一起時露出迷失的表情。她應該不要理他嗎？稱讚他？讓他覺得她想要他？她就像我，我們都還不確定該怎麼使用我們擁有的力量。

男孩子向來都是消遣，會分散注意力。很容易就能忽視他們，尤其當他們發現妳並不感興趣時。因此我整個高中時期的社交生活都在忍耐——完美成績和模範考試分數的小小代價。就算是那些我視為朋友的同學，像是惠貞和海淑等女孩，我也都跟她們保持距離，因為我極度害怕有可能被迫犧牲自己的時間和精力，陪她們度過心碎，或在她們考砸時安慰她們。我的目標和志向總是重於友誼。

但今晚除外，我心想；我借用惠貞的化妝鏡檢查眼線。今晚我是自由的，放下成績，也放下等級。該做的都已經做完了，我可以推開我加諸於自身的護欄，及時行樂。

男孩們終於現身，穿著牛仔褲和假皮衣，看起來瘦巴巴又自信滿滿，肯定先喝過幾杯酒壯膽了。海淑和惠貞看見他們時尖銳悠長地喊了一聲。他們擁抱，我則尷尬地站在一旁，等人幫我引見。我唯一認識的男孩名叫施宇，其實也只是聽過他的名字而已；他外表陰鬱，去年跟我上同一堂高等數學。我覺得我也認得另外兩個人，但從沒跟他們說過話。我曾經在走廊跟他們擦身而過，遠遠看過他們。說起受吸引，我其實更是覺得好奇，他們瘦長的腿和凌亂的眉毛，還有他們存在的方式，對周遭的空間漫不經心，這些在在令我覺得新奇。我想知道那是什麼感覺：世界為了你而轉動。

「各位，」海淑踮起腳尖旋身，手指著我，彷彿我是遊戲節目的大獎，「這是由真。她今晚決定賞臉大駕光臨囉。」

我拉開討喜、親切的笑容。

海淑抓住最靠近她的那個男孩手肘。他又高又纖瘦，頰骨突出，完全就是她的菜。「這是道允，」她說，「那是賢宇，然後妳應該認識施宇。」

擠進狹窄的電梯後，我很快發現自己肩並肩站在施宇旁邊。我試著朝他一瞥吸引他的注意，但他似乎沒發現。海淑已經在咯咯笑，對著道允耳語。惠貞有樣學樣，輕佻地靠著賢宇。我的腿發顫，手掌汗濕；磨損的電梯門映出我的模糊倒影，而我細細審視。

遊樂房很寬敞：兩張長沙發、一張雙人座椅，全部對準一面巨大的平面電視。我們可以選擇唱卡拉OK、玩電動遊戲，或是看電影。男孩們拿出黑色塑膠袋裡的*soju*（燒酒）和調酒杯；海淑不滿意串流的電影，派惠貞和我出去看看有哪些DVD。「挑部動作片。」她說，一邊將她的金色亮片手提包丟到沙發上。

她從不浪費任何機會，總是在迎合男孩們。

惠貞帶路，我們朝櫃檯走去。靠近後，一個老男人對我們點頭，手指我們身後的一牆DVD。

「妳覺得她在跟他們說什麼？」我問道。

「多半是我們一直以來有多迷戀他們吧。她期待今晚好幾週了。說真的，有點可悲耶。」

惠貞的直接了當嚇了我一跳。她們兩個通常都喜歡故布疑陣：一切都靠一個眼神，一次眨眼言說。我拿起一片DVD細看後面的介紹。

「我說得太刻薄了，抱歉。」她說。「我們出來前偷喝了一點*soju*（燒酒）。我喝了酒總是說蠢話。」

「我們都這樣啊。」

她哈了一聲。

「怎麼了？」

「妳，喝醉說蠢話？看吧，我又來了。」

「不，妳說得沒錯。我不知道那是怎麼樣。」惠貞的坦率令我耳目一新。「真不知道我為什麼那麼說。」

「沒關係。」她的聲音輕快又放鬆。

我們站在我們的包廂外，裡面傳來喧鬧的笑聲。海淑秀開始了。

我最後一個坐下，挨著施宇在雙人座落坐。配對開始得好快，我幾乎手足無措。看來海淑和惠貞終究已經擬定了計畫，我看著她們分別對另外兩個男孩進攻。

之前就全部決定好了嗎？惠貞可能一直都在裝靦腆。女孩都那樣，雙面人。然而，就算我在這張意外不舒服的椅子坐定，身旁是安排好的對象，我還是覺得剛剛跟她度過了真心的片刻；在那一秒，我們像女孩一樣交談——焦慮、沒安全感。

酒在昏暗的燈光下傳來傳去，螢幕讓我們沐浴在電光藍中。我問施宇我們喝的是什麼，暗中希望他不會笑我。

「只是*soju*（燒酒）混雪碧。不錯喝，不過別喝太快了。」

我審慎地小口啜飲，為他關切我飲酒是否節制而惱怒。我要的是年長的男孩，自信滿滿又神氣活現，不是像家長一樣管東管西。

海淑從沙發上跳起來。「誰幫我放電影好嗎？我永遠搞不懂這些控制面板。」總是無助、需要幫忙。事實當然並非如此，但她了解男孩是怎麼回事，他們是如何需要感覺聰明、掌控全局。

或許是因為知道我考得很好，也或許是因為酒精，總之我發現自己很放鬆，放任自己的肩膀窩進施宇的臂彎，而他微乎其微地屈起手臂環住我。小小的動作能透露如此大量訊息。眼神是邀請，掠過的手是刺激。那一夜，我想像我的身體是燈光標誌，對著黑暗發送信號。這想法令我興奮，而我過去從來就不容許自己有這種感覺。然後電影播放，平凡無奇的動作場面。我帶著被動的冷漠觀看，聽海淑和惠貞在黑暗中咯咯笑、輕柔低語。施宇似乎真心對這部爆炸聲震耳欲聾、子彈嗖嗖呼嘯的電影感興趣。

三十分鐘後，包廂內化為一團模糊，朝四面八方旋開。

施宇的手還放在我膝上，原地凍結。我試過要他把手拉近一點、在我腿上滑動；我試過改變重心，一下右，一下左；但他沒反應。在嘎吱響的輪胎和槍戰之間，我聽見嘴唇相觸，褲襠的拉鍊拉下。我就要錯失機會了。施宇沒聽見這些聲音嗎？這就是給他的信號啊。

血液在我耳裡重擊，我拉起他的手，貼著我的腿往上，滑進我的裙底。

他猛力縮手，看著我，螢幕映射的光在他那張表情疏遠的臉上舞動。「妳在做什麼？」

「我只是以為——」

「我完全是因為朋友才來這裡。」他回頭繼續看電影。「早跟妳說別喝那麼快了。」

難堪有如野火在我胸口爆發，燒上我的頸部，火焰舔拭我的臉頰。我靜靜坐著，不知道該做什麼、該說什麼。每個選項似乎都不是唯一。電影中的白日場景照亮包廂。我看著海淑親吻道允的脣，她歪著頭，髮絲傾瀉。她忽然睜開眼，看著我。她一手貼著他的後頸，手指插入他的細緻黑髮間。就是這樣做，她這麼說著，妳就是這樣逮住他們。

然後我站了起來，宣告我要出去抽根菸。我從不抽菸，但沒人在聽。施宇無言地看著我。

我在人行道上搖晃著身子，看著一群小孩圍著一臺夾娃娃機，想夾起一隻超大的動物布偶。他們對彼此吼叫，擠來擠去搶搖桿。我伸出手，張開手指，看著手指顫抖，討厭自己控制不了它們。我深呼吸，把手塞回外套口袋。我想著海淑，還有她是怎麼看著我。我不知道那是什麼意思，一點頭緒也沒有。

給小孩們一些錢讓他們繼續玩之後，我回去找朋友們。我不會讓施宇毀掉我的自由之夜，我不需要他。我用廁所的鏡子檢查妝容、重振精神，這時聽見後面的廁所隔間傳來聲音，手裡的眼線筆差點掉進水槽。我以為只有我一個人。

無論那是誰，她肯定都在跟隔間的門鎖搏鬥。接著手提包掉到地上，手機滑過地板，後面還跟著一枝口紅。「該死。」

「惠貞？」我認出她的手機殼。我試著打開門閂。「開門。」

一陣摸索後，門朝外盪開。惠貞跪在地上，褲襪破了，手肘靠在馬桶座上。她抬頭看我，眼眶泛紅，睫毛膏弄髒她的臉。「我要吐了。」她說完隨即轉過身吐了起來。

我幫她撩起頭髮。她好像吐完之後，我拿了些衛生紙沾水，盡我所能處理她臉上的睫毛膏，幫她擦淨嘴唇和嘴角。一切開始發臭，但我努力不動聲色。關於*soju*（燒酒），施宇還真說對了。

「妳還好嗎？」我把衛生紙丟進馬桶沖掉。

她一手抹過嘴巴，點頭。

「要我去拿點水來嗎？」

她開口要說話，不過反倒哭了出來。

「怎麼了？」

惠貞搖頭，揮手拒絕我在她手提包裡找到後想拿給她的面紙。

「是男孩子的事嗎？海淑是不是說了什麼？」

她大笑，吸了吸鼻涕，濕髮黏在臉頰上。「我修學能力試驗考砸了。」

「但妳說妳有好消息啊，我們都出來慶祝了。」

「我說謊。而且最糟的是，就連我父母也說謊，對遠房親戚說謊，也對所有朋友說謊。明年重考時，我會覺得自己是個徹頭徹尾的大白痴。」

海淑和惠貞會讀書，同時又會社交，一直以來，我都因此忌妒著她們，甚至對她們感到敬畏；這是一種我還沒精熟的技藝。但現在惠貞淚流滿面，脆弱又無助，那種憧憬消失無蹤。

「一堆人考兩次，甚至三次。沒什麼好擔心的啦。」我說。

「妳說得簡單。」

「什麼意思？」

「大家都知道妳最聰明，接下來各大學都任妳挑了。妳不關心朋友，我們還是都會找妳。我不知道為什麼。又不是說妳關心過我們在想什麼，或我們在做什麼。」

「才不是這樣。」我軟弱地抗議。

「妳把一切都想明白了。漂亮、聰明。妳不理那些男生，他們反而更想要妳。反正妳就是完美，由真。」她推開我，踉蹌走出隔間。「好啦，我一吐為快了。」

她離開後，我把馬桶擦乾淨，又沖水一次。真的嗎？有人想要我、羨慕我？

這是我最後一次跟惠貞說話。她寒假後沒再回學校。我想應該是她父母決定搬走，因為羞於見人。

5

敏俊 你可能遺漏的事物

敏俊在洛杉磯長大，經常自覺像個陌生人，在各個世界之間飄盪。包含他跟母親一起去的韓國教會，這裡的謠言傳得比上帝的言詞還快：她嫁給一個白人；她跟一個白人離婚了；她不找男人了。實際上她只把教會當作社交活動。他們在家裡從不談論上帝。敏俊好希望自己能像母親一樣堅強、果敢，穿著她最好的一套洋裝，白眼一翻，完全不把小鼻子小眼睛的八卦當回事。「他們還是吃我的 *mandu*（饅頭）啊。」她微笑著說。每當主日學校的孩子們猜疑地打量敏俊，他都祈求自己也能像她一樣冷淡、自信。

父親的部分更糟。他一雙藍眼，一頭完美的金髮。敏俊長得跟他一丁點也不像，無論他們走到哪，陌生人總會露出同情的表情。「我們永遠無法領養小孩，」他們會這麼說，「你真了不起。」

長大一點後，敏俊納悶母親為何要嫁給一個與自己差異如此巨大的人。這個來自橘郡（Orange County）的史丹福（Stanford）畢業生，滿心罕見而堅定的白種盎格魯撒克遜新教徒樂觀主義。然而無論是什麼將他們拉在一起，那股力量都不持久；他們十年後就叫停。敏俊當時剛滿九歲，他告訴父親，他寧死也不要住在鄉村俱樂部多過塔可餅餐車的聖地牙哥，於是他留在母親身邊。

父母離異只是另一個古怪的點，將他推入一個無名之地。在那個地方，你輪流在不同家庭過節；在那個地方，你是父母彼此交談的管道；在那個地方，你用你所能找到最尖銳的東西把你的愛一分為二，分得再不平均也無所謂。幾年後，敏俊根本不再認為那是一個地方了，那只代表某個完整之物不在的狀態。

現在，由真不在了，首爾感覺起來也像那樣：空蕩蕩，敏俊這麼想著，一面離開三星大樓，走向地鐵站。來到街上，公車、計程車和摩托車匯流為受控制的混亂之河。由真的室友能提供的資訊肯定會比朴警官多吧。來自戈壁沙漠的塵土和沙在天空蔓延，來自中國工廠的毒素將雲染上橘與琥珀色調——夏季前的最後一場黃霾風暴。敏俊喉嚨發癢，眼冒淚水，他持續前進，劃開戴著口罩的如潮行人。他需要離開辦公室；他關掉電腦螢幕，把文件和檔案夾掃進抽屜，然後大步走到電梯，低著頭，目光緊盯鋪著地毯的地板。他一次又一次猛按平滑的大廳按鈕，滿腦子都是某種瘋狂的希望，盼望這動作能給他他所求的答案。就算在他衝出厚重玻璃門、來到街上之後，他也想像同事們都在窗邊看著他，等著他癱倒，無法再承受失落的重量。

老闆說的話依然像廉價流行歌般在他耳裡唱著——膚淺但又極其真實。「你可能會覺得自己好像遺漏了某些事，但這沒什麼好丟臉的。」孫是這麼說的。「休幾天假吧，看看你感覺怎麼樣。工作或許能幫助你轉移注意力。」

他往下，先是搭乘電扶梯，接著走樓梯，敏俊在地底的涼爽溫度下喘息，手撐著膝蓋，霓虹眼淚淌下臉頰。他遺漏了什麼？

來到由真住的公寓後，敏俊按下門鈴，門旁的數位螢幕照亮他的臉，鬼魅般的藍。他又按了一次。門內傳來拖著腳走路的聲音，然後停頓。一會兒後，門朝內盪開。美咲站在門口，身穿花呢卡布里褲和成套的短外套，內搭寬鬆的白色扣領襯衫。敏俊看見她染了頭髮，覺得有些驚訝。她上週還是金髮，乾草般的黃，現在變成黃褐色，貼著下巴捲起，劉海遮住眉毛。敏俊納悶她怎麼會忽然改變造型。

「你錯過他了。」她帶他進客廳。

敏俊脫下平底便鞋，換上訪客室內拖。「誰？」

根據由真所說，這說法大致沒錯。由真和素拉都宣稱美咲來自東京的有錢人家，因為某些未知的原因被送來首爾。敏俊一直沒機會確認這個傳言是否屬實，不過她在一個個房間之間漂流，對其他人冷淡、漠不關心，由此可見她顯然出身富裕。敏俊到公寓來時，她經常都是忙著讀什麼書或講電話，幾乎沒對他說過一句話。她的社交活動似乎永無止境，總是跟某個沒任何人見過的人出去某個地方，到隔天才回來，身上穿著前一天穿的衣服，特大的太陽眼鏡滑落纖細的鼻梁。敏俊曾對她那些夜晚的去處感到好奇。她跟他一樣，也是外國人。她怎麼會認識那麼多人？她到底都待在哪裡？

「由真喜歡妳這個室友。」敏俊看出自己打開了一道傷口。

美咲的臉頰在妝容之下漲紅。「用不著說謊。我知道她們是怎麼看我的。這是她們容許我在這裡的唯一理由。」她環顧公寓。

這是一個氣派的空間，面朝街道的巨幅窗子，大理石流理臺、硬木地板。光是科技小玩意兒就足以讓美國的公寓看似停留在中古世紀。大多數大學生都只能住學校宿舍，她們卻擁有這間寬敞的三房公寓，所在位置還是大學路，首爾較時髦的區域之一。

敏俊有更多問題想問美咲，但他惹惱她了，而他沒有能力安慰任何人，尤其是他幾乎稱不上認識的美咲。他沿熟悉的走廊前進幾步。「我要進去由真的房間，看看她有沒有留下任何東西。」

「沒辦法，他們說不准任何人入內。」

「誰？」

「警察。他們說這是案發現場，在門上加了一把鎖，甚至沒讓由真的爸爸進去。」

「他為什麼來這裡？他不是應該去指認屍體嗎？」

美咲聳肩，將膝蓋縮到胸口。「我不知道，」她說，「我不知道在像這樣的情況下應該要做什麼。」

由真的房門裝上了密碼鎖。敏俊按下一個數字，鍵盤亮起。他試過幾組密碼，但都沒反應。他用頭抵著門，希望若他屈服於由真之死，他或許就能變成鬼，鑽過牆，進入她的房間。他無比渴望躺在她的床上、頭靠著她的枕頭。他雙掌貼門，想像自己融化、滲入另一邊。開門，他想著，開門，讓我進去。

一會兒後，敏俊重振精神，回到客廳。「妳真的相信那個警官？一個徹頭徹尾的陌生人？」

美咲看著他。「我不知道要相信什麼。」

在這一刻，他因為她所知甚微而鄙視她。敏俊邁步離開，在玄關脫下室內拖鞋。

「等等，」她站起來，「我很遺憾發生這種事。我無法想像你是什麼感覺。」

「我要去找素拉。」他反手甩上門。

他往南朝河邊走，找尋著素拉，外套在風中翻飛，領帶鬆鬆掛在脖子上。她是怎麼死的？窒息，有東西圈住她的脖子。敏俊逮住差點脫口而出的啜泣，嚥了下去。他傳訊息給素拉、打電話給她，但都沒有回應。他繼續走，緊抓手機，無比渴望感覺到微弱的震動，或是聽見通知的嗶嗶聲。任何生命跡象都好。

數小時過去，還是沒有素拉的消息。敏俊在因下雨而顯得陰暗的人行道朝仁寺洞的方向緩步前進。他拚命想找出由真之死的線索，決定要回顧他們前一天的腳步，希望過程中能有些什麼喚醒他的記憶。他們撞上的某個人，她說的某件事，暗示著更深層的痛苦。他的心情不知不覺從恐懼轉為偏執。雨天輪胎激起的水聲、行人經過時對著手機絮語不休，看著他的一舉一動——模糊的臉孔抹上猜疑。這是真的嗎？感覺好像一場夢，一幅朦朧的畫，畫中的世界粉碎為一千顆顫動的微粒。

這個地區很受觀光客喜愛，獨立藝廊、茶館和販售傳統韓國紀念品的商店散布其中。因為外國人的關係，這裡是由真在首爾最喜歡的地區之一。「外國人形形色色，看起來都好不一樣。」由真是這麼說的，他們當時坐在一張戶外的長椅啜飲咖啡。

一天後，站在相同的這家咖啡廳前，敏俊回想他們對話中任何值得注意之處，但什麼也沒有。一切如此膚淺，彷彿掠過水面的雙體船，他們的對話似乎從不探得太深。在他們的關係中，這逐漸變成他最珍視的其中一個特質，如此輕鬆而無負擔。不過現在回頭看，那種安逸似乎只是假象，一個謊言。

喝完咖啡後，他們去了景福宮，首爾市裡的主王宮。其中的大部分都被日本人摧毀了，而且是兩次——十六世紀一次，一九一五年又一次，現已全部重建，建築物和寶塔裹上新漆，看起來怪異地明亮又色彩繽紛。

更多不祥的雲在頭頂隱隱威脅，於是敏俊進入景福宮之前先到便利商店買了把傘。主庭院幾乎空無一人，再二十分鐘，景福宮就要關閉了。幾名勇敢的探險家踩過水窪，每隔幾分鐘就停下來拍照，塑膠雨披在他們腿邊翻飛。王座大廳矗立前方，門扉敞開，一抹溫暖的黑暗徘徊其中。小雨開始落下，輕輕敲打立於庭院中的墓碑狀石碑；古代就靠這兩個石碑標示出每位官員應該站立何處。若是沒下雨，那寂靜將幾乎令人無法承受。敏俊想過打電話給他母親，但他要說什麼？他沒跟她提過由真。

來到景福宮圍牆外，敏俊試著找出他們吃午餐的那家餐廳，在漸濃的夜色中穿過蜿蜒巷弄。提議在這裡用餐的是由真，一家位於嘉會洞的粥店。她總是喜歡去由夫妻經營的小店，這種店就像牆上的洞。她欣賞餐廳裡的安適感。「我在那些大餐廳裡總是覺得孤單，就算身旁有其他人也一樣。」敏俊記得她是這麼說的。

那值得注意嗎？她就算身旁有人也覺得孤單？她覺得沒安全感嗎？覺得受威脅？

他又察看手機——沒消息。找尋答案，卻沒和素拉談，感覺一點意義也沒有。她幾乎每天都跟由真在一起。她非常可能已經知道為什麼會發生這種事。

雨重重落下，風吹翻了敏俊的廉價雨傘，金屬桿彎折，彷彿斷掉的肋骨。他周遭的所有霓虹燈在漸暗的天色中亮起，明亮的紅色和綠色穿透水坑和雨絲畫過的街道。他迷路了，但他還是繼續前進，在幾家小店前窗駐足窺看。所有事物融為一片，所有細節佚失於急雨中，排水溝湧流，流浪貓在陰暗的隱蔽處試探地看著他，眼睛有如夜晚的黃寶石。

前方，可遮風避雨的燒肉店在召喚他。煤炭悶燒和香菸的煙從室外桌滾滾湧出，客人有情侶也有同事，他們坐在桌邊，彎著腰，專注於火勢暴漲的燒烤和冒煙的湯。拿著菜單的女服務生走過來幫敏俊帶位。他指了指雨篷，女孩看似有些傷心，消失於餐廳內。

敏俊撥開眼前的頭髮，接著把雨傘修好，又一頭走入雨中。他需要找到些什麼，找到一個說得通的理由。他不能空手而回。他不想待在他那孤寂又安靜的公寓裡。

又一小時過去，敏俊喪失希望，正朝地鐵安國站走去，卻在這個時候找到那家店，它跟其他店家如出一轍，唯一的差別只在於它正對著金屬拆卸場橘中帶褐的車庫門。他還記得，坐下跟由真一起用餐時，他看那扇門看入神了。就是這裡。

看見今天輪班的是同一位女服務生，他鬆了一口氣。終於有些好運了。他點了*naengmyeon*（冷麵），用餐巾紙擦乾手機。他不餓，但他今天只喝過咖啡而已。最好還是吃點東西，他心想，盡可能對正朝他走來的服務生擠出微笑。

「不好意思，」她放下碗後，他開口：「妳記得我嗎？我昨天來過。」

她有點年紀了——六十出頭。「當然記得。你的女朋友呢？」

「妳怎麼知道她是我的女朋友？」敏俊原本並沒有打算用這麼猜疑的語氣說話。

「到我這個年紀就看得出這些事了。」她輕笑。「她沒來嗎？天氣這麼差，你不該在外面走來走去，尤其今天還有塵霾，雨會變酸。」

「我今天就是為此而來。她出了一點事，我想查明我昨天跟她在一起的時候有沒有遺漏什麼。」

「遺漏什麼。」

敏俊不想多說。他還能說什麼？

服務生笑著把手插進圍裙裡。「不回你電話嗎？」

「差不多。」

「你們兩個看起來很幸福，我沒注意到什麼不對勁。」她說完便離開了。

我們確實是，敏俊想著，一面把一匙湯送進嘴裡。他沒碰蕎麥麵或全熟的蛋。他不確定自己的胃是否消化得了固態食物，但被融化的碎冰稀釋的牛肉湯很美味。他又查看手機——沒素拉的消息。她為什麼不理他？

敏俊等帳單時，雨勢減小。窗外的橘門抓住他的視線。在首爾的一片靜默藍色中，這扇門顯得不合時宜。他納悶著它會不會是通往另一個現實的門戶，一個出口。他只要走過去，就能永遠消失。

他小時候常這麼做，神遊太虛，被某些事物迷惑。一根未成熟的香蕉、磨損的胎面、剛被扒去廣告的赤裸看板——這些東西令敏俊著迷，將他拉離他當下的狀態。「地球呼叫太空學員。」每當這種時候，他父親會這麼說道，「地球呼叫太空學員。」他會在晚餐桌上一再重複，手上拿著叉子，袖子捲到手肘。

他父親則是相反的問題。敏俊後來才領悟，他的眼界沒辦法超越自身經驗，他沒有想像力。身為一名神經外科醫師，他負擔不起想像。他的生計仰賴於此。他過分講究邏輯和現實到令人惱怒的程度；他只做合理的事。離家，重啟另一個家庭，這次跟對的女人，白種女人，一名來自阿那罕姆市（Anaheim）的醫師。敏俊的反應是赤裸裸的敵意，拒絕南飛聖地牙哥，就算只是敷衍的節日拜訪也不願意。他們一直等到他上大學後才修補關係；依據離婚協議，他父親需支付帳單。敏俊符合加州大學洛杉磯分校居民學費的條件，因此覺得他父親太輕易脫身，但他不曾說什麼。這樣比較簡單：維持和平、同意彼此有歧見、就算有一千句沒說出口的怨言也繼續休戰。

對他們而言，每個月幾封電子郵件、幾則訊息，似乎還行得通，他們像舊日好友一樣通信，彷彿兩個念稿的演員。但那是當時。來到首爾後，敏俊把他父親冷凍了起來，報復他強烈反對敏俊來韓國。

他重新聚焦於橘門。由真的死觸發了某些事。陳舊的回憶從深處冒了出來。

女服務生帶著帳單在桌邊停下腳步。「還真想起來了，」她說，「你可能遺漏的某件事。」那就是真的了；他忽略了一個細節，一個徵象。

「昨天，你去洗手間，你女朋友看起來很悲傷。我剛好送餐到你們那桌才會注意到。她不開心，看起來心煩意亂。」

「心煩意亂？」

「可能剛哭過。」

「不過我回來的時候，」敏俊湊向服務生，「我回來的時候一點異狀也沒有啊。她好好的。」

服務生皺眉。朴警官說「窒息」的時候也是相同表情。

「女人擅長藏東西，」她說，「尤其是藏著不讓我們最親近的人發現。」

6

由真
應該是這種感覺嗎？

坐在汽車後座，大海透過搖曳的松樹忽隱忽現。我父母和我正要去海邊，我們租下一棟濱海小屋一整週，這是我進梨大和我父親升官的獎賞。印象中，這是我們第一次度長假，之前的暑假只有過幾次週末露營或一日山區遠足，但我們總是在週日匆匆趕回家。

我試著放鬆，享受風景；母親打開*gimbap*（海苔飯捲）的錫箔包裝，美味的香氣瀰漫車內。她把完美切下的幾塊飯捲放在紙盤上遞給我，剩下的則是餵給我父親吃，靈巧地用木筷一塊一塊送入開車中的父親嘴裡。他哼聲讚賞，她似乎覺得很開心。我吃一塊飯捲、咀嚼，米飯依然溫熱，鼻端還有一絲麻油的芬芳。儘管即將在海邊度過美好的一整週，我依然煩躁不安；無論多快去首爾，感覺還是不夠快。

在那一週，我唯一遇上的只是自由。白天好幾個小時的時間都沒事情等著我去做，不用上學，沒有家教，也無需去補習班。不過就算我在大海游泳，在太陽下打盹，我依然煩躁不安。總是有某些事能做，好藉此提高我在梨大成功的機會。來自雞龍市，讓我處於社交上的不利地位。我完全不知道該怎麼變得受歡迎，也不知道該怎麼吸引異性。大學跟高中不同；只有優異的學業成績是不夠的。我需要交朋友、拓展人脈；我需要被注意、被渴望。

幸運的是，那年夏天，我們租的小屋隔壁有一個跟我同齡的男孩。我們坐在彩虹沙灘椅上，腳跟埋入被太陽晒得暖呼呼的沙裡。他一身黝黑的膚色，一頭被風吹得凌亂的頭髮，實在令人很難不盯著他看。我假裝著迷地眺望大海，因為穿著不合的一件式泳裝而感覺尷尬。不像我，這個膝蓋嶙峋、稜角突出的男孩似乎很自在。我僵硬地坐在我的椅子上，擔心一動就會暴露腿、腹部、胸部某些不得體的角度，他則看似樂意炫示自身的不完美之處：過於突出的鎖骨、大腿處的粉色胎記。

或許是因為溫暖的夏日太陽，或是晴朗無瑕的天空，我發現自己對他暢所欲言，不受窺探的目光阻礙。只有我們。他名叫正宇，後來才知道我們同齡，都高三快畢業了。不過當我坐在他旁邊，塗上厚厚防晒乳的臉頰發燙，眼裡有風，他感覺起來似乎年紀比較大，幾乎像是有智慧，跟施宇一點也不像。

大海像碎玻璃一樣令人目眩。看不清楚的我們瞇著眼，沿海灘漫步，一點一點分享關於自己的事，小心分配，以確保不會耗盡話題。踩著被踏得硬實的沙，就算緊張害得我差點雙腳無力，我還是專注於未來：跟女性朋友在夜店跳舞，和延世、高麗大學的男孩約會。我堅定決心，繼續前進。走到某個地方，我們漸漸退離水邊，在黑色火山岩間找到一個隱密處，躲在裡面品嘗彼此嘴脣上的鹽。一個徹底的陌生人，然而在他懷中，我卻感覺莫名安全，他的雙手緊抓著我的背和臀。我知道，把我拉向他的是這種匿名感。他並非來自雞龍市，他永遠不會跟任何人說我是否吻功很爛，或是笨拙至極。他跟我念不同所學校，也不認識我的任何一個朋友。我永遠不會再跟他見面；這很完美。

「妳要上哪所大學？」他背靠著岩石。我們花了些時間等呼吸平復。我的嘴脣微微刺痛，周遭的皮膚紅腫。「打賭妳會念首爾的某間好學校，對吧？」

我什麼也不想說，害怕透露任何資訊都會擾亂我們正在營造的脆弱氛圍。我感覺得出來，我們的能量接合，往外推，包圍我們，幫我們擋住外界的一切。

「我不在乎上哪所大學。」我說。「我覺得這很蠢。大家都為了大學變得好瘋狂。大學又不代表一切。」

他挑眉，一副他不相信我的樣子。他又為什麼要相信？沒人這樣說話；沒人這樣想。至少有機會到首爾念大學的人都不會這樣。

無論他是否知道我只是在裝模作樣，他都陪我玩下去。「那妳有什麼打算呢？」

「我可能會成為農夫，或是電影明星，這些工作可不需要大學文憑。」我窩進他懷裡，他的身體被太陽晒得暖烘烘。我的手指畫過他那硬得不可思議、像沙丘一樣起伏的腹部。「你呢？」

「其實跟妳一樣。我一直都夢想當個農夫。」

我們一起大笑，用稻田和牛糞的前景繼續慫恿彼此。我沒問他對未來的計畫，我們也不曾確實說自己想上哪間大學、想主修什麼、想成為什麼樣的人。

那晚，我幫母親把我們抓到的螃蟹蒸熟，準備以此作為晚餐。我們並肩站著洗米、準備*banchan*（飯饌）。我很高興自己可以幫忙。學年當中，他們禁止我進入廚房；我唯一的責任是念書。我最早的記憶是母親在煮飯，頭髮紮起凌亂的髮髻，圍裙掛在嬌小的身子上。需要清洗、切丁、醃製、燉煮的東西似乎沒完沒了。她工作時帶著一股寂靜的優雅，為家人烹調美味餐點，不曾有過一句抱怨。如果父親是引擎，驅使我們向前，永遠更進一步，母親就是堅固的鋼軌，引導我們到安全之處。每當父親推得太用力，或是發脾氣，她總是會準備好一杯茶和一塊甜甜的*yaksik*（藥食）。大多數時候，受父親訓誡都是我活該。但也有些時候我搞不懂他為何生氣，感覺像是某種看不見的力量挑起了他的怒火。我還在念初中的時候，我們有一次舉辦家族烤肉會。我們剛從一趟釣魚之旅回來；父親很愛帶我去山裡釣魚。

所有人都在我們家的側院，在烤肉架附近徘徊。男人坐在塑膠椅上抽菸喝*soju*（燒酒）。烤肉聞起來很香，我待在近處，期望有人讓我比表兄弟姊妹們早嘗到一塊。父親似乎心情很好，自在地穿著牛仔褲和白色T恤；他鮮少有此穿著。他專心地聽著舅舅說話。

「你帶由真一起去山裡釣魚真的很不錯。」我聽見他這麼說，話語鬆散含糊。「她很厲害，居然跟得上。」

「什麼意思？」父親的背挺直，脖子繃緊。

舅舅露出懶洋洋的微笑。「你知道我是什麼意思。身為女孩那些的啊。」

父親攤開手掌摑在舅舅臉上，那聲音劃破潮濕的空氣。談話停止，肉滋滋作響。「不准你這樣說我女兒。」父親以低沉的聲音說道。他高高矗立於舅舅身前。「你要不是家人，我就敲掉你的牙齒。」

舅舅抬頭怒瞪父親，兩眼昏花。他還來不及開口，我母親已經站到他們之間。父親撇過頭，無論他看見了什麼，總之都令他感到厭惡。我跟著他進屋，看著他扭開廚房水龍頭倒了滿滿一杯水，然後一口飲盡。我上前握住他的手；我不想要他生氣。

「你為什麼打舅舅？」

「不干妳的事。」他突然罵起我來，眉毛拱起，手指著我的臉。「大人之間的爭執跟妳沒關係。」

我的嘴脣發顫。「我只是——」

「只是什麼都不是！」他噓聲說，接著握住我的雙肩，把我轉向門。「現在去外面跟其他小孩待在一起。」

我乖乖聽話，忍住淚水，回到表兄弟姊妹之間。

還有其他次，像是下雨時我把我的新腳踏車留在屋外。為了給我一個教訓，父親要我在傾盆大雨中去外面站在腳踏車旁。他來到我旁邊，巨大的雨滴從他的墨綠色制服護肩濺開。

「我小時候，玩具是奢侈品。」十五分鐘後，他才開口，「當我們真得到一個玩具，我們不會把它丟在外面糟蹋；我們會為它負起責任。懂嗎？」

我點頭，襪子濕透，頭髮沉重。「懂。」我說。

母親不曾為父親的爆發或難以捉摸的懲罰而道歉，但她幫助我了解：他只是希望我得到最好的一切。

在陌生的廚房裡，我們找不到需要用的鍋子。母親抱怨，打開一個個抽屜和櫥櫃——沒一樣東西在該在的位置。父親在外面的露天平臺讀報，只有拍打在他膝蓋上逗留太久的昆蟲時才停下來。

母親開始在一只大鍋裡裝滿水。「怎麼可能有人在陌生人的家裡還能放鬆？做這種事也太怪了——租一個不屬於自己的家。」

「我覺得不錯啊，海灘很棒。」

母親關掉水龍頭，轉身面對我。「我很高興，由真。我不是故意要抱怨的。妳父親有時候就是會過頭，他一心覺得我們需要做一件大事當作慶祝。」

「來這裡比待在雞龍好。」

她微笑，搖了搖頭。「不要那麼看不起妳的出生之地。沒錯，雞龍並不是一個多有文化氣息的城市，並不國際化，但很安全，是一個很適合養兒育女的地方。」

「妳對首爾有什麼不滿？我的意思是，妳也是在那裡念書的啊。」

母親回頭朝父親坐的位置瞥了一眼。「首爾很棒，」她疲倦地說，「對大學生來說，那是一個很刺激的地方，但也有可能讓人迷惘，很容易會失去方向，就這樣。」

「我不懂。首爾的大學一直都是我們的目標。自從我有記憶以來，我們不是一直都朝這個方向努力？」

「現在依然是，只是要記得把重心放在學業上。就這樣。我希望妳玩得開心，但學業才是妳的首要之務。妳很容易就會愛上城市，完全無法自拔。」

「妳怎麼知道會是什麼情況？妳和爸一天到晚說你們在我這年紀的時候一切事物有多不一樣。」

她擁抱我。我不情願地讓她抱著。「妳多半是對的，由真。但妳是我的獨生女，所以妳要原諒我處處為妳擔心。這是一個巨大的改變，對所有人來說都是這樣。」

她放開我，把爐火調大，藍色和橘色舔拭鋼鐵。我打開螃蟹的袋子，沿著發皺的側邊往下捲；袋子裡，身上綁著粗橡皮筋的多刺甲殼動物從霜凍的靜止狀態醒來。

「妳想過要主修什麼了嗎？」母親問道。

她是否意有所指？我未曾跟她提及我答應父親聽從他選擇的主修領域，以此換取獨立。「我考慮選政治科學和國際關係，但還沒確定。」

「那就是追隨妳父親的腳步囉。」

「只是個想法而已，二年級學期末再決定就可以了。」

「嗯，最困難的部分是進去，」她說，「對我來說，妳想主修什麼都可以。」

我大吃一驚。她做了那麼多，學業、課外活動、準備考試，事事都推著我向前，現在卻說我想主修什麼都可以。「真的嗎？」

「當然要合情合理囉。妳依然代表這個家，而我們期望妳拿出相應的表現。現在去叫妳父親，跟他說我需要他幫忙準備晚餐。」

一會兒後，我笑得直不起腰，看著父親拿著一隻螃蟹滿廚房追逐母親。橡皮筋拿掉了，蟹螯憤怒地在空中猛夾。「他行動了，他要來找妳了！」他歡樂地喊著，撲向她。

母親叫喊一聲，鑽過他的腋下，奔入客廳。「你試試看！你試試看拿那東西過來！」她尖叫。

然後他找上我，對著我的臉揮舞第二隻螃蟹。我也逃到客廳，笑得滾到地上、臉頰生疼。「救我！」我戲劇化地對母親喊著，她則縮著身子躲在門口。她怕有爪子的東西怕得要命，至於我，我沒那麼討厭螃蟹。牠們總是在寂靜的海床快速跑來跑去，我有時候會羨慕牠們。

達到他想要的效果後，父親哼著歌，把他的同夥放進蒸鍋。鬧劇結束，母親回到客廳，在長沙發坐下，戲謔地假裝不滿朝廚房瞪一眼。「你把我們兩個嚇得半死。」

父親滿臉通紅，眼裡滿是笑意，親了她一下後癱倒在我旁邊的地板上。「我想嚇得半死的應該只有一個人吧。」他拍拍我的頭。「由真可沒那麼容易受驚嚇，她只是努力想讓妳對自己的恐懼症好過一點。」

「別又提那件事。我最後還是會把牠們吃下肚，不是嗎？」

他舉起幻想的劍。「只有在我征服牠們之後！」

這是一個珍貴的片刻，或許是因為大海的氣息和陽光才得以存在；在這個片刻，我的父母徹底放鬆，尤其是父親，他平時幾乎醒著的每一分鐘都待在辦公室裡。我還記得自己對他們的愛心懷感激。我知道他們願意不計任何代價為我做任何事。

好心情不長久。我們在餐桌享用螃蟹時，父親的手指被鋸齒狀的甲殼割傷，鮮紅色的血流入他掌中。他低聲咒罵，一把抓起整個盤子，連同裡面的螃蟹和所有東西一起塞進垃圾桶。

他就像那樣——一秒之內就從歡樂墜入憤怒。我永遠無法預測我會遇上哪個版本的父親。就算母親有說話，我也不記得她說了什麼。我只記得我在他們就寢後偷溜出去，驚訝於自己竟然如此大膽，對自己變成這樣的女孩大受衝擊。當我溜過無燈的屋內，輕輕關上前門，我心裡想著不知道母親早先說的話是不是認真的。我真的想主修什麼都可以嗎？她為什麼那麼害怕首爾？無論首爾有多令人迷醉，那終究也只是一座城市，一個生活的地方。

我在腎上腺素的驅使下沿海灘前進，半圓的月亮照亮我的路。海浪在半明半暗中捲動，海水邊緣的沙呼吸著，像鬆餅麵糊一樣冒出一個一個小酒窩。我跑得更快一些，想著正宇半裸的身體在奶油般的午後陽光下發光，頭髮像泡過海水的稻草。我現在做什麼不重要，我很快就會永遠離開，把雞龍拋諸腦後，有如一場記不真切的惡夢，隨著逝去的每一分鐘而遭遺忘。

我停下來查看，一時以為我找錯地方了；海浪吸走我腳底下的沙。我氣喘吁吁，血液湧入耳裡。岩石間傳來低語聲，正宇鑽了出來。

「妳來了。」他拿著兩件長袖運動衫和一條毯子。「還以為妳不會來。」

我也是，我暗自想著，一面勾住他的手臂。

我躺在毯子上，星星在正宇腦後一閃一閃，他柔軟的嘴脣貼著我的脖子。一切發生得好快。畢竟我就是想要這樣，不是嗎？就連正宇看似也對我的情願、我是多麼急著做完而感到訝異。他知道嗎？他分辨得出來嗎？他笨手笨腳摸索我的內衣，雙手笨拙又不猶豫不決。沙子在我的頭髮裡，在我的腳趾間。

海浪拍打，寄居蟹飛掠，正宇粗喘——一切灑在一起。應該是這種感覺嗎？有人把海貝放在我耳朵上。除了一再重複的大海之外什麼也沒有，數不盡、不可計量的海浪。我為什麼屏住呼吸？

他結束後，我腦中的第一個想法是我終於做了。我在我的自由意志之下做了某件事。沒人跟我說我能做，或是我應該做。我想做。我想要正宇。他問我還好嗎，我說我很好，因為確實如此。我不只是很好而已。這是我這輩子首度品嘗越界的滋味，而這感覺好過我曾體驗的一切。

7

敏俊
此處之外，無所不至

就敏俊記憶所及，他一直都偷偷懷疑自己不屬於任何地方。在幼稚園裡，老師點名時大聲表達他們對他名字的困惑。「敏俊．福特，真可愛的組合。」是什麼東西組合在一起？他母親從哪裡開始，他父親又從哪裡結束？他唯一的朋友是藍斯，一個來自卡爾弗城（Culver City）的黑人小孩，他皮膚的黑，以及其中的純粹，都令敏俊大感驚奇。他多麼希望擁有一塊像那樣的畫布，如此明確，如此明顯為某一物。

中學露營時，他們玩真心話大冒險，他看見一個女孩的焦慮表情和她眼裡的恐懼，因此拒絕親吻她。他永遠不會知道她的驚恐是源自舌吻的概念，或只因為對象是他。就算朋友嘲弄他，他也拒絕到底。他變得對女孩小心翼翼，無法相信她們會覺得他有任何吸引人之處：他那雙纖細、幾乎稱得上女性化的手，他那頭無聊的直髮，他那對尾端略微收細的眼睛。如高中的女孩們所說，他不「性感」或「夢幻」。那些形容詞只保留給少數人（多數人）。

大學就不一樣了。置身加州大學洛杉磯分校的其他四萬五千名學生之中，敏俊很快就發現，女人們覺得他值得注意，甚至還稱得上具吸引力。他開始偶爾跟人約會，也開始舉重，很快變得結實起來。孩子氣的圓臉消失，鼻梁突出，下巴方正，就像他父親，就像白人。他參與校內體育活動，參加派對，成績優異，同時跨雙線道，明確意識到自己擁有白人朋友與亞裔朋友。敏俊永遠毋須擔心這兩個世界碰撞，因為每個人都緊貼著自己的小團體、各自的舒適圈，只有敏俊除外，他整個大一和大二都快樂地待在中間地帶。他不覺得有什麼問題，畢竟他生來如此。然後朋友圈變得更加認真，大家成雙成對，春假計畫好了，實習也安排妥當，很快地，敏俊發現自己困住，被迫選擇一種認同，只透過一個望遠鏡凝望。

參加一場亞洲青年創業家的派對時，他無意間聽見一群女孩哀嘆著有多難得到他，他只想要她們口中的「金髮尤物」。當時他正在跟一個來自橘郡的女孩交往。蒂芬妮確實金髮，但並非尤物。他們相遇於一場室內俱樂部足球賽。兩人之間一切順利，除了他最近趁寒假去找她，結果發生尷尬狀況：她父親誤以為他是園丁的兒子。

一年後，他跟一個來自蒂伯龍（Tiburon）的韓裔女孩交往，她因為他符合她所謂的「沒那麼韓」而熱愛他。他是完美的組合：夠像韓國人，因此她永遠不用解釋自己為何跟他交往，也夠像美國人（白人），因此他不會像她交往過的其他韓裔男孩一樣，預期她無微不至地侍候他。他對性別角色的想法很先進，他是個女性主義者！他們之間一切順利，直到敏俊透露他信奉不可知論。拖得很長的分手期間，葛瑞絲說她父母永遠不會答應她嫁給一個不相信基督的人。葛瑞絲能容忍的「沒那麼韓」程度似乎有其極限。

後來，敏俊發現無論跟誰交往都會有些潛藏問題，而他無法避免這個事實。不是因為她們，而是因為他，因為他永遠不想決定要待在哪個世界，永遠不想選擇要哪一半。

因此，懷抱著離開洛杉磯的最隱約渴望——因為離開至少能給他機會成為不一樣的人、蛻下他棲居其中太久的皮——他大學畢業後在紐約市找了一份工作。忿忿不平的同學們稱當時那個世道為「大衰退」，有鑑於此，找到這份工作堪稱壯舉。儘管入門初階的工作稀少，敏俊還是獲得多個公司錄用，他將此歸功於自己接近完美的成績，以及有用得令人抓狂的經濟學與行銷雙主修。簡短考慮過後，他決定是改變的時候了。隨著年齡增長，他常常覺得洛杉磯虛假、不自然，沒人該活在這種地方；相對來說，大家口中的「城市」則感覺真實，饒富歷史。要不是他的工作，他原本有可能撐得過大學畢業後的第一年——跟兩位室友一起住在默里山（Murray Hill）。

敏俊沒料到的是東岸竟如此落後，充斥著過時的傳統，以及世家豪門的作風。他很快便領悟，他在紐約市將遇上和家鄉相同的挑戰，而且還更激烈、更令人憂煩。在擁擠的人行道或地鐵月臺，他是安全的，就是一個置身群眾間的人。不過一旦在週一早晨走進辦公室，他感覺自己就像不同的物種，讓人在博物館內驚嘆、細細篩檢。事實立即證明，任職於極端競爭的行銷公司無比困難。同事的蔑視從來就不嚴重，不足以向人資提報。總是些小事。事後回顧，那些片刻看似無害、無心：他的咖啡杯從茶水間消失，收到寫給同層樓唯一其他少數族群的辦公室間備忘錄，同團隊的同事寄電子郵件時忘記副本給他。

他沒抱怨，全部從容面對，告訴自己那並非針對他個人。畢竟是工作，保持專業很重要。不過社交活動的情況更加嚴峻：同樂會和假日派對。同事們大聊特聊學院時光，他們似乎都就讀同一家寄宿學校，從出生起就認識彼此了。他學會一整批新詞彙，像是「南塔克特」（Nantucket）[2]、「喬特」（Choate）[3]、「滑雪後的社交活動」（après-ski）、「DKE兄弟會」（Delta Kappa Epsilon）[4]、「巴柏爾」（Barbour）[5]，以及「硬地滾球」。聽見他沒聽過的慣用語或詞彙後，他會告退去洗手間，把它們記在一本細長的黑色筆記本中，稍後才能去查詢相關資訊，一面納悶著母親認識父親後是不是也會做相同的事。他對於自己竟然如此孤陋寡聞大感震驚。他的人生並沒有受過度保護，他的父母也並不貧窮。來到紐約之前，他一直以為自己過得很優渥。

然而在這裡並非如此，他說不出令同事刮目相看的度假地點，也沒有時髦餐廳口袋名單，由此可證。當其他人問他來自何方（不，他到底來自何方），或他在哪求學，他們似乎不知道該對他的回答、對他這個人作何感想。他們大多只是聳肩，說他們比較喜歡東岸。西岸的人都太放鬆了，沒人工作。如果他們住在那裡，他們會發瘋。當然，去度度假還不錯，但也僅止於此。儘管敏俊認同他們的批評，他還是發現自己的防禦心愈來愈重。他完全就是因為他們才離開。

工作上，他的勤奮和認真似乎反倒讓他和同事疏遠，而非受歡迎。他太嚴厲，太一絲不苟，太拘泥小節。他不只在一個場合聽過同團隊的同事哀嘆他不懂得放鬆。找點樂子吧。他這輩子笑過嗎？有幾夜，敏俊會站在鏡子前，咒罵母親的嚴肅亞洲臉孔。

一年後，人資把他叫去，他幾乎鬆了一口氣；他們說有人中訴他，但不願意透露對方是誰。至於事由，他們拐彎抹角地說敏俊有一次開了一個太過分的玩笑。他一點印象也沒有，他

---

2. 譯註：應指美國麻薩諸塞州南部的一個島嶼。
3. 譯註：全稱喬特羅斯瑪麗中學（Choate Rosemary Hall），全美頂尖私立寄宿學校之一。
4. 譯註：希臘字母學生社團之一，Delta Kappa Epsilon 分別為第四、第十和第五個希臘字母。此兄弟會成立於一八四四年的耶魯大學，歷代成員包含多位美國總統。
5. 譯註：英國品牌，創立於一八九四年，深受英國王室青睞。

問了幾個問題想澄清，但人資主管，一名年輕女性，黑髮紮起看來嚴肅的馬尾，她只說他讓幾位同事非常不舒服。

敏俊沒費心問接下來會如何，當場就辭職了。清空辦公桌後，他感謝老闆給予他機會，隨即頭也不回地離去。他厭倦試圖融入、假裝自己是他不是的那種人，或者更糟，他厭惡的那種人。他不知道自己原本以為紐約是什麼模樣、行銷這份工作會是什麼情況，但總之不像這樣。

他的存款夠他休息幾個月、釐清想法，但正當他打包房間、購買回家的機票，他依然不確定自己是否只是又在逃跑、期望景物改變也能改變他。就算母親對於他返家感到不安，她也沒表現出來，僅以家常菜和母親的關懷迎接他。就算她為他賦閒在家感到憂慮，她也沒讓人知道，大多數時間依然在各個韓國鎮的社區中心之間來來去去。

不過如敏俊所料，父親的反應就比較大驚小怪了。「你不能遇到困難就逃跑。」他罕見地打電話給敏俊時這麼說道。「你知道我念醫學院的時候有多少次想放棄嗎？」

敏俊沒力氣跟父親解釋他不是放棄，只是試著釐清自己的人生。不過很快地，他又覺得受困了，被完美的棕櫚樹包圍，高中、大學時期的熟悉臉孔環繞身邊。紐約是就他所知他可能去的最遠之地，然而結果還是一樣。他的個性有某些缺陷，敏俊作出結論。不然他怎麼會在紐約如此慘敗，用盡力氣還交不到朋友、害怕週五和週六的夜晚？不然他為什麼要堅持繼續橄欖球這項他從來就不擅長的運動？不然他小時候為什麼討厭母親幫他放在午餐餐盒裡的酸臭*kimchi*（泡菜），也討厭母親堅持要他去上的韓文課，還有他遇見的每一對白人配亞裔情侶？

因此，帶著剛剛印在他護照內的九十天觀光簽證，敏俊從洛杉磯國際機場搭上飛往仁川國際機場的單程班機。他是在母親的鼓勵之下最後才決定展開這趟旅程：他可以去看外曾祖父的墳，也終於可以把語言課學以致用。她自己不會說韓語。在同化的名義下，她父親看著家族傳統逐漸消失；不過第一波移民潮就是那樣。你或者相信美國夢，並存活下來，或者緊攀著懷舊之情，並消逝——至少敏俊記得外公是這麼告訴他的，當時他們驅車沿國道一號往北開，太平洋在他們左方，加州陽光在外公那輛剛上過蠟的雷鳥車篷舞動。外公愛美國：汽車、海灘、高爾夫、網球、乳酪漢堡，還有得來速。當他開始在洛杉磯養家活口，嗯，他最不放在心上的就是說韓語了。

真是詭異啊，他領悟語言居然莫名跳過一個世代——他的母親和兩位阿姨——然後在敏俊這代死灰復燃。他母親那輩沒人去過韓國。並不是說他們沒興趣，那興趣只是欠缺鼓勵。

敏俊想去做他母親未曾做過的事：看看他所說的這個語言的出生地，吸收他像討厭苦甜巧克力一樣厭惡的群體文化。有一部分的他讓他無比明確地不像美國人，而他想了解那部分的自己。

至於告訴父親他的旅行計畫，敏俊一直拖到最後一刻，都要起飛了才打電話給父親。敏俊害怕父親不懂自己為什麼要離開，他試著將這趟旅程描述為轉換生涯跑道。「首爾有一大堆職缺。」他說這句話的同時，廣播的聲音正在機艙內迴盪。

「這裡的工作有什麼不對了？到底是怎麼回事？」

敏俊努力思考該怎麼說才對。他要怎麼解釋一種他父親不曾感受過的感覺？「我想看看韓國是什麼模樣。」他最後只擠出這個答案。

「你這年紀才去亞洲尋歡作樂太老了，敏俊。」父親說。「該認真了。」

「我很認真啊。」敏俊忍不住提高音量，隨即對空服員抱歉地縮起身子。「我很久沒這麼認真了。」

「哼，要我說的話，我會說你這是不負責任。」

敏俊掛斷電話，覺得苦澀又委屈。他不預期父親懂他為什麼需要走這一趟，但他還是希望父親能理解。於是，他帶著終於找到歸屬的最後希望抵達首爾；在這個地方，他的缺陷根本就不是缺陷，而是他與整個國家共享的特性。他很快找到一份工作，確保自己能在九十天之後繼續待下來。後來認識了由真，當地人，一個滿足於自身外皮、自身棲息之處的女人，敏俊抖落了關於所謂缺陷、關於不成形存在的記憶。跟由真在一起，一切都不一樣了。無論他把她的語言說得多流利，也無論他使用筷子的技巧多完美，對她而言，他就是一個徹頭徹尾的美國人。這個一頭濃密黑髮、一張完美圓臉的女人以清楚明確的態度將所有事物分類，敏俊因而覺得解脫。關於各自的期待、各自的狀況，他們對彼此直言不諱。關於他們這段關係的保存期限，他們也對彼此實事求是。這不是愛，他們不曾假裝會是這種情感。因為這樣，他們之間擁有更深層的理解，一種同伴關係，真誠表現出自己是誰、想成為什麼樣的人。

但他或許弄錯了，全盤皆錯。或許他還是有什麼不對之處，有某種缺陷。不然怎麼會發生這種事？不然她怎麼會不在了？敏俊站在由真住的公寓大樓外，滿心疑惑。

距離他同樣這天早晨來這裡感覺像過了幾年，彷彿時間飛躍向前。在街燈斑斑的黑暗中，他幾乎認不出這幢大廈，如此森然聳立而又居心叵測。

按下十一樓的按鈕後，他癱靠在電梯的角落，覺得累極了，身體沉甸甸的。我了解得比某個女服務生清楚多了，他心想。如果有事令她心煩，我會注意到的。他更加困惑了，除了偶爾看電影的時候，他沒看過由真哭泣。但她不曾在他面前放開一切，他現在一清二楚地想起來了。

他厭倦素拉的逃避了，剛剛走路時傳了訊息給她：妳不能避不見面。我現在過去。我有權利知道發生什麼事。

我不會被擋在外面，敏俊下定決心，電梯一層層往上，發出像彈珠檯一樣的叮叮聲。我是她的男朋友，就算沒見過她的父母，這肯定還是有些意義。我們不是一時玩玩而已。情況非常不對，而我是唯一嚴肅看待的人。沒人在問對的問題，找尋對的地方。素拉在整件事扮演什麼角色？她應該也在找答案才對。

走廊的日光燈閃爍，牆面一片病態的綠，地板一塵不染，敏俊的腳步聲響亮得叫人心慌。他耳朵貼著門，聽見穿拖鞋的腳在公寓內走動。他敲門，傾聽。「我知道妳在，素拉。」他又敲門。「開門。」

腳步聲停了下來。

「除非妳開門，否則我是不會離開的。」

敏俊把全身的重量都靠在門上。應付無能的警察、努力從美咲口中挖出線索、在雨中找尋不存在的答案——敏俊發現問題只是愈來愈多，懷疑也多過確定。

他想起朴警官的名片，想起那張卡片是怎麼戳刺他的手掌。他想起由真的苦笑、她在雨中說話的聲音、她在他床單間的雙腿。他又想起自己從不知道她有那樣的一面。他想起自己可能根本不曾了解她。

他掄拳捶門，說話的聲音如此陌生，在他胸腔內翻騰著。「妳算哪門子朋友？妳怎麼能相信警察的說詞？」

敏俊背倚門，滑落鋪著油地氈的地板，靠沒受傷的肩膀撐著。他甩了甩手，已經泛紫了，破裂的毛細血管透過皮膚閃爍。他覺得好累，身體沉重，他屈服了，頭陣陣抽痛，腳也發疼，他解開鞋帶，脫下襪子，腳趾白如紙。他立起膝蓋靠著胸口，頭靠在交疊的前臂上。如果素拉不開門，那他就等她。她終究得走出這扇門吧。

敏俊被身側的一陣劇痛驚醒。有人想打開門。他掙扎著站起來，轉過身，門縫只見美咲害怕的臉。他的手探向門把，但她猛力拉上門。

「素拉不在。」她的聲音悶悶的，很小聲。「我跟你說過了，請離開吧。」

敏俊沒想過素拉居然不在公寓裡，忽然覺得自己這樣大吵大鬧很愚蠢。「那她在哪？」

「她待在梨大某個同學的家。」美咲說。

他想像門另一邊的美咲，手指拉扯著花呢外套的袖口。「妳今晚自己一個人沒問題嗎？」

「為什麼會有問題？」

「我只是以為妳或許會覺得睡在公寓裡很怪。」

「你走就是了。拜託。」

敏俊為自己如此對待美咲而感到羞愧。她獨自待在公寓裡，她的一位室友命喪其中，而他沉浸於自身的悲傷中，全心追尋真相，丟下她獨自一人。這會兒他回來了，卻猛搥門，要求一個不是她的人出來，質問一些她沒有答案的問題。他快快收拾好襪子，咕噥了些類似道歉的話語。

回家路上，他去了一趟雜貨店。櫃檯坐著一名高中生，他沒理敏俊，眼鏡映著手機的光，拇指瘋狂敲打螢幕。敏俊挑了兩瓶二十四盎司的罐裝海特（Hite）——韓國最棒的啤酒，但這意義並不大——他瀏覽乾淨得像診所的一條條走道，腳下是濃郁的漂白水味。除了啤酒，他又拿了一包魷魚乾。來到收銀機旁，那孩子單手為他結帳，動作快如閃電。

「麻煩再一包雲九。」

敏俊不抽菸，由真則是偶爾抽，她只買過雲九這個牌子。他不曾費心問她理由，只是容忍她的這個習慣。

「那是女人抽的菸。」男孩調高手機的音量。

敏俊沒說話。他太精疲力竭，火氣全失。他只是個沉浸在自己世界中的青少年。就某種意義而言，敏俊嫉妒他。

男孩費了九牛二虎之力才將遊戲暫停，轉過身歪著頭找敏俊要的菸。找到後，他把菸拿下來放在啤酒罐上。「就這樣嗎？」他的視線飄向手機。

回到家後，敏俊打開一罐啤酒，將魷魚乾攤開在塑膠外包裝上。這間單房公寓感覺比平常更幽閉，床距離爐子只有四步的距離。他還沒裝飾桃子色調的牆面。三星的薪水夠他租一間優渥許多的公寓，但他覺得沒意義。他不曾在家久待，認識由真之後更是如此。她總是戲稱這地方看起來活像監獄。現在感覺起來確實相去不遠。

敏俊想著美咲，她獨自在公寓裡，被黑暗包圍；真不知道她此時此刻在做什麼。由真的死改變了他心裡的某個事物。巨大的鋼蓋被揭開了，底下是一個黑暗如洞穴的開口。

他拆開香菸的包裝，拉扯著其中一根細如鉛筆的菸。只要一根，就能無所不至，菸盒的正面以青綠色的字體寫著這句標語。無所不至，他心想。他為什麼從沒跟由真一起抽一根？他為什麼沒問過她為何而抽？他躺在床上，未點著的菸在脣間。吸氣。他想像品嘗帶薄荷味和花香的菸，想像煙從他的脣、她的脣裊裊上升，在他的鼻腔打轉，遮住他的眼，她的眼。所以這就是雲九。她就是這種感覺。只要一根，就能無所不至。無所不至，他心想，吐氣，帶香氣的煙纏繞我們。此處之外，無所不至。

敏俊閉上眼，享受短暫的極樂空無片刻，結果發現自己躺在床單上，已經一個小時過去了，他的嘴又乾又臭，月光穿透窗遮，他的手機在振動。訊息來自素拉：抱歉，剛剛才看見你的來電。我們大約十一點在梨大附近的那家咖啡店見個面吧。我們常去的那一家。

8

由真 我的光，我的焰

首爾就是一切。一種特藝色彩[6]的活潑感在這座城市翻騰，混亂協奏曲中的文明。我這輩子第一次成了某個事物的一部分，某個比我自身巨大的事物。我是一個微小的有機體，一介分子，一顆微粒，主機板上的一個晶片，跟所有其他光一起閃爍著，讓網格燒得更旺。我想像從太空看見那片光網的光景：一幅黃色的填字遊戲，閃爍著明亮的期待。

我置身於我命中注定該在的地方，過著我應該過的生活。我開始將雞龍的時光視為一個錯誤，一次混亂的分類。這裡，在首爾——這才是我的歸屬之地。而且不只是城市本身而已。

6. 譯註：Technicolor，一種拍攝彩色電影的技術，能夠呈現超現實色彩，擁有飽和的色彩層次。

還有梨大，蒼翠的樹葉包圍寬闊的方院，隨季節轉變為燦爛的橘色和紅色，學生整體之間瀰漫著濃濃的目的感。但並不像高中的時候，大家都只為了成績而努力。這些女性似乎受某種更偉大、更抽象的事物驅使：追尋權力與力量。而我置身其中，與素拉相伴。

來到校園的幾週前，我收到一封電子郵件通知我，我的學伴是素拉。我們那年夏天稍早接受過一次生活習慣調查，我和素拉的相似度高達百分之九十八，這實在令人興奮得超乎想像。因為我們都已經來到首爾，於是決定在新生訓練的前一晚先碰面。我提議去學生中心，但遭素拉否決，最後在她的建議下約好在校園外的一家麵包店見面。我到的時候幾乎已經沒人了，店面的蒼白燈光滲入黑暗。透過櫥窗，我看見素拉坐在一張小圓桌旁，手撐著下巴，正在讀書。我的喉嚨一緊。要是她覺得我不酷怎麼辦？要是她發現我對大城市的生活一無所知怎麼辦？

我進去時，素拉站了起來，對著我露出哀愁的微笑。「希望這地方還可以，」她說，「我幫妳點了可頌。」

我謝謝她，坐下。「妳在讀什麼？」

「詩。妳讀過伊莉莎白·畢夏嗎？我最近瘋狂迷上美洲和歐洲詩人。」

我挺直背。才見面沒幾秒，我就已經要證明我有多無知了。「沒有。妳是為了哪一堂課而讀的嗎？」

就算素拉覺得我欠缺文化素養，她也沒洩漏。「只是興趣。我一直想離開韓國，去世界各地旅遊，不過現在最多也只能靠閱讀了。」她說。「我讀完再借妳。」

我沒遇過哪個把讀書當興趣的同齡人，更別提還是讀詩。我們讀書是為了理解，為了論文和考試。我坐下，努力要自己不覺得受到威嚇。跟我一樣，她也算是比較高挑的女孩，不過我們的相似處到此為止。她的身體是一根結實的彈簧，緊密盤繞，全身上下沒一寸浪費之處，黑色牛仔外套下的肩膀又寬又威風，姿態完美地高高挺著，彷彿有根鋼棒撐著她的背。坐在她對面，我自覺渺小、單薄。「我很少讀詩，」我擠出話語，「多半也讀不懂吧。」

素拉仰起頭爽朗地笑了。「誰在乎啊。」她環顧四周的空桌。「那不是重點。如果我只因為沒辦法立刻搞懂就不讀某些東西，或不做某些事，我應該會發瘋。而且，我們都進梨大了耶。我們很聰明！」

她的笑似乎打破了魔咒。我放鬆下來，咬了一口濃濃奶油香的可頌。我們一直待到麵包店打烊，暢所欲言各自對接下來這一年的期望和希望。我告訴素拉我來自雞龍時，她欣喜若狂。她說首爾出生的人都很高傲。她來自釜山，儘管那也是一個大都會，她的南方方言還是已經遭人嘲笑。因此我們都是外來人，努力想找到自己的路。素拉確信是命運讓我進入梨大，來到首爾，還成為她的室友，絕非偶然或巧合。命運——就是這樣。素拉，和她的無畏自信，以及那雙無憂無慮的黑眼睛。她是我的嚮導，也是我的橋梁，助我度過大學一年級的駭人裂隙。剛開學的頭幾個月，我發現自己總是對她滔滔不絕地傾訴直到深夜，我的所有懷疑和恐懼化為話語從我身上飛出去，飛向睡在上鋪的她，而她靜靜聆聽。慢慢地，小心地，素拉也對我敞開心胸，和我分享她為自己擘劃的未來。

我。

一個不曾了解友誼的人，不曾了解真正的友誼。我一直都全心投入、全神貫注，像是一列沿軌道飛馳的子彈列車。但是我到站了。我現在有餘裕慢下來，看看車窗玻璃外有些什麼了。

隨著我們一起一片一片、一個角落一個角落探索首爾，來自大城市的素拉在這片喧囂中優遊自得。線路無盡蜿蜒縱橫的地鐵，否定所有方向感的驚人辦公大樓，成群銀色計程車和呼嘯的摩托車。她不只一次牽起我的手，在電車即將離站之際衝下電梯，她開路穿過人群，帶著我安全上車，門隨即在我們身後密合。

「妳確定這方向沒錯嗎？」我問道，這時我已經展開梨大的生活數週了。我們正要去探索一個素拉聽同學提起過的新地區。

「如果不是呢？」她在背包從她肩膀滑落前一把抓住。「那我們就迷路。又不是沒遇過更慘的事。」

我的焦慮消散，化為空中的微塵。所有恐懼，所有對於我搬來的這座城市的慌張，都隨著素拉煙消雲散。她隨遇而安、勇於犯錯——這些都是我不曾遇過的特性。而我們確實迷路了——那天，以及其他的許多天。但我們總是能找到我們的路。

聖水洞的涼爽十月天，我們發現一家由舊印刷倉庫改裝而成的咖啡店。我們坐在戶外桌，一面喝咖啡一面觀賞路人。這很快成為我們最愛的活動之一：看人。素拉比較習慣大批人群，我則還是對從城市的每個孔洞、每個裂縫滲漏而出的無盡能量讚嘆不已。

「妳找到人幫妳勾教堂出席了嗎？」素拉問。

還沒。梨大基本上是一所基督教學校，因此要求學生必須參加每日教堂禮拜。禮拜感覺只是一種形式。我大概算是個佛教徒，父母從小對我的教養並不重視宗教。最重要的是家庭這個單位。不過我父母似乎認為梨大的基督教傳統很不錯，就算虛有其表也依然是加分，尤其父親更是這麼想。我認為他應該以為學生會因此而更加保守。但並非如此。

素拉淘氣地笑了，長長啜飲一口她的拿鐵，白色奶泡拉花完好無缺。「怎麼，妳每天都去嗎？」

「我以為那是必須的。」

「是沒錯，但妳總是可以找人在妳的名字上打勾。我受不了那些囉嗦的布道，太無聊了。」

雖然我覺得早晨禮拜在社交方面有其好處，但我還是稱不上喜歡這個活動。我不認為參加禮拜的所有人都體驗到精神上的啟發。一切都相當平凡：要靜觀，要善良，要心懷尊敬。但蹺掉禮拜，嗯，我從沒想過這種事。

素拉總是像那樣，大膽無畏，甚至有點魯莽。這是一種看待世界的新方式，而我深受吸引。「我最好也來找人幫忙。」想到蹺掉強制性禮拜，我不禁興奮起來。

素拉拉下太陽眼鏡，戲劇化地盯著我看。「這麼簡單就墮落了嗎？」她說完哈哈大笑。她對不平常的事物懷抱著永恆不滅的渴望，而我愈是了解她，就愈是讚嘆她的這個特點：永遠不滿足於事物原本的模樣，或是其他人認為應該如何，她總是對還沒發生的事、可能發生的事、不可能的事興致勃勃。

考量她是領取梨大的全額獎學金，我很訝異她居然願意為了逃避禮拜而賭上任何形式的觀察考核。身為一名造詣頗高的舞者，不少頂尖大學的舞蹈課程都對她提出邀請。她父母推著她踏上舞蹈之路，情況與我父母推著我念書非常相似。我沒遇過除了學業之外如此專注於單一事物的人，更別提舞蹈了。我發現自己很難想像素拉平常到底都在做什麼。我腦中冒出芭蕾舞者身穿摺邊舞裙的模樣，不過她向我保證，她的舞種跟芭蕾截然不同。「是現代舞。」她這麼說，但這解釋對我來說幫助不大。

她的人生跟我好不一樣啊！磨練她的天賦，把身體推向肉體的極限。她知道感覺活著是什麼意思，斷然宣告自己存在於這個世界又是什麼意義。我也一樣，但我的過程是智力上的，偶然的觀察者無法看見。不過我們依然以自己的方式將我們的生命投注於追尋某一個事物。在我的想像中，素拉剛上大學的頭幾個月應該有跟我一模一樣的感受，覺得我們進入了一個黃金未知領域，這個領域就是我們的友誼；在這裡，一切都有可能。

那天接下來的時間裡，我們都坐在咖啡店外，看著首爾最棒的一面湧過：身上穿著俐落套裝的男女商務人士、穿情侶裝的戀人、清道夫，以及偶爾出現的乞丐。一切都同時迷人又殘酷，淹沒我的感官。新鮮的色彩灑在我的調色盤上，我看出過去在雞龍的人生是多麼枯燥、無趣。但現在有了素拉在我身邊，我心想，一切都將改變。我要跟她一起體驗所有事物。她是我的嚮導，我的光，我的焰。

數週後，我父母帶我們出去吃晚餐；他們說我應該帶素拉一起去。他們住在平倉洞，一個高檔的小住宅區，位於北岳山山腳下。母親說那是一個安靜、樹木繁盛的地區，有許多大型獨棟式住家，就首爾來說相當稀罕。我不曾到訪，主要是希望可以藉此遺忘他們「也」住在首爾。有時候，當我跟素拉走在街上，我會忽然被恐懼感席捲，害怕他們正在看著我，監視我的一舉一動。當然了，這只是我的疑心病而已。首爾的人口逼近五千萬，我只是一個無名小卒，安全得很。

「我要穿什麼去吃晚餐？」素拉在鏡子前用毛巾擦頭髮。

我在床上翻滾，手臂甩下床。「想穿什麼就穿什麼啊。」

「妳開玩笑的吧。而且妳究竟知不知道我們要去哪裡？」

「江南區的某間餐廳。」

「那就不能隨便亂穿。」素拉為結實的雙腿抹上潤膚乳液。

真羨慕啊。無論花多少時間慢跑，我就是練不出像那樣的腿。她的肌肉聽她號令，這事關基因，

「再跟我說一次，妳爸是做什麼的？」

「他在政府裡工作。」我可以怎麼說？他是由總統親手選入？他負責韓國的所有軍事部門？我事實上也只知道這些。母親禁止我拿問題煩他。

「妳居然不知道他做什麼工作？」

「哪來那麼多問題啊？」我坐起來。「我對妳的家庭也一無所知啊。」

素拉專心化妝。「我只是覺得我應該稍微了解一下，畢竟他們要請我吃晚餐。而且說真的，妳不能隨便亂穿啦。這可是江南，應該會是一家高級餐廳。」

當然了，她是對的。她向來是對的。

當我們走進這間西式風格的高級牛排餐廳，我滿心感激她逼我換掉牛仔褲和破爛的平底鞋。女侍踩著十層樓高的楔形鞋，搖搖晃晃地帶著我們走向餐廳深處，沿途經過首爾最浮誇的雙雙對對，一身閃閃發亮的黑色與銀色，啜飲著義大利紅酒，享用著神戶牛排。雞龍不存在像這樣的地方，我不曾如此靠近像這樣的奢華。

我們在一張圓桌坐下，我父母也已經就坐了，他們和幾個月前有如天壤之別，我看了大吃一驚。母親剛染過的頭髮無比漆黑，臉頰晒成古銅色，映襯之下顯得容光煥發。她配戴成套的鑽石耳環和項鍊，幾乎判若兩人——朝氣勃勃，彷彿城市本身為她灌注了大量的生氣。父親則是另外一種變化，他的面貌從各個方面看來都變得更加嚴厲而枯瘦，下巴突出，下顎稜角分明。曾經斑白的三分頭現在完全變成銀色，額頭也刻畫出深深的皺紋。儘管面露滄桑，他的目光依然銳利，眼睛深深嵌在凹陷的眼眶中。

當然了，素拉對這些毫不知情。對她而言，他們就是我的父母，他們就是他們看起來的這個模樣。是什麼改變了他們？我納悶著，同時女侍接走我們的外套，呈上印在夢幻蛋殼白紙張的手打字菜單。

我向父母介紹素拉，接著喋喋不休說起富挑戰性的課、宿舍、美麗的校園、無懈可擊的教授，同時間，一股陰鬱的猜疑在我腦中鬼祟徘徊，一種令人意外的領悟：我父母應該一直以來都是像這樣，只不過我現在才注意到。改變的是我，不是他們。或許我現在來到首爾生活、遠離了他們和雞龍，我才第一次看見他們，真正看見他們。

我不知道晚餐的聊天怎麼會聊到這個話題。我不知道為什麼忽然出現地震般的變動，一道裂縫劃開桌子中央，素拉和我在一邊，我父母在另一邊。我被撕裂，不知道該忠於哪一邊。

「不好意思？」父親這麼說著，他瞪大眼，一面把餐巾塞進扣領襯衫乾脆俐落的領口。

素拉放下刀叉，看著我。他是在道歉？還是警告？

「我只是不認為大學教育有多大用處。我很感恩，不過感覺如果父母希望孩子得到最好的一切，他們應該放手讓孩子做自己想做的事。」

母親啜飲她的白酒。

「荒謬，甚至可笑。」父親說。「身為父母，我們對自己的孩子有責任。看顧他們、給予他們成功所需的一切是我們的本分。還有幫他們做決定。妳父母肯定也是相同看法。」

「我想他們確實是，」素拉若有所思地說，「只是做法不一樣。他們從不逼我做我不想做的事。我的意思是，當然，他們帶我進入舞蹈的世界，甚至還推了我一把，但我自己也對跳舞有熱情。如果我說我不想做某件事，那就這樣，沒得討論。」

我沒聽過任何人談論這種事，更別提還是對著長輩說。素拉很自以為是，甚至有些目中無人。當然了，她這是在含蓄而隱諱地批評我的父母。我不記得跟素拉說過多少我的家庭生活，但她肯定一點一滴拼湊出蛛絲馬跡，猜出我是如何置身一條路徑、一道階梯，每一步都經過打磨、精心打造。

但她為什麼挑這時機說這些？父母怎麼養育我又有什麼關係？

我被她的語氣嚇了一大跳，根本沒機會對她生氣。而且，就算我心煩意亂，我還是沒辦法將目光從眼前情景移開：父親靜靜發怒，母親漫不經心，甚至有些開心。不知道他們搬來首爾之後關係是不是出現了什麼變化。他們待對方如辯論臺上的政客，防備地微笑，戴著禮貌的面具，少了彼此之間心照不宣的眼神，也不再提及我不可能知道的親暱往事。他們現在只是對方的梯子嗎？只是彼此登上榮華富貴的踏板？

「教育是這個國家的基石。」父親說道，頰骨上的肌膚繃緊。「在已開發國家之中，我們的大學畢業生比例最高。因為教育，也因為我們的努力，我們自立自強走出經濟崩潰。因為我們的父母和他們的父母，我們克服了戰爭、貧窮與饑荒——那是妳絕對無法想像的艱辛困苦。」

我很少聽父親提起他的青春期、他是怎麼在韓戰的碎石瓦礫中成長，見證了國家的毀滅與分割、蘇聯與美國在二戰後起始的斷裂。這兩個強國像沙池裡的小孩一樣在半島中間畫了一條

9

敏俊
溪裡的兩顆卵石

敏俊在一段回憶中醒來。他飛落一座山，滑雪板綑在腳上，風迎面吹拂。前方，由真和素拉來回穿梭，沿積雪的山坡往下滑，一前一後，在新鮮的粉雪畫下彎曲的八字。她們在前面高速滑行，敏俊在後面苦苦追趕。「跟上啊。」由真喊了一聲，隨即俯衝，消失無蹤。

在十二月底的那個週末之前，敏俊從不知道她們那麼會滑雪。她們在山腳下等他，護目鏡推到頭盔上，鼻子有如紅寶石。素拉說了些什麼，由真哈哈大笑，陣陣白煙從她們的黑色圍巾中冒出來。敏俊提議自己留在小屋，她們兩個自己出去再滑幾趟。素拉看似心懷感激，輕快地滑向吊椅纜車，由真則躊躇不去，滑雪杖戳入硬實的雪。「確定嗎？我們今天可以滑到這裡就好。」

「去吧，去吧。」敏俊說。「我已經拖慢妳們太多了。」

他看著她們爬上吊椅，肩並肩，飛入陣雪中。那晚在小屋裡，敏俊和由真躺在床上，月亮在房間地板灑上冬天的光。另一個房間傳來素拉的打呼聲，不時打破寂靜。牆與屋頂之外，只聽得見覆雪松樹間的風聲。習慣了首爾的混亂噪音，敏俊興奮不已，無法入睡。

「你知道嗎，」由真低語，一條腿滑到他雙腿之間，肌膚柔軟如滑石，「就算是以韓國人的標準而言，我們也等了很久。」

「妳等過這麼久嗎？」

由真對著他頸間笑了起來，嘴唇濕潤。「天啊，沒有。我不是什麼老古板。」她翻到他身上，床單披在肩上，壓低身子。「我只是不希望你覺得我隨便。」

「我不會。」

「我知道，」她親吻他，「但我想確認。」

那是什麼意思？現在透過她死去的這塊稜鏡回顧，這段回憶令他心神不寧。當時他不覺得有什麼不對。但此時此刻感覺古怪。她特意以某種方式呈現出她自己。

敏俊又讀一次素拉的簡訊：抱歉，剛剛才看見你的來電。我們大約十一點在梨大附近的那家咖啡店見個面吧。我們常去的那一家。

沒提及發生的事，只有草率的道歉，以及一個忽視他的爛理由。

窗外，月亮高掛天空，有如以夜晚為背景的耀眼白色聚光燈。敏俊想起美咲，還有他對她多麼過分。想起她從門縫中露出來的臉，他就覺得心痛，她是多麼害怕又困惑啊。敏俊沉浸悲痛中，不曾停下來想想美咲過得好不好。罪惡感在他胸膛聚積，他瀏覽手機的通訊錄找尋她的電話號碼——他必須賠罪——卻發現自己沒有她的電話。從來就沒理由聯絡她。

他斷斷續續睡著，汗濕床單，城市的聲音穿透他的夢。清晨他再度醒來，大口喘著氣，手緊抓喉嚨。由真或許就是這種感覺，黑暗覆體——無盡的黑色之海回望著她。她此時在哪？她也有個月亮能看嗎？

和素拉見面前，敏俊決定先到公寓去看看美咲。在令人清醒的上午太陽下，他看清自己對待她的方式有多醜陋。他需要修正錯誤。令他驚訝的是，他按下門鈴後，美咲立即讓他進去，一面用電話跟人聊天，一面開門示意他入內。敏俊幾乎難以相信她的轉變。她身穿黑色高腰西裝褲，搭配黑色緊身高領衫。怪裡怪氣的街頭穿搭、層層疊疊沒完沒了的雜燴不見了。她又改了髮色：黑色，搭配她的服裝。他坐在長沙發上，美咲則是在公寓各處穿梭，化為一團模糊，從冰箱拿出優格，把手機充電器、平底鞋和化妝盒丟進手提包，其間以日文滔滔不絕。他難以將兩個版本的美咲看作同一個人。

「抱歉，」美咲掛上電話後說，「我哥老愛查勤。他自認為是我的保護者之類的。你有兄弟姊妹嗎？」

就算她因為昨夜而對敏俊產生任何敵意，她也沒表現出來。「很遺憾，我是獨生子。」

「我猜那說得通。」美咲的注意力轉向鞋櫃。一陣翻找後，她帶著一雙黑色高跟鞋回來。

「什麼意思？」

美咲用指尖勾著鞋，思考著他的問題。她上下打量他，彷彿可以在這當下看出答案。「只是一種感覺。你似乎很獨立。」

「妳不也獨自在異國生活。」

「你不一樣。」她套上高跟鞋。「我要去工作了。如果你來是想進由真的房間，密碼鎖還沒撤掉。」

敏俊起身，感覺莫名緊張。「我其實是來為昨晚道歉的。我不是故意要嚇妳。我甚至沒問過妳好不好，滿腦子只有由真。」

美咲低頭，腳尖輕觸門口的地磚。「沒關係。要是我，我也會心煩意亂，但我真得走了。我不能遲到，今天要開店。」

他們一起離開公寓，搭電梯下樓，敏俊的好奇心愈來愈膨脹。他不知道美咲有在工作。他看著發亮的數字閃爍、暗去，樓層一一掠過。她為什麼要工作？她不缺錢啊。由真和素拉說她來自東京的富裕人家。說不通。她拿的是學生簽證，根本也不能在韓國合法受雇。

來到地鐵站後，他們道別，靜靜站在擁擠的通勤人潮中，有如溪裡的兩顆卵石。「如我剛剛所說，」敏俊說，「我真的很抱歉。我的所作所為——很不得體。」

「真的沒什麼大不了，」美咲說，「你用不著道歉，但我感謝你的心意。你好體貼。由真一定就是因為這樣才這麼喜歡你。」

她說完隨即離去，留下敏俊獨自思索持續增長的美咲之謎。去和素拉見面的途中，他試著回想由真死前那晚的所有細節。保持心思澄澈很重要，然而，站在擁擠的地鐵車廂中，努力在商務西裝和骯髒運動衫、狗耳般下垂的報紙和攞遢的耳機線之間擠出空間，他很難看清一切。和美咲的對話像香水一樣纏著他。就算在他檢視問題清單的當下，她的隱晦出身、發現她有工作，這些謎團仍在他的記憶蒙上一層紗。她說就算他們都是身處韓國的異鄉人，他還是不一樣。這是什麼意思？

快到站了，敏俊將美咲從他的思緒中推開，專注於眼前的任務。他渴望和素拉談。情況終於要開始明朗了。

「妳怎麼能相信警察的說詞？妳認識她啊，素拉。由真擁有完美的成績，她的未來一片看好，而且她有我們這些關心她的人。」

素拉點頭。她的嘴唇蠕動，但沒發出聲音。

敏俊湊近，桌子在他的重量下晃了晃。「妳是最後看見她的人。她看起來心煩意亂嗎？心情不好嗎？」

「拜託，」她啜泣，「拜託停下來。」

「妳不想知道真相嗎？妳不想知道發生什麼事嗎？」

素拉起身，在她的托特包一陣翻找。「我以為我做得到，但我沒辦法。」錢幣、幾張揉成團的鈔票掉到桌上。

敏俊趕在她離開前抓住她的手腕。「這一切都沒道理。」

「或許對你來說沒道理，」她甩掉他的手，「也或許你沒有你以為的那麼了解她。你想過這個可能嗎？」

敏俊環顧咖啡店的其他客人。有些人目瞪口呆，活像見證了一場車禍，無法別開視線，其他人則徹底迴避他的目光，假裝自己正全神貫注讀報或講手機。「素拉，拜託。」

她的表情軟化。「我不是那個意思。」她說。「你了解她，敏俊，我也是。我們是好朋友。

但我現在必須離開，抱歉。」

他還來不及多說什麼，她已經戴上太陽眼鏡，走出咖啡店，朝東而去。敏俊跟上，拒絕讓這場對話結束於此。收銀員在他身後喊著咖啡沒付錢之類的。她就在幾步之前。來到一處路口，夏日的風捲起，沿一棟棟大廈旋落，她停下來等紅燈。

「妳為什麼不聽我說？」敏俊氣喘吁吁地說，「承認吧，有些事說不通。她不是那種人。妳為什麼要假裝她是？」

素拉轉身面對他，太陽眼鏡推到頭髮上。「我知道你現在很心痛，敏俊，我也是。但我沒空跟你說這些。我要回公寓跟由真的父母見面，有些實際的問題要處理。」

敏俊分不清她是否想傷害他，或只是陳述事實。但有什麼關係嗎？她指出他們和由真的關係有一個重要的差別。對由真的父母來說，她是存在的，他則不是。

素拉是對的，有些實際的問題要考量。需要舉辦葬禮之類的儀式紀念由真。而她的父母——他試著在腦中描繪出他們——他們站在旁邊看著什麼，某個他無法想像的事物。他沒參加過韓國的告別式。棺材嗎？還是骨灰罈？他看著素拉走遠。他的一小部分剝離了、脫落了。一切都沒道理。她對美咲的唐突介入意有所指；她不願考慮由真的自殺是否有任何其他原因。她在隱瞞什麼？

敏俊想找個地方遮蔭，於是鑽進一條小巷；鴿子咕咕叫，空調機充斥金屬呼呼聲。敏俊跨立於一道細細的排水溝上方，手探進口袋找尋朴警官的名片。

10

由真　我總是想起她

跟素拉在一起太輕鬆了；我們形影不離。在圖書館讀一整天書，書本和空咖啡杯散落暗色桃花心木桌面，去我們最愛的咖啡店吃早午餐，週日早晨在宿舍裡聊天，我們的房間滿溢純粹明亮的光。我擔心我這是在限縮自己的社交圈，因此不是很認真地開始拓展友誼。我加入國際法社團，心想應該可以認識一些想法相似的女孩。確實是，但這就是問題所在。她們讓我想起過去的我，那個被我拋諸腦後的自我。聚會兩次之後，我就不去了，引來資深社員的不滿；之後，只要我走在校園，她們總是對我露出非難的神色。要忽略她們很容易。每一次怒目而視，都只是讓我對我和素拉的友誼更加堅定。不過，讀大學的第一年只交一個朋友——這難道不是你最不該做的事嗎？

我害怕日後後悔自己沒努力認識更多人，於是在十一月底加入了登山社。健行讓我想起小時候跟父親一起去的露營之旅。然而，就算我正在通過岩架，或是之字形走上滿是車轍的泥土小徑，我總忍不住想著不知道素拉在做什麼。無論我在哪、跟誰在一起，我總是想起她。冬季一旦降臨城市，刺骨寒風和暴風雪把所有人留在室內，登山社也進入冬眠狀態。社團春季又開始活動時，我也沒有回去。到那個時候，我已經臣服於必然的結果。我為了認識更多人、交更多朋友所做的所有努力，都只證實素拉一開始就宣告過的事實：我們注定成為朋友。

那年春天，首爾本身就是屬於我們的遊樂園。我沒在讀書、素拉沒在排練的時候，我們整個週末都待在校園外；我們探索這座城市的每一個角落，從博物館、露天市集到購物中心、街上沒完沒了的 *tteokbokki*（辣炒年糕）攤和 *bungeoppang*（鯽魚餅）攤。無論我們搭了多少地鐵、穿越多少街區，城市總是一次次露出新面貌，彷彿不斷綻放的花朵。隨著天氣漸暖，我們養成野餐的習慣，或者去河邊，或者去素拉最愛的公園之一首爾森林。

我倆生日相近——都在四月，相距幾天而已——只是更加強化了我們的宇宙連結感。技術上來說，素拉的生日比較早，但她延後慶祝，因此我們可以舉辦聯合慶生會。「小聚」或許是更好的說法；素拉舞蹈課的幾位同學在學校附近找到一家破爛的酒吧，這家店以鬆散的證件查驗政策而聞名。我們還差一歲才滿二十，也就是說，我們不可能去江南和弘大的知名夜店跳舞、喝酒。

「別擔心，」慶生會前，素拉這麼對我說，「妳沒錯過太多。」我們這時剛在草地上鋪好野餐墊。雖然從梨大到漢江公園要搭很長一段地鐵，我們今天還是決定來這裡。附近有其他人也在野餐，大多是帶著小孩的家庭或年輕情侶。漢江在前方靜靜流淌，彷彿光滑的鏡子，只被來往船隻偶爾激起的漣漪打破。

我努力緩和我的興奮之情。「妳真的去過首爾的夜店了嗎？」

素拉在紅白條紋的野餐墊上伸展，手蓋在眼睛上方遮去陽光。「一個舞者朋友跟他們的保鑣約會過幾次，他偷偷放我們進去。」

「什麼時候的事？真不敢相信耶，妳居然沒找我一起去。」

素拉揮開我的質疑。「我們臨時起意才去的，妳什麼都沒錯過啦。」

「妳開玩笑的吧。大家都知道首爾擁有最棒的夜店。音樂怎麼樣？男孩呢？妳總不能說一個可愛的男孩都沒有吧？」

素拉坐起來，脫掉外套，肩膀端正而輪廓分明，彷彿她是一尊大理石雕像。「當然，是有幾個帥氣的傢伙，不過說真的，他們都很無聊。男人的想法都好單一，永遠無法從多面向思考。」

「什麼意思？」

「最好開始喝吧。」素拉用壓過喧鬧聲的音量喊道。「門禁時間是晚上十二點。」

我大口喝啤酒，努力不露出怪表情。梨大的所有宿舍週末時都有門禁，沒及時趕回去就會被記點。直到那晚出去玩之前，我都不覺得這條規定有什麼問題，不過我現在已經等不及要搬出學校住在自己的公寓裡了。有人打開一瓶 *soju*（燒酒），幫每個人都倒了一小杯。

素拉靠過來。「沒必要喝，妳知道吧。」

「我不是來自城市，不代表我不會喝酒。」

我們很快就拋棄了雅座。有些女孩在一起跳舞，有些則在跟我不認識的人聊天，喧鬧的笑聲和狂熱的說話聲壓迫著我。素拉在跟舞蹈課的一個同學交談，看起來很激烈，她一邊說話一邊瘋狂地比手畫腳。我想不出她哪來那麼多精力，能夠對所有事物都懷抱如此熱情。她體內轉眼就能燃起火焰，而這有時令我害怕。

二手煙熏得我眼睛有如火燒，我迂迴鑽出人群。來到人行道後，我深呼吸，臉莫名刺痛但又覺得麻木。一群群喋喋不休的學生和正要去夜店的人川流走過，招呼計程車、喊著往哪裡走，對著同伴又推又拉，往下一個目的地前進。

一個穿白色亞麻襯衫和黑色牛仔褲的傢伙站在我附近抽菸。他看起來像大學生，可能比我年長幾歲。我突然有股跟他說話的衝動，想像其他女大學生一樣調情。

我向他討菸，他給我了。我從來就不是很懂抽菸有什麼樂趣，不過微醺中覺得有種振奮起來的感覺。我覺得更加警覺，柔軟的世界又重新聚焦。

結果他是延世大學的三年級生，主修國際企業，名叫相道，畢業後希望能去歐洲工作，可能瑞士或德國。我告訴他我才大一，他也沒有擺架子，這感覺頗令人鼓舞。「或許我之後可以打電話給妳。」他只這麼說道，一面掐熄菸，丟在人行道上。

我輕率地給了他我的手機號碼，然後跟他說我要回去找朋友，隨即離開。如果海淑曾教會我任何事，那就是：總是讓他們渴望更多。

學年結束時，我去看了素拉的春季演出。我還帶了相道，或素拉口中的延世男。我們約會過幾次，他雖然似乎很不錯，但我發現自己一直抗拒他的某些邀約，像是喝酒，或是深夜外出，害怕他可能有所期待。不過我還是想讓他對我的文雅品味印象深刻，而有什麼方法好過帶他去欣賞素拉的表演呢？

我沒看過舞蹈表演，更別提現代舞了，而根據素拉的說法，現代舞非常不一樣，但她不說到底哪裡不一樣。

在滿得令人意外的觀眾席坐定之後，燈光轉暗，黑色布幕搖曳上升，觀眾全體安靜下來。

舞臺中央是一張特大號雙人床，以粗麻繩懸吊空中的手動打字機環繞四周，六個光圈愈來愈熾烈。

舞臺上空蕩蕩，空無一人，只聽得見噪音，不是音樂，而是快速又不協調喀啦聲，敲打按鍵，由金屬到紙，不斷倍增，一千根手指敲打手動打字機的聲音在表演廳內迴盪。還有嗡嗚聲，呼呼聲。我想像應該是電子打字機。還是沒人上臺。只有一張床、聚光燈，不祥的打字機險險懸掛空中。

終於有人了。精確來說，是六個，身穿黑色緊身連衣褲，從舞臺左右湧入，一邊三人，刺眼燈光下，她們的肉體蒼白而暴露。每位舞者各自在一部打字機下方就定位。機器聲變得更加激昂，加入了嗶嗶聲和喀答聲，塑膠鍵盤和閃爍的螢幕。舞者一個接一個快速動了起來，每個人的動作都不一樣，腿朝旁邊、朝上面猛踢，面對觀眾拱起背，肋骨突出。我著迷地看著她們。

我認出素拉時，她正探向飄浮在她上方的打字機，雙臂伸展到極限，指尖渴望，然後在無聲的哭嚎中癱倒，彷彿她中彈了，不過她接著又動起來，膝蓋著地，面對觀眾。面對我。

她彎腰，胸口貼近地面，手肘、前臂、肩膀都彎向我，然後她旋轉、手飛甩，指尖掠過舞臺。她在自身四周畫出一個圓。她不停旋轉，彷彿血肉與骨的苦行僧。聚光燈脈動，灑落她身上，灑落這具奇蹟之軀。

接著所有舞者同時起身，分立床的兩邊，彷彿彼此的鏡像，她們輪流飛撲、打滾、翻過床。一個接一個，充斥狂熱歡愉的模糊人體。

我的眼裡只有素拉。她一臉極度痛苦的專注，帶著優雅、不顧一切的放縱投身地板，腹部隨呼吸而起伏，雙眼明亮而全心全意。隨著她的每一個動作，我的胸口發緊、肩膀發疼。我在她的每一次轉身和每一次滾落之中屏住呼吸。我領悟她並不在那裡。她在他處，在我身旁看著表演。脫離肉體。我不是在看著素拉，而是看著她靈魂中的某些純粹精華。

舞者一一離開舞臺。遭猛拉，遭推搡，遭橫掃，遭強迫——每一具軀體都在誇張的動作下離開，散入黑暗中，有如宇宙微塵。只剩下最後一個人——素拉。四柱床被看不見的繩索往後拉，燈一盞一盞熄滅，最後只剩下她和一盞聚光燈。噪音不見了，打字機也全數消失。只剩下我們和她。我和她。

她助跑後衝向舞臺前側，高高躍入空中，露出喜樂的扭曲表情。她落地，地板發出響亮的一聲碰，手掌平貼，腳平貼，然後燈光全暗，觀眾席爆出掌聲。

當舞臺亮起、六名舞者上前鞠躬，我不知道自己剛剛看了什麼。我不知道這場現代舞表演是好是壞。我不知道身旁這個站起來鼓掌、靠向我的男孩是誰。他是陌生人，調情的對象。他不是真的。他不重要。我要的不是他。

不是。

我想要的事物，我想要的人，我這輩子最想要的東西就在舞臺上，她微笑、發光，對著我。

我要的是素拉。

11

敏俊　你總是可以想著我

新村的夜生活比較知名，在白天則幾乎難以辨認。朴警官答應在一家酒吧和敏俊見面，店外的人行道滿是按摩店的傳單和名片、卡拉OK房、計程車、酒店。伍茲塔克（Woodstock）是首爾少數幾家播放密紋唱片的酒吧之一，點幾杯酒就能點歌邊喝邊聽——主要是美國老歌。如果你點了一整瓶，那就能換到幾張唱片。敏俊跟由真在各種場合下來過這裡很多次了，但不曾這麼早來。

酒吧很小，只是一棟狹窄的建築，擠在大許多的另外兩間夜店之間。赤裸的燈泡懸掛天花板，熾熱的燈絲散發明亮黃光。木鑲板牆上貼著復古海報，有亨德里克斯（Hendrix）、馬利（Marley），以及滾石（The Stones）。儘管店裡沒客人，煙卻似乎依然懸滯空中。

朴警官坐在吧檯，面對著一牆依字母順序排列的唱片。酒保還在準備開店：掃桌子和椅子下方、偶爾停下來拍打沿對面的牆擺放的襯墊長椅。

「抽菸嗎？」朴警官彈開菸盒。他在電話中聽起來狀態不佳，實際看起來更是糟糕。鬍渣不平整又東一塊、西一塊，活像他家裡沒鏡子一樣。

敏俊拒絕了，更加仔細地看了看朴警官。他先前太全神貫注於由真過世的消息，幾乎完全不記得上次見面時朴警官是什麼模樣。朴警官的指甲因為抽菸而泛黃、泛棕，一頭韓國人的自然捲，撥到側邊半遮住他的圓臉。他眼距寬、鼻梁塌；敏俊猜想，就韓國的審美標準而言，他應該醜得叫人心驚吧。雖然敏俊不認為誰會與他有同感，但他還是覺得朴警官的外貌有其迷人之處，像隻躺在海床上的比目魚。

「找我有什麼事？想起什麼線索了嗎？」敏俊在高腳凳坐定後，朴警官隨即開口問道。

「先喝一杯吧，我請客。」

「波本。」朴警官朝吧檯後的酒瓶隨意晃了晃手指。

敏俊不確定朴警官喜歡什麼牌子，便將問題推給酒保，而他很快便帶著一瓶酒回來，還附配酒的海苔片。

「揮金如土是吧？」朴警官用手肘輕推他。「三星的薪水肯定很不錯。」

敏俊旋開瓶蓋，雙手遞出酒瓶，朴警官也以相同方式遞出酒杯。這是韓國的習俗——年紀輕者為年長者倒酒，而且必須雙手。「對一個*kyopo*（僑胞）來說，你很懂規矩嘛。」朴警官也以相同的善意回應。

敏俊不喜歡這個詞彙，他們都用這種不嚴謹的說法稱呼在韓國之外長大的人，但他忍住，沒多說什麼。朴警官是他的唯一選項。他必須以禮相待。

朴警官向酒保點了布魯斯．史普林斯汀（Bruce Springsteen）的〈生於美國〉（*Born in the U.S.A.*），並朝敏俊眨眼。唱針在上方發出爆裂聲。朴警官閉上眼，頭隨著合成器擺動，粗粗的手指在吧檯上打拍子。他的頭又點又甩，捲髮滑落額頭。酒保不知所措地看著。

「我來問你一個問題。」朴警官湊近，眉間點點汗水。「你到底在這裡做什麼？三星的工作很棒，但你不能在美國做一樣的事嗎？」

敏俊思考所有他能告訴朴警官的答案。他可以跟他說紐約的事，跟他說那本寫滿陌生詞彙的筆記本。他可以跟他說大學的事，當時他還得假裝自己不會說韓語，只為了逃避被找去加入教堂小組。他可以告訴他，當他母親對他解釋他為什麼永遠不會長出像父親一樣的金髮，他哭了。但他什麼也沒說。

「我的外曾祖父葬在這裡。」他最後只這麼說道。

「那就是來悼念的囉。」朴警官說。「令人敬佩。」

「在國家公墓。他參與了韓國獨立運動。」

朴警官舉杯。「那就更了不起了。愛國英雄。所以你覺得你可以回來祖國向你外曾祖父致意，接觸你失去已久的文化。」

「大致如此。」

「別那麼陰沉了。韓國有很多 *kyopo*（僑胞）。他們來自世界各地，從雪梨、溫哥華、洛杉磯飛回來，我甚至還遇過一個來自伊朗的傢伙。他們都在找尋相同事物。當然了，很少找到。我猜你的情況應該難上加難。」

想到有其他像他一樣的人來韓國，期望找到歸屬，敏俊覺得自己好愚蠢。他的情況並不獨特嗎？有了這份體認，他應該要感覺好一點，但實際上並沒有。

朴警官在椅子上動了動，雙手捧著酒杯。「關於那個案子。你還知道些什麼？」

敏俊講述由真過世前的種種可疑行跡，而這份清單愈來愈長了。他們在一起的最後一夜，她謊稱要讀書，與他分別後卻跑去跟素拉喝酒。然後，根據素拉的說詞，由真要去圖書館借一本考試要讀的書，所以也跟她分別，然而考量她的準備度和優異的讀書習慣，這一點也不合情理。更令人不解的是，她去借書再返回公寓居然花了兩個小時的時間。首先，她跟素拉見面的事為什麼要對他說謊？再者，只是借一本書，為什麼要花那麼多時間？

朴警官看似並不特別意外。「這些我們都已經知道了，現行的理論並沒有因此而出現變化；她是自殺，我們沒理由相信她遭人謀害。」

「但你無法排除這種可能。這可是你自己說的。」

「我們還沒收到正式的驗屍報告，不過不太可能是謀殺，除非你暗指她的其中一名室友是兇手。當晚只有她們在公寓裡。」

短暫的一瞬間內，敏俊覺得有此可能，但他隨即打住——他感到羞愧。素拉是由真最好的朋友，而就算他們都不是非常喜歡美咲，也不代表她會是兇手。

某個滑溜如糖蜜的東西在敏俊的胃裡翻滾。他的腦子突然因喝酒而變得遲鈍，他努力想清楚表達自己的想法。晦暗的光線撞穿烈酒瓶和啤酒瓶頸部。乙烯基刮擦，貝斯重擊。他遺漏了什麼，某個細節。然後他想起美咲所說的話：沒人報警，他們自己來了。

「如果沒人發現屍體，警察怎麼知道要來？誰打電話給你的？」

朴警官將一片海苔放進嘴裡，大聲地嚼了起來。「嘿，你給我們的是什麼？這不是韓國海苔。」

敏俊也拿起一片酥脆的海苔，讓它在舌頭上溶解。「我覺得味道不錯。」

「你是*kyopo*（僑胞），說不定連韓國人和日本人都分不清楚。」

敏俊忽略他話語中的刺。「是誰叫你們去公寓的？」

朴警官重重嘆了口氣。「我主管給了我由真家的地址，叫我過去看看。他說明顯死於自殺。」

「那又是誰告訴你主管的？是誰報警？素拉和美咲都確認警察和急救人員在她們知道由真死亡前就來到公寓。」

朴警官掃掉吧檯上的暗綠色海苔碎屑，嚴肅地凝視著地板。「你真不知道由真的父親是誰？」

「之前就跟你說過了，我沒見過他。」敏俊不知道朴警官為什麼又提起他。

「她不曾介紹你們認識，」朴警官修正他的說法，「因為他不希望有事情讓寶貝女兒分心。」

「大致如此。」

朴警官環顧空蕩蕩的酒吧。「他是國防部長。」

敏俊肯定沒表現出恰當的反應，因為朴警官又湊得更近一點，他的氣息溫暖而難聞。「大人物。」

「所以他是等級很高的政治人物？」

朴警官的一隻大手抹過臉。「你沒認真聽。她父親掌管首爾的每一個軍事部門。如果你想讓某個人被監視、電話被監聽、電子郵件被駭，你就是找這個人。我們現在談的是深層政府。」

敏俊努力揣摩朴警官所說的話，但他的心思飛回由真；她問過他關於家人的問題，但對自己家，她卻說得像一切都如此無聊、平凡。他從不覺得有必要問得比這些簡單的問題更深入；他領悟這完全正中由真下懷。

「所以不只是焦慮或壓力，她父親想隱瞞事實，或者更糟，因為某種未知的原因，責任可能根本就在他身上。」敏俊忘了禮儀，自己幫自己倒起酒來。

朴警官拍他的手。敏俊放下酒瓶，轉而像供奉一樣雙手遞出自己的杯子。朴警官搖了搖頭，幫他倒酒。「你沒認真聽。我是在跟你說，別攪和進去。有關這個案件的政治情勢原本就害我很難做事了。來自各方的壓力都要我快快結案，這無疑是因為她是部長的女兒。你想想吧，大眾的關注、媒體，會變得像馬戲團一樣。我需要排除所有外在因素，才能好好把案子了結。」

「由真從沒提起她的父親。」

朴警官轉動高腳凳，面對敏俊，眼睛白如雪花石膏。「你不要惹這些人。我主管是個挺剛強的傢伙，但是有人在背後操控。我不知道她父親能做出什麼事，但你不會想惹毛他。」朴警官喝光他的酒，用袖子抹了抹下巴。「我懂你很心煩意亂。真的，我知道你困惑又心痛。我確定你是一個好男友。我們看過便利商店的監視影片了，你的不在場證明沒問題。我確定你跟案件一點關係也沒有。我也知道你有疑問，但此時此刻，最重要的是解決案件。我知道你不相信由真是自殺，但你得讓我做我的工作。我的直覺說是自殺，不過還有一些線索和其他沒交代清楚的地方，顯示她的案件比表面看起來更複雜。如果你打草驚蛇，我就沒辦法好好調查了，只會把情況變棘手，而我只能阻攔高層這麼久。有些非常位高權重的人希望這件事盡快了結。」

敏俊努力專注於朴警官所說的話，但感覺自己又落回熟悉的懷疑。如果他更留意、問更多問題，或許由真還會在他身邊。

「那為什麼要跟我見面？」敏俊領悟自己無法說服朴警官相信任何事。「你顯然不相信由真是遭謀殺。為什麼還要告訴我案件的細節？為什麼要告訴我由真的父親是誰？為什麼要警告我？」

朴警官放鬆地往後靠，目光掃過唱片和烈酒瓶。「我在江原長大，一個鄉下地方，旁邊就是和北韓之間的邊界。有時候，我甚至可以在上學途中聽見宣傳廣播。我小時候的朋友和我，我們兩個都想當警察。那是我們離開的車票。他很愛開玩笑，只要能逗人笑，要他做什麼他都願意。我們的家庭從來就沒多餘的錢可用於消遣，因此他總是想出笑話和惡作劇娛樂我們。無論情況多麼艱困，他總是會找到能引人發笑的事物。有些人擁有那樣的天賦，他們能看見一切的荒謬之處。」朴警官拉扯一綹綹糾結的頭髮。「高中畢業的前一晚，他自殺了。他家人在工具棚發現他死於二氧化碳中毒。好幾個月以來，他都在蒐集 *yeontan*（煤炭），那些用來煮飯、加溫的小煤磚。他用破布和毯子塞在門下，燒煤炭的時候氧氣才不會進去。沒人知道他的動機。他沒留下遺書，沒對任何人說過任何事，也沒哭喊求救。這件事到現在還常常縈繞在我心頭。我還是搞不懂他為什麼自殺；搞不懂自己為什麼不曾發現任何異狀。我不希望其他人也被那種懷疑與不安纏上，所以我才告訴你。因為我知道開始懷疑自己有沒有能力了解另外一個人類是什麼感覺。」

朴警官喝完酒，冰塊喀啦作響。「遠離由真的父親就對了。去度個假，離開一陣子。哀悼、反思，不過就這樣了。我會追查到底。」

朴警官離開許久之後，敏俊還待在酒吧裡思考著他所說的故事。這時空氣中瀰漫著嗆人的煙味，酒客在他身旁徘徊、喧鬧，上方的風扇轉速加快了一倍。或許朴警官是對的。或許由真把她的痛苦埋藏得很深，不讓敏俊發現，就像她也沒讓敏俊知道她父親的職業。一對情侶坐在他附近，正靠在一起研究一張唱片。由真愛這間音樂酒吧，她喜歡他們擁有一張唱片的這個概念。「這屬於我們。」她緊抓著《無拘無束的巴布狄倫》（*The Freewheelin' Bob Dylan*）。「這是我們

想像在不知道素拉是否和我有相同感受的情況下走入夏季。她說過她覺得男人很無聊；他們想法單一，永遠無法從多面向思考。我思考「多面向」這個詞很長一段時間，在腦中翻來覆去，彷彿口中的糖錠，直到丁點不剩。雖然我不想承認，但或許沒那麼複雜。我是她的朋友，就這樣。我決定了。然而我還是忍不住想知道。

學期的最後一天，素拉和我站在空無一物的宿舍房間內。整面牆那麼長的鏡子、釘滿照片的軟木都沒了。床墊光禿禿地躺在上下鋪。我低頭凝視沒鋪地毯的地板，如此無生氣又冰冷。我們將這個房間打造為屬於我們的天地，但這裡實際上並不是我們的房間；接下來的這年，某個新來的人會住進來。我想說些什麼阻止這一切，想硬生生擋下時間，但要說什麼才做得到呢？

「我們打掃得很乾淨。」素拉把房間鑰匙放在窗檯上。「打賭他們不會要我們支付額外的費用。」

我試著笑，但笑不出來，某種像哭泣的東西塞住了我的喉嚨。

她肯定從我的表情看出了蛛絲馬跡，一百陣優柔寡斷和反覆琢磨的劇痛。「這不會改變任何事。」她說。「我們下個學年還是會住在一起。」

我放鬆下顎，試著呼吸。「那我們呢？」

素拉從書桌上拿起一捲紙巾，接著又放下，幾乎顯得失望，彷彿她原本期望其中蘊藏答案，能夠解答某個令人痛苦至極的難題。肺如火燒，胃扭攪著，我用意志力要她理解我。她開口要說話，但又打住，嘴唇輕啟——卻只吐出空氣，再無其他。

「我希望這有不同的意義。」我無法再忍受沉默，脫口而出。

她看著我，真正看著我，深棕色的眼睛寧靜無波。這個片刻收折起來，一切都顯得絲滑、寂靜。我看著她衡量著我所說的話，感覺像經過了永恆那麼久，時間減速，化為令人難以忍受的涓涓細流。

微乎其微地，素拉拉近了我們之間的距離。「妳想要我們是什麼，我們就是什麼，由真。妳只需要說出口。」

「我不認為有那麼簡單。」

「就是那麼簡單。」她握住我的手。

我沒辦法看著她，但感覺得到她的溫暖，她的呼吸。「那就讓我看看。」我聽見自己這麼說。

她單手捧住我的臉頰，轉動我的頭。房間似乎一點一滴消失，只剩我們兩個人站在那裡，一起。她嘴裡吐出些什麼，一句低語的保證，一段我不曾聽過的旋律。她伸長脖子，與我嘴唇相觸，她的脣很柔軟，探索著。我閉上眼，想像素拉跳舞時就是這種感覺，沒有限制，同時脫離實體又生氣勃勃。除了這條在我們之間嗡嗡作響、縫在我們存在本身上的線，一切都不重要了。

事實很快便證明，素拉的校外公寓對我們在那個夏天建立的新關係頗有助益。她的室友總是不在，忙著排演、甄選、演出，給予我們一種安全感。我們可以安全地做我們想做的事。雖然我自己也有應盡的責任（暑期英語課），課業量實際上很低，因此可以保留大量時間給素拉。相較於宿舍，這裡根本是天堂。沒有門禁，也沒有多管閒事的走廊監視器或安全回報。我有生以來第一次覺得我在過自己夢想中的生活。雖然父母堅持我平常都要住在家裡，但週末可以破例。我大一拿到完美的成績，而且又在上暑期班，他們還能說什麼？他們對我最好的好朋友還可能有什麼意見？

不可能將我們是什麼、我們擁有什麼歸類為特定的某樣事物——可量化的片刻、一個實體、一次變遷。就像一顆剛發現的行星，一個燃燒的天體，我們沒有名字，可能試圖了解我們的人也未曾觸及我們。

漫漫週末長夜中，當我們一起躺在她的房間裡，肢體交纏，驚嘆著彼此的身體怎會同時如此相像又相異，我們之間沒有言語。肚臍的弧線、發芽的腋毛、稀落的雀斑。我花了數小時的時間讚賞素拉的背，那是一幅肌肉的地形圖——山脈與谷地、嶙峋岩架和沙地峰頂。我讚嘆著我從不知曉的事物，像個盲女一樣，以碰觸看見一切。

「妳覺得這代表什麼意義？」我在一個週日早晨這麼問道，當時的臥房涼爽陰暗。

素拉把一條手臂滑到我的頸子下，剛洗好的床單貼著我的肌膚，感覺粗糙。「又在胡言亂語了嗎？」

「我很認真。」我翻身側躺。「妳表現得像這樣很正常。我的意思是，好像這樣一點都不瘋狂。」

她的雙手穿過我的髮間，手勁有力又堅決。「妳知道我對這一切是什麼態度。」她微笑著說。

「說得簡單。我不曾有過這種感覺。我不曾像這樣想要某個事物，而且是跟像妳這樣的人一起。」

「像我這樣的女孩？」素拉假裝欣喜若狂地喊道，一隻手放在自己的胸口。

「妳知道我的意思。這對妳而言很簡單，清楚明瞭。」

她沉默片刻。只有我們，世界被我們獨占。

「妳說得對。我一直都知道自己想要什麼樣的人、什麼樣的事物。」

「但要是我跟妳不一樣呢？要是我還是跟以前一樣受男孩吸引，但也想要妳呢？要是我這輩子只想要妳這個女人呢？」

素拉快速地在我脣上一吻，接著跳下床。「我會說，我不在乎。我會說，又有誰能確定這種事了。我會說沒關係，這甚至很正常。妳想跟誰上床，妳受誰吸引，這些事並不如我們想像中那麼具體。」

素拉用浴巾裹住身子，而我還躺在床上。她拖著腳步穿過走廊，我坐起來，把毯子披在肩膀上。如果我的慾望可以改變，如果它們並不如我想像中那麼固定，那我成了什麼樣的人？

升上二年級回到梨大後，更迫切的問題快速浮現。我原本滿心興奮與期待美麗的校園、雄心勃勃的學生，現在都只令我畏懼。在宿舍房間的隱密之外，我和素拉的每一次互動都是風險，都是無聲的挑戰。如果我們被發現，戀情暴露，那就意味著社會性死亡，我們會被取笑、遭排擠。像素拉和我這樣，一點也不循規蹈矩，我們就是異常現象，是眾人關注與蔑視的目標。我聽過故事：父母和自己的孩子斷絕關係，有人因為恐懼和失去希望而走上絕路。就算在像首爾這樣會舉辦同志遊行和酷兒文化節的國際性都市，我也只聽過基督教團體的千人示威遊行抗議。素拉很快就找出梨泰院和鐘路區的同性戀酒吧和夜店，但我只看見大眾是如何要它們隱匿起來，假裝它們並不存在。

就算我們推撞界限，對彼此的情感愈來愈大膽，恐懼卻依然充斥我心中。如果被發現，我會為我的家庭招來有害的關注和恥辱，以公開羞辱回報父母對我的慷慨和犧牲。隨著素拉和我偷偷摸摸走過這一年，將我們的渴望和慾望隱藏在友誼的偽裝之下，我有幾次覺得自己根本活該被父母斷絕關係。

這年在一團猜疑的模糊之中度過，純粹的狂喜片刻是其中的亮點，在這些時刻，素拉和我退回宿舍房間的兩人小世界，不受窺探的視線妨礙。當我們被受限的空間逼出幽閉恐懼症或變得沮喪，充斥無窮喧囂、匿名性超乎想像的首爾總是在那兒。在城市中匿蹤，被無臉的行人包圍，我們可以放鬆戒心，手在咖啡店的桌子下緊握，臀部在水洩不通的地鐵互相磨蹭。每個動作都引發一陣戰慄，以及一股使人迷醉的自由感。

一個溫暖的春日，素拉和我在東大門的蜿蜒小巷閒逛，瀏覽年老駝背的灰髮老翁經營的凌亂商店。多數人都去東大門市場跟批發商討價還價，在擁擠的小吃攤大啖熱騰騰的 *sundae*（血腸）和 *mandu*（饅頭），我們則是覺得在這些低矮建築和昏暗小店比較不容易引人注目。

我們沿一條窄街散步，手肘擦過對方的手肘，肌膚相觸，素拉停下來，要我看一家連綿整個街區的二手書店。一堆堆的書滿溢人行道，有些眼看輕輕一碰就會倒塌。我們好整以暇，不時向對方炫耀自己的發現：漫畫、過時的使用說明書，還有一些裝在保護套內的珍本。置身陌生人之中，我感覺自己放鬆下來，微笑寬了一些，也和素拉靠得更近一些。我們渴望來點冰涼的，於是出發找尋冰咖啡，手牽著手，太陽眼鏡遮住彼此心照不宣的瞥視。

我沉浸在這個片刻，一直到聽見自己的名字被叫了第三次才回過頭。一名身穿花背心裙的女子一面熱情揮手一面走向我們。她走近之後，我才認出那是海淑。

我快速地從素拉手中抽出自己的手。

「真不敢相信居然是妳耶。」她抱住我。

我的雙臂無力地垂在身側。她在我們後面多久了？「我不知道妳也在首爾。」

「別傻了。妳知道我上了這裡的大學啊。妳不介紹我認識妳的新摯友嗎？」

「抱歉。這是我的室友，素拉。」我努力鎮定下來。「海淑是我高中時的朋友。」

「我們稱得上朋友嗎？」她笑著說，「妳可沒像那樣牽過我的手。」她朝素拉一瞥。「小心這傢伙噢，她讀書積極過頭了，只要遇上大考就會把妳丟在一旁。」

我試著微笑，但臉僵住了。「我們以前是好朋友。」我們尷尬地一起站在人行道，而這是我唯一擠得出來的一句話。

海淑戳戳的我肩膀。「開玩笑的啦，開心點嘛。」

我感覺得到素拉在看著我，努力判斷現在是什麼情況。海淑看似預期我們邀請她一起走，無論我們原本打算去哪，但那是不可能的。我總是害怕在首爾遇上來自雞龍的人，但這事發生在我跟素拉在一起的時候，根本就是一場災難。

「我們要走了，快趕不上電影了。」我說。

「真棒。」海淑說。

我想在海淑心目中維持好印象，於是問了她的電話號碼，我們好偶爾聚聚。

「跟高中的時候一樣啊，妳應該還記得。」

「當然。」然後我就跟她道別。

我們承諾要再約見面，一個我無法履行的承諾。來到首爾的那一天，我就已經將她的電話號碼和其他所有雞龍的通訊錄一併刪除。

回家時，我一路無語，思考著海淑是如何看著我和素拉在一起，分享著一個柔軟的片刻。她要我知道她看見我們了。我怎能如此魯莽？海淑有可能將她所見情景告訴任何人。她只要跟她母親或父親說些什麼就夠了，而消息就會以某種方式傳到我父母耳中。

東大門那天之後，我提醒父親我們之間的協議，以及我渴望搬出校園。我擔心他有可能反悔，因此告訴他住在宿舍很難專心，住宿生對學業都不夠認真。我告訴他一切，只有真相除外：素拉和我想要有一個屬於我們自己的空間。不要走廊另一邊的共用浴室，不要上下鋪，也不要對著枕頭，對著揉成一團的床單，對著空無嗚咽的模糊叫喊。

我真正想要的，我們真正想要的，是隱私，是避開窺探的目光，無論那目光是真實或出自幻想。被發現的威脅感有如一朵隱含惡意的毒雲，纏著我，也纏著這個，無論這到底是什麼。

因此，隨著第二學年邁向尾聲，我告訴我父母事實之外的一切。後來我們在大學路找到一間公寓，就算終究得找到第三個室友才租得起，這地方還是美好得令人無法放手。

那年夏天，我們一起搬了進去，三年級的開始就是我人生中最快樂的一段時光，那時的公寓裡還沒什麼家具，我們高興怎樣就怎樣。我們的關係也在這個時候進一步加深。素拉解鎖了我內在的某個東西：一種渴望，一種我從不知道的更深層慾望。不是追求成績或好工作，而是追求體驗。我發現自己對世界的認識是如此稀少，不過跟她在一起，在她身旁，我懷抱著一股最深層的渴望，渴求真實，渴求某種不可言說的必然性，燃燒著，永不停歇。在我們公寓的四牆內——我們的公寓，因為感覺起來這裡就像屬於我們——我可以自由存在，自由思考；外面總有人試圖控制我，但在這裡，我可以免受他們的死板期望限制。

她借我有關法國存在主義的書，我問她，她是否真相信這麼荒謬又乖僻的東西，她哈哈大笑。我們看瑪莎·葛蘭姆（Martha Graham）的舊影片，看她以一種截然不同的新方式扭曲、操控自己的身體。我想不到我們做得到那樣的動作，能夠成就那樣的美。她介紹我認識艾蜜莉·狄金森，當我們躺在床上喘息、汗水在我們舌頭上漸漸乾去，她對我讀她的詩。

跟她在一起，感覺一切都有可能。

儘管那學期課業繁重，素拉鼓勵我去旁聽一堂入門電影課，我之前曾隨口提過這件事。「可能會很有趣喔。妳喜歡電影，」她說，「而且，如果妳只上主修的必修課，妳會無聊死吧。」

這時我們正在把從跳蚤市場買來的二手鍋碗瓢盆放進廚房。

「別鬧了。我對電影一竅不通。我根本不知道上那種課的時候要做什麼。」

「這只是入門課。而且，妳沒必要做什麼或說什麼。妳只是旁聽而已。妳比妳自己所想更具創造力。給自己一點信心吧。那堂課的時間是週四晚上五點到十點，第一個部分是講課，第二部分是影片欣賞。」她關上櫥櫃門，走到我身後，一條手臂勾住我的脖子。「沒必要告訴任何人。」

「任何人」指我的家人，尤其是我父親，他反對所有他稱之為「沒用」的東西。攝影、繪畫、電影、寫作、舞蹈——認真的學生不該從事這些不認真的活動。如果是嗜好，那他勉強可以容忍，除此之外一概不接受。如果他發現我修了額外的課，而且還是人文學科，他肯定會大發雷霆。

不過素拉還是激起了我的好奇心，那學期的第一個週四，我發現自己坐進了這個大小適中的講堂後排，筆記本打開，課本在袋子裡，聽著年輕的女教授講述她的期望。課程名稱是「電影入門：概論」，李教授強調，我們將在這個學期學會談論電影的語彙。她堅信電影就像其他學科，研究時也需要一套特定的用詞，需要掌握專門用語。少了這些語彙，我們就沒辦法清楚表達我們對電影的觀察。「不過既然這是第一堂課，」教授降下投影螢幕，關燈，「我們單純看電影就好。這部片相當有名，妳們有些人或許知道。無論如何，不要因為我們在上課就試著分析它或研究它。讓電影在妳們眼前展開。」

我在椅子上坐好，試著遵照教授的指示做。我沒看過《東京物語》（*Tokyo Story*），這甚至可能是我看過的第一部黑白電影。我還小的時候，爸媽或許讓我看過一次，但似乎不太可能。他們對藝術的看法顯然有別於素拉，或是這位教授。藝術對他們來說是娛樂。

我在看什麼？海邊的巨大花崗岩塔，小孩走路上學，黑色火車吐著煙高速駛過屋頂間。我沒看過像這樣的東西。一切似乎都是慢動作：人的動態、說話的方式。攝影機停留在空蕩蕩的街道和煙囪。我發現自己覺得又是惱怒又是入迷。我希望情節流動得更快一點。一對年老夫妻在整理行囊。攝影機彷彿放在地板朝上拍攝他們。這代表什麼意義？他們的對話為什麼這麼乏味、無趣？素拉怎麼會以為我可能對這種東西感興趣？

燈光亮起前，我只記得這是我思考的最後一件事。

電影已經結束了嗎？就這樣結束？我震驚不已又悲傷，不知道該哭該笑。我剛剛看的並不是商業片，甚至不是電影，而是藝術：它使我內在的某個東西煥然一新。

故事毫無啟示，只是描述父母到東京探望小孩；角色也並不獨特或特別優秀，反倒相當普通。然而，我發現這種特性卻讓觀眾更容易同理他們。我認出他們，我在自己的人生中也認識像這樣的人。然而我卻感覺彷彿沒見過有誰把人類的不完美描寫得更加傑出。我看了看其他同學，想知道他們是不是也有相同反應，但大多數人只是剛剛睡醒。這部電影讓超過一半的人進入夢鄉。

「下週上課時要討論這部電影。就這樣囉。」教授說。「我們之後還會放映《大都會》（*Metropolis*）。」

我等其他人都離開才走向講臺，教授正在鎖上媒體操作檯。儘管已經高年級了，我還是覺得緊張。我擔心政府或政治科學課的同學會看見我、心生各種疑問。三年級生跑來上入門課很怪。

李教授很年輕，或許只有三十五、六歲。她穿了及踝的黑洋裝和灰色開襟毛衣，好讓自己看起來成熟些。我猜想就算是在梨大，身為年輕女教授還是不容易。

「有什麼事嗎？」她邊問邊收拾她的黑色Longchamp包。

「請問我可以旁聽這堂課嗎？」

「妳覺得我們剛剛看的電影怎麼樣？妳沒睡著，對吧？」

我猶豫著，不確定該說什麼。「我不確定耶，我不是專家。」

「我只是想知道妳看完的感覺。」

我想了想。「我猜我覺得這部電影很傷感，但又不會多愁善感。我實在說不上來，不過這部電影談的是感情，但不至於情緒化，只是最小限度而已，跟韓國電影完全相反。」

「非常深入的觀察。我很樂意讓妳旁聽這堂課。」

「就這樣嗎？我下週還可以來？」

她關掉講臺燈。「就這樣。下週見囉。」

就這樣，我心想，暗自微笑。

我回到家時，素拉在等我。就算她明天早上六點要彩排，她還是沒先去睡。「結果怎麼樣？」

「妳不會相信的。」我無法壓抑我的興奮。「我好緊張，實在太蠢了，感覺像又回到一年級一樣！教授是一個很棒的女人，我們剛剛從頭到尾只是在看《東京物語》。妳看過嗎？沒想過電影會像那樣耶。」

「怎樣？」

我親吻她。「別鬧，不是每個人都有辦法明確有力地談論藝術。」

「我很久以前看過。告訴我妳的感想。」

那晚，我們熬夜到天亮。我們聊哪些事讓我們快樂，哪些該歸功於父母、哪些又該歸功於我們自己。素拉第一次對我表達她對舞蹈生涯的焦慮。舞者的機會不多。如果她接下來幾年沒成功，她就不太可能被發掘。

我沒傾吐那麼多，因為我的恐懼大多涉及她，涉及我們，無論所謂的「我們」到底是什麼。我生命中的所有其他部分都無憂無慮又安全。合情合理。我看得出來，所有點都彼此串聯。我會繼續拿好成績；畢業後，我會去念法學院，或是去非營利機構工作，或許擔任社群組織者，做些可以讓履歷加分的事，幫助我展開政治或政府相關的職涯。似乎是個很不錯的計畫。合情合理。只不過一旦我開始認真考慮所有事，每次我想到素拉和她對我的意義，介於每個點之間的線就變得模糊，不再那麼清晰。

「真怪，」他若有所地說，「還以為光是跳舞就夠她忙的了。」

我又把書推向他。小時候，他有可能因為任何事而責罵我——說話口無遮攔、把晚餐盤摔缺角，但到現在我才第一次害怕他，怕他知道了什麼，怕他若是發現我的完整罪愆後會做出什麼事。畢竟我的所作所為就是罪。

「好，我差不多完工了。」他邊說邊收拾鑽孔機。

我陪他走到門口。

他套上樂福鞋。「妳不覺得妳們該找室友了嗎？」

門打開，他轉身面對我。我們來到首爾的這兩年來，他老得很快。不過他還是有種存在感，一種安靜的能量，總是在那兒，一種冰冷的感覺。「那就到這週結束前吧。不能讓妳們兩個單獨住在這裡。誰知道呢，她說不定會帶壞妳。」

「我們一直有在找。」

他一離開，我火速回房間查看有沒有什麼不對。我不確定自己在找什麼：沒關好的書桌抽屜，沒擺正的筆記本。除了衣櫥裡有件襯衫從衣架滑下來，其他看似一切正常。檢查房間三次之後，我攤開四肢躺在床上，確信沒人動過我的東西。不過，我還是甩不開那股感覺：父親剛剛在找些什麼。

13

敏俊 他們為何如此討厭我們？

雖然回去工作意味著推遲找尋由真告別式所在位置，敏俊還是感覺寬慰。素拉不回他電話，朴警官明確表達他不認為敏俊應該繼續追查，而敏俊自己則是對尋求美咲協助躊躇不前。自從他得知她有在工作，有關她的一切似乎都與由真和素拉先前所說的對不起來。他曾以為美咲是個被寵壞的孩子，而且冷漠疏離，但他或許是錯的。她到底在首爾做什麼？朴警官堅持，若由真確實遭人謀殺，那麼罪責就會落在其中一位室友身上，這則引發另外一個他一直不願去想的問題。敏俊不相信美咲有能力犯下這樁罪，但他還是甩不掉一種感覺，她知道的似乎比她吐露的多。似乎沒人認識真正的美咲。

工作有助於打發時間，有助於敏俊忘記他不敢問出聲的疑問。而儘管這份工作是如此無足

「別問這種蠢問題。」秀彬說。「那就是這堂課的重點。就算這名男性不符合刻板印象，但他以美國標準而言很迷人。有一個類型範圍存在。你剛剛有在聽敏俊說話嗎？」

敏俊有股替宇珍說話的衝動，雖然他確實問了一些奇蠢無比的問題，而且對他們的會議向來沒什麼貢獻。他父親是公司的高層，謠傳手握大權——這是宇珍受到容忍的唯一理由。

敏俊繼續播放。畫面底部以捲動式的閃爍金色草寫文字介紹每個女人，打出她們的姓名、年齡，以及職業。

宇珍胖嘟嘟的手再次火速舉起。「為什麼製作人要讓髮型師或體能訓練師上節目？這些職業又不吸引人。黃金單身漢為什麼要挑她們？你們國家的人不在乎社會階級嗎？」

「實際上恰恰相反。大多數美國人都固著於他們的社會地位。以這個案例來說，黃金單身漢的職業和地理出身將他牢牢安插在中產階級，因此他可能相當安於與來自相似背景的人結婚。」

「再說一次哪些地方算是中西部好嗎？」宇珍看起來困惑至極。

「不用擔心這個。」敏俊說。「你可能參加的所有會議都在加州，所以無關緊要。這倒是提醒我一件事。在洛杉磯參加會議時，要注意擁有非主流生活方式的人。我們先前談過，美國大多數海岸城市都進步又心胸寬大。你們肯定會遇到公開出櫃的同性戀或性別與性向不符合一般公認習俗的人。跟所有人互動時，務必保持尊重、專業的態度。」

敏俊看得出宇珍還在糾結，他想最好還是現在都說出來。「有問題嗎，宇珍？」

「只有一個。」他邊讀自己的筆記邊說，「這些人怎能對自己的性傾向那麼公開？他們不擔心社會或職業上的影響嗎？要是在這裡，像那樣出櫃有可能害你被炒魷魚，更別提還會遇到什麼奚落和霸凌了。」

孫從他的座位給了敏俊一個「趕快收尾」的表情。「這很複雜，而且很大程度要看你確切身在何處。我只能說，像洛杉磯那樣的地方和這裡不一樣，同性戀在那裡沒有被汙名化。」

宇珍會意地點頭，但他很可能什麼也沒搞懂。

孫從他的座位一躍而起，一面往會議室前側走，一面摩娑雙手。打開燈後，他拿走敏俊手中的遙控器，關掉投影機。「最重要的是，」他說得很慢，一面比手畫腳，彷彿他們是一群孩童，「最重要的是你們要熟悉美國人，才不會被文化差異弄得一頭霧水。我們不能讓任何溝通失誤毀掉生意。還有，記住，如果你們閒聊時山窮水盡了，只要回想我們在這裡跟敏俊一起看的所有電視節目就好，這些東西裡面有源源不絕的話題。美國人跟我們沒那麼不同，他們知道大多數實境節目都是偽裝或安排好的，但他們還是像把節目內容當真一樣在工作場合聊，也和朋友、家人討論。你們一定要跟他們一樣熱衷。記住，你們對《減肥達人》（*The Biggest Loser*）的參賽者滿心敬畏；美國人總是欽佩用極端手段減肥的人。你們覺得參賽者在《我要活下去》

（*Survivor*）裡願意吃的那些東西很噁心；美國人對食物很吹毛求疵，他們不吃頭還在的物體。這次敏俊開始《黃金單身漢》的單元，我們就能談其中的參賽者，討論他們的個性和外貌。你們開會的時候一定要跟美國人討論你們有多喜歡這一季的單身漢，告訴大家他看起來多真，一個真正的典型美國一般人。你們必須了解現在的美國人心理。他們愛敗犬，愛美好老派的愛情故事！一旦我們展現出我們對他們的文化有多了解，他們就會把我們當作生意夥伴一樣尊敬。斯普林特（Sprint）的業務代表絕對無法對你們說不！」

孫說完隨即離開，獨裁者對群眾演講完可能也會以相同方式離開舞臺。秀彬跟上，無疑是想抱怨敏俊的簡報。她畢業於加州大學聖塔克魯茲分校，跟他一樣符合這份工作的資格，但她不是美國人，也不是男人，而在韓國，這兩個條件能把你送得很遠，任何學位都望塵莫及。

宇珍落在後面檢查他的筆記。會議室的門關上後，他走向敏俊。他心懷善意，但深受體重和身高造成的低自尊所苦。敏俊莫名喜歡他，尤其他跟秀彬同組，光是這一點就足以令人同情了。

「你不介意的話，我想問，如果美國人問我們有關北韓的事，我們該怎麼辦？」他緊抓著筆記本，彷彿那是一件救生衣。

敏俊在故鄉被問過沒完沒了的問題：你認為他們有核彈嗎？他們為什麼那麼討厭我們？你

們家是從北韓來的嗎？對美國人來說，他們家源自何處似乎至關重大。或至少其中的一半，定義他的那一半。宇珍的問題激起一段塵封的回憶，當時敏俊十五歲，在一家日本餐館打他的第一份工。那個問題是什麼？他依然記得。

「不，我不是問你是從美國的哪裡來：你實際上是來自哪裡？」

吧檯後的CNN正在播放導彈發射的畫面。金正日的輔助鏡頭捲過螢幕，直得不可思議的士兵隊伍整齊劃一地行軍，橄欖綠色的制服熨燙得完美無瑕。卡車在他們旁邊緩緩前進，車上裝有死神的白箭。

跑馬燈字幕寫著：北韓朝南海發射導彈。

「令人害怕的不只是這些長程導彈，布利澤（Blitzer），」一名專家說，「可怕的是他們的核潛力。如果金正日得到核武，沒人說得準他會拿來做什麼。他是個貨真價實的瘋子。」

敏俊朝老闆一瞥，希望能得到一點提示，但他的堅毅臉孔沒透露任何蛛絲馬跡，他的每一分注意力都用於切生魚片。

「我家人來自韓國。」他說。

「北還南？」

「南。」

「很好。」客人喝光他的雪碧，把玻璃杯噹啷一聲遞給他。「再來一杯。」

那夜稍晚，他在算錢結帳的時候，老闆走了過來。

「生意怎麼樣？」他一隻手扒過往後梳的頭髮。

「總共一千五百元，還不錯。」

窗外，空洞的燈光在荒蕪的商店街停車場滋滋作響，老闆朝外眺望。晚班沃爾瑪（Walmart）員工的車看起來很倒楣，勉勉強強停在褪色的黃線之間，一下前進一下倒退，駛過黑色的海。

「你為什麼跟客人說你家人來自南韓。」他小心翼翼地看著敏俊。

「什麼意思？」

「我的意思是，你到底為什麼要跟他說你是韓國人？你看見他們在電視上怎麼說了，一大堆有關北韓的爛事。」

「我只是說真話。那你怎麼說？」

「我告訴他們我是日本人，畢竟我開的就是壽司店。客人不會多想。身為韓國人對生意不好，下次最好說你是日本人。美國人喜歡日本人：本田、三菱、東芝。他們信任日本人，了解日本人，甚至還炸過日本人。他們不認識韓國，南北對他們來說都一樣。」他說。

當時，敏俊試著了解是什麼逼得一個人做出這種事。他試著了解為什麼這個男人寧可說謊也不解釋。他為什麼要挑比較簡單的路走？說那些謊、抹去那些背景，難道不會對人造成重大損傷嗎？

數年後，敏俊重複著一模一樣的自我背叛，於是他完全理解了。沒能糾正那些念他的名字時發音錯誤的人，無論陌生人給他安上什麼國籍都一概接受，假裝不知道該怎麼應付筷子——他以接納之名全做了，希望終有一天，他是誰、他是什麼身分都不再重要。

然後他來到首爾，認識了由真，情況緩緩、細微地改變了。他感覺到類似接納的氛圍，至少在他開口說話或露臉之前是這樣，然後人們看見一個外國人，一個*kyopo*（僑胞），隨即帶著鋼鐵般的目光拋棄他。然而在他被辨識出來、被貼上標籤前的那個短暫片刻，他有一種不曾比當下更接近找到歸屬的感覺。不過現在由真不在了，敏俊納悶自己是不是在欺騙自己。他在這裡的工作是否跟在紐約時並無差別？他是否只是在扮演另一個角色？但這些都對宇珍沒幫助。

「他們不會問你任何問題。」敏俊覺得最好還是將他蒙在鼓裡。他看起來不像那種應付得了許多逆境的人。「秀彬只是想嚇唬你。」

「但跟秀彬沒關係。老闆有說過，他說我們必須譴責金正日，還說我們一定要跟美國人說我們都來自南韓。」

「孫是老闆，不代表他總是知道自己在說什麼。你要去洛杉磯，不會有人問你北韓的事，他們只會覺得你也是美國人。」

孫的辦公室就跟三星大樓內的大多數其他地方一樣，散發一股極簡的氛圍——全部以玻璃和鋼鐵打造。一部螢幕放在黑色光滑辦公桌的一角，除此之外還有一具電話，和一盞應該收入博物館才對的抽象派檯燈。

孫坐在旋轉椅上轉向他。「如果秀彬和宇珍去洛杉磯一切順利，斯普林特的高層秋季會來首爾。不過別談宇珍了。我們今晚出去聚聚怎麼樣？我、你和另外幾位專案經理。你在我們這邊表現得很不錯，我們想對你致謝。」

「還是不要比較好，」敏俊想著由真的告別式，「回來上班對我來說已經夠難熬了。」

孫站起來。「你在韓國，記得嗎？」他玩鬧地戳戳敏俊的肩膀。「拒絕老闆的社交邀請很不給面子喔。在韓國，無論老闆要你做什麼，你都必須配合，叫你喝你就喝，叫你跳舞你就跳舞。不過這些你本來就知道了。」他帶著敏俊走向電梯。「去狎鷗亭買套好西裝，用公司信用卡付帳，八點前準備好。」

「但是我——」

孫按下電梯的按鈕。「不得說不，敏俊。韓國老闆，記得嗎？」他用兩根大拇指指自己。

「我知道你們美國人喜歡匆匆趕回你們附大草坪的大房子，跟一大家子一起坐在大電視前，與世隔絕，但今晚可不行。今晚我們要像一家人一樣一起慶祝！」

敏俊壓著電梯門，沒立刻走進去。「你為什麼要宇珍說他們家來自南韓？」

「呃，有什麼不對嗎？給他這種建議非常合理啊。你跟所有人一樣都知道大家會問。不要那麼敏感，他會沒事的。」

敏俊走進電梯。

「你韓國這邊的家人來自哪裡？」孫在門關上前問道。

「南邊。」

「很好，」孫微笑著說，「那你根本用不著說謊。」

14

由真　妙不可言的女孩

父親那次無預警來訪之後，我領悟無論我和素拉打造的世界多與世隔絕，多私密，還是永遠不夠。我們總有一天要面對周遭一切的殘酷事實，而我們打造的這個地方，這個由慾望與信念構成的地方，將會像精緻瓷器一樣化為碎片。素拉或許夠堅強，或許承受得了他人的目光、霸凌和排擠，但我沒辦法。成為注目焦點、異數是我最大的恐懼，僅次於被父母斷絕關係。我父親永遠不會寬恕我的罪孽，他將停止為我支付學費、房租。因此，帶著一股煥然一新的目的感，父親的話也言猶在耳，我又開始找尋新室友。

美咲的加入並不是出於意外或偶然，而是我們一手造就，是我們的計畫。我們摘取她，彷彿她是花朵，是金魚藻。她在梨大小有名氣——有錢的時尚女孩，一種說不上來，無可言喻的氣質女孩，被富裕的日本父母送來首爾的女孩。謠言滿天飛，耳語隨風飄送：可憎的繼母、藥物濫用問題、偏愛壞男人。無論故事怎麼說，有一件事毫無疑問：她讓她的家人蒙羞。不然為什麼要離開自己的國家、自己的家？

素拉和我都覺得她會是完美室友。她可以多付一點租金住比較大的那個房間。她符合「外來者」這三個字的所有定義，因此不會有太多訪客。只要能交些朋友，她應該就很高興了。

我們在圖書館裡的無聲區找到她，她戴著耳機，筆記本散落桌面。我們在一段距離外觀察她幾天了。我沒看過她和任何人打交道。她雖然很常待在校園裡，但讀書並不特別認真。她看起來大部分時間都在翻閱圖書館最受高度重視的外國雜誌：《Vogue》、《Elle》和《浮華世界》（Vanity Fair）。

其他桌的女孩乖乖讀書，伏在書上，彷彿轉盤旁的陶工；素拉清了清喉嚨，引來她們怒目而視。美咲沒反應。素拉拉開桌邊的一張椅子，坐下，我沒有哪一次不讚嘆她的自信。「美咲，對吧？」

我們四周湧起一陣環繞音效般的噓。美咲怒瞪一眼，似乎就讓梨大最用功的學生閉上嘴。

「對。我們去年上過同一堂課。素拉，對吧？」她把耳機掛在脖子上。

「沒錯。」素拉也拉我在她旁邊坐下。「古文明史。天啊，那堂課有夠無聊。」

「我不覺得有那麼糟。」

她的反應似乎讓素拉困惑了一下，但她很快重拾鎮靜與氣勢。「這是我朋友由真。我們從今年夏天就住在大學路這間超棒的三房公寓。實在受不了住宿舍，所以只能搬出去。我們找第三位室友一陣子了，覺得妳可以加入我們。」

「為什麼找我？我的意思是，妳們沒其他朋友嗎？」

「還真沒有。」我端出素拉和我來找美咲前想好的策略。「我們大一大二都是室友，一直沒交什麼其他朋友。這裡的很多女孩都有點瞎，我們覺得妳會感興趣，除非妳很喜歡現在跟妳一起住的人。」

「沒那回事。」美咲評估著我們的提議。「我只是沒想過搬出學校。」

素拉將一張索引卡滑過桌子。「我的電話，請盡快回覆，機會不等人喔。」

我們談話的過程中，一個一臉陰鬱的女孩一直在忍耐著，這時她憤怒地從桌邊起身，朝我們這張桌子走過來，無疑準備痛斥我們違反嚴格的圖書館行為與禮儀方針，不過美咲揮手趕走她，「她們要走了，她們要走了。」

花了幾天時間，不過美咲終究同意了我們的提議。一直到她把家當搬進來、安頓好，我才告訴她她要多付一點房租。我表現得很圓滑，指出她的房間比較大。我知道她有錢，所以不太會覺得良心不安。她似乎對這安排沒太大意見，尤其我們後來都團體行動：去夜店、探索城市、逃避該做的事。

她不曾提起她的過去，我也沒刺探。我覺得維持表面關係再好不過。這讓我想起我和高中時那些女孩的友誼；那個時候，我們不知道怎麼做到的，居然能聊天好幾個小時卻毫無內容可言。

剛開始，我們玩在一起，三個人，以女人那種不用認識彼此就能變熟的方式。當然了，一切都是蓄意的。素拉和我無意讓美咲進入我們的小圈圈，但是我們知道讓她覺得舒服、覺得她有歸屬感很重要，可以讓過渡期平順度過。不過素拉和我很快就開始疏遠她。起初只是小事：開始沒約她一起吃晚餐，說好要傳訊息給她又忘記。我們一點一點把她輕輕推出我們的生活。她自己也幫了許多忙，無論晚上幾點都能出門，好像都不用睡覺似的，素拉和我起床時她才眼神迷濛、腳下拖著高跟鞋回到公寓。

「妳覺得她都去哪了？」我這麼問過素拉。

她竊笑。「她說不定在兼差當伴遊，不然怎麼買得起那些好衣服？」

我忍住笑。美咲陪有錢老男人約會的畫面不算令人難以置信。

我猜想，素拉從來沒真心喜歡過美咲，所以我們才疏遠她。她是方程式的一部分，一個必要條件。對我來說，排擠美咲則是出於恐懼，一種深層的焦慮，擔心她發現素拉和我的關係。有時候，我會發現她坐在沙發上看我們做早餐，早晨的陽光從窗戶灑入，每個人都穿著睡衣，一頭亂髮，素顏。她一副全神貫注的模樣，戴著耳機，手指翻動雜誌的亮面紙張，但我感覺到她的目光，感覺到她納悶著我們為什麼那麼高興，那麼幸福喜樂。

我討厭自己家裡有這麼一個入侵者，一個間諜，我被迫把這人當作朋友，卻又跟她保持距離。但她有存在的必要。父親對她是個日本人不是很滿意，但他說總好過沒有，她的出現快速緩和了我們之間的關係。他對我和素拉的友情不再那麼疑神疑鬼。不過我有時還是會懷疑，她是否讓我們的祕密陷入更大的危險中。

素拉說我太多疑，而我確實是。我感覺跟她愈親近，我就愈擔心被發現。有時候，美咲會在我跟她在床上的時候回家。我們輕笑、安全地躲在上鎖的門後。不過我在我的笑中聽見恐懼——我會被迫出櫃，素拉不在乎我們發生什麼事。她有一種魯莽的態度，不顧他人想法。剛開始，當一切都很新鮮，我覺得這種特質很令人欽佩，甚至令我迷醉。我覺得她令人敬畏，渴望親近她，希望能汲取她的勇氣和力量，就算只有一盎司也好。然而此時此刻，我們關係變得更加明確，我卻發現自己覺得痛苦，因為她願意冒險，要付出代價的卻是我。

「那要是美咲知道了呢？」素拉問，「要是隨便哪個人知道了。」

當時我們在廚房，我正想專心讀書準備政府科考試。素拉坐在打開的窗邊，看著落日將天空染上紫色。「妳不是認真的吧？妳肯定懂為什麼要保守祕密。高中的時候，學校有個謠言，只是一個愚蠢的小八卦，關於兩個男孩在交往。結果他們遭受殘忍的霸凌，最後雙雙退學，一個甚至自殺了。謠言是不是真的一點也不重要。」

素拉轉為憂鬱。「我很遺憾那個男孩自殺了，但那是在雞龍，首爾這裡不一樣。而且，人在變，態度也在轉變。我帶妳去看過那些酒吧和夜店，甚至還有網路論壇，外面有一整個社群，一個真正的支持系統。」

「我甚至不知道自己屬於哪個社群，而且我不像妳。我不能為了一段感情賭上一切。」

「妳覺得丟臉嗎？所以妳才這麼多疑？」

「當然啊！當然就是因為這樣。不然呢？我們這樣不對。」

「不對？」素拉重複道，一面轉動搖柄關上窗子，城市的絮語喧囂消失。

「妳不懂。我父親的事業，他的名聲。這會成為醜聞。我會讓我的整個家蒙羞。妳可以想像嗎？國防部長的女兒跟一個女孩在一起。還有我自己的事業，我的未來。我的所有目標都會被摧毀。就算我的社會地位得以倖存，如果我父親發現我們在做什麼，他也會跟我斷絕關係。他不可能懂的。」

「是關於妳的家人，還是妳自己？」
「當然兩者都是，怎麼可能不是？」
「妳為了他人的接納與讚賞拋棄自己的幸福。還有為了妳家人的支持。」
「他們為我犧牲了一切。」
「妳不覺得他們自己也有所收穫嗎？妳沒想過妳父親為什麼要推著妳走上跟他一樣的路嗎？妳的存在只是為了在他失敗之處有另一個成功的機會。」
「妳的說法並不公平。」我感覺自己的聲音在發顫。「他們或許不像妳父母那麼心胸開放或無拘無束，但他們愛我。他們希望我得到最好的一切。」
「我不是要妳昭告天下，但妳沒必要把我們的關係當作什麼不可言說的罪惡。這絕對自然。」
我坐在中島旁，滿腦子都是我知道說出來會傷害素拉的話語。如果這很自然，如果這很正常，那為什麼感覺這麼不對，為什麼反而會遭世界譴責？
「我太蠢了，居然以為妳能懂我們擁有什麼。」素拉說完隨即走回她的房間，並關上門，留下我在突如其來的沉默中。
素拉還想要我怎麼樣？我們不能對世界宣告我們的關係，把這當作榮譽徽章。我們不是在柏林或多倫多。就算首爾是國際大都市，這裡依然是韓國。我們沒有恰當的反歧視法，法律上也不承認LGBT族群。就我們的文化而言，我們不存在。他們彷彿希望藉由永遠不公開承認我們而使我們消失。我猜想，大多數人都私下在親近的朋友和家人間表達過自己的真實想法：我們道德淪喪、令人反感，甚至心理不穩定。無論素拉和我是什麼感情，無論我們是什麼，都永遠不會得到任何人的認可：我們的家人，我們的國家。我們餘生都只能待在邊緣，在陰影中活動。至少對素拉來說比較簡單。她的渴望有一種必然性。她以一種單一的方式知道自己想要什麼。

至於我，渴望另一個女人——這是一種我將永遠保密的慾望。我不得不。無論素拉怎麼說吸引的短暫本質、我不會因為我和她的狀況就成了一種東西，而非另外一種，我都看不出她怎麼可能會是對的。她曾說我老派、我對性傾向的觀感很過時。這並非靜止或無生命的，而是可能流動、改變。沒錯，我發現自己受某些人吸引，而在所有這些人之中，只有她這個女人。不過這些在外面不重要，對我父母、對所有人而言都不重要。他們不會像素拉這樣看，我甚至不確定我自己認同她。這顛覆了我的理解。

我聽見前門的鎖打開，連忙打開書、擦乾眼淚。

是美咲，她雙手提著沉甸甸的黑色購物袋。她將外套丟到沙發上，甩掉頭上的耳機。儘管知道她來自富裕人家，我還是對她購物的量嘖嘖稱奇。我不覺得我看過她穿同一套衣服兩次。

「還好嗎？」她左右看了看，彷彿預期素拉也在這裡。

「怎麼會不好？」

「沒事。」她走向她的房間。

「等等。想出去嗎？我們去吃點東西。」

「現在嗎？」她驚訝地問。

「有何不可？」

「素拉呢？」

「我不知道。總之我們一起出去吧，就我們兩個。」

美咲小心翼翼地看著我，眼皮抹著煙燻眼影。「妳想去哪？」

「給妳選。」我忽然覺得振作起來，對於離開公寓興奮不已。

很快地，而且沒有事先警告，我和素拉之間的能量轉變了。我覺得壓迫、受限，彷彿她開始對我、對我們之間的關係有所期待。這令人窒息。我曾一度視她的態度為獨立與力量，現在感覺卻像她對我父母、對他們對我的養育方式懷抱著尖刻的偏見。無論這麼做有多小家子氣、多小心眼，我還是想報復素拉，讓她知道我可以獨立自主。

美咲帶我去汝矣島，這是首爾的金融區。我沒來過這個突出於漢江之上的小島，主要是因為這裡實在沒什麼。除非你想呆瞪著摩天大樓和銀行家，否則汝矣島乏善可陳。說也奇怪，美咲似乎很了解這一區，像個當地人一樣穿梭於寬敞、無趣的街道。

我們在河邊右轉，經過三三兩兩在青草步道和混凝階梯享受溫暖夜晚的情侶和家庭 。如鏡水面的另一邊，首爾商業區像馬戲團一樣閃閃發光。我覺得我可以看見遠方的首爾塔，薄荷綠襯著山景。

再次右轉，然後左轉，我開始懷疑美咲到底知不知道自己要往哪去。

「妳確定這家店的魚很棒？」

我們說好去吃壽司，我很樂意讓美咲選餐廳，不過搭了將近一小時的地鐵，走過感覺像十個沒完沒了的街區，我的熱情衰頽了。證明自己無須依靠素拉也用不著這樣。

她轉過身，迎著風倒退走，頭髮不停拍打她的雙頰。「銀行家也要吃飯。」

美咲似乎比大多數韓國人都了解首爾。看來身為外來者有其好處。她在梨大沒有明確的朋友群，只能被迫一切靠自己。

「首爾最棒的生魚片。」她用日語對耳朵長老人斑的主廚點餐。「比不上東京，但有什麼辦法呢。」

我環顧這間昏暗的地下室餐廳。店很狹小——這點無庸置疑。我挪動高低不平的凳腳。吧檯沾了塵垢和天知道什麼東西，我好想拿塊海綿過來。「真是猜不到呢。」

「不過還是很棒。」美咲幾乎顯得有點傷感，邊說邊幫我們兩個倒 *sake*（清酒）。「最棒的食物總是在妳最意想不到的地方。」

「妳會想家嗎？」

美咲彈開黑色化妝鏡檢查眼線。「不太會。離開感覺很不錯。我父母有點控制狂。我想離開。這有點算是我來這裡的理由。全部透過我在東京的大學協調，所以他們沒辦法反對。」

「感覺妳總是不在家，妳都去哪了？」我原本沒打算用這麼控訴的語氣說話，但美咲似乎不在意。

「反正就是外面。妳偶爾也該一起來。梨泰院總是有新鮮事。感覺很酷，妳可以認識其他住在韓國的外國人、聽聽他們在首爾生活的理由。」

「外國人不是都住在梨泰院嗎？我聽說那裡很危險。」

美咲聳肩。「我沒遇過什麼麻煩。我猜如果妳是韓國人，情況可能就不一樣吧。」她啪的一聲合上鏡子。「妳呢？妳會不會想念妳爸媽？」

我不確定自己想不想跟美咲談這麼深入。我想去某個地方晃晃，不過這會兒我們來到這裡，一邊聊天一邊喝酒，又感覺太過親密。之前對她一無所知，鄙棄她也相對輕鬆。

「不會。他們住在附近。」

「噢，對。」她說得好像她忘記了，不過我知道她根本沒忘。美咲從不遺忘。她總是在場，聽著、看著。素拉不太認可她，但我知道不該低估她。

我想問更多她夜晚外出的細節。她去夜店嗎？到處跟人睡嗎？什麼都嚇不了我。但我抗拒提問的衝動，平息我的好奇心。如果她對我吐露一切，我也必須回報她，但我不願意那麼做。我喝完我的 *sake*（清酒），微笑。

「那素拉呢？她父母不住附近。她來自釜山，對吧？她肯定會想家吧。」

我突然覺得後悔出來跟她吃飯。不知道素拉在做什麼，肯定對我怒不可抑。就連我的祖先也會為這個新的罪過對我生氣。跟敵人共進晚餐，他們會這麼低聲說道。他們偷走我們的文化、我們的藝術；他們強姦我們的女人，抹去我們的語言，現在妳卻跟其中一個人友好地吃飯？

廚師送上一盤鮪魚壽司，每一片的刀工都精確無比。「*Dōzo omeshiagarikudasai*（請慢用）。」

美咲吃的時候帶著一種強烈的實用感，迅速挑選一片鮪魚，擦過她的醬油表面，然後充滿喜悅而滿足地送入嘴裡。「吃吧，吃吧。」她發現我在看她，於是招呼我動筷，「不趕快吃的話會被我掃盤喔。」

美咲對生魚片的評論是對的。我沒吃過這麼棒的生魚片，口感像奶油，滋味豐富。我試著隱藏我有多讚嘆。如果她對這地方的看法是對的，不知道她在首爾還有什麼其他發現。對話終於變得輕鬆自在些，慢慢轉向安全的話題。

吃完後，我們坐著多喝幾杯。看來美咲是老闆的好朋友。她不在公寓的時候都在做這些事嗎？跟日本老男人調情？他們以日語交談，我則是抗拒著傳訊息給素拉的衝動，阻止自己為表現得像個任性小孩向她道歉。

「他說妳很漂亮。」美咲轉向我。

壽司主廚對我咧嘴而笑，牙齒發黃磨損。

「他覺得妳很高。」

「幫我跟他道謝。我差不多該回去了。」

我受夠聽他們這兩個陌生人用陌生的語言說話。

美咲的表情不顯驚訝。「這麼快嗎？」

「我忘了還要寫報告。明天要交。」

「沒關係。」她說。「奔向素拉吧。妳們兩個好像幾個小時沒在對方身旁就活不下去。」

壽司主廚退回廚房，拉上輕薄的塑膠隔板，彷彿歷經大海摧殘的水手在風暴來襲前固定好防水布。

「妳這是什麼意思？」

「沒其他意思啊。並不是每件事都是詭計和偽裝，妳知道的。有些人說的話實際上就是出自真心。」

所以美咲知道我和素拉之間有些什麼。「我同情妳，結果就是這種下場。我只是想做點好事。」我努力壓抑聲音中的顫抖。

「妳是想做好事嗎？因為我感覺比較像妳想讓妳自己感覺好一點。而且我不需要妳同情。我好得很。我知道我在這裡做什麼，搞不清楚的人是妳。」

美咲會告訴別人嗎？他們會相信她嗎？我的視野縮小，外圍是一片向前方延伸的黑 。「我們從沒虧待妳。」

美咲拿出皮夾，放下一些現金。「妳和素拉不喜歡我，我沒關係，這沒什麼大不了。只是不要假裝妳們喜歡。這樣更糟。」

我的思緒飛向前，估量著我的選項。我或許可以挽回，將美咲重新納入我們的小圈子。如果她什麼都知道，我就得把她留在身邊留意她。「我們沒裝。我們還是可以常常在一起。」

美咲看著我，潤澤的唇拉開憐憫的假笑。「如果妳擔心的是我說出去，我不會的。我不像妳和素拉，我不會利用一些事對付別人。」她說完後隨即推門離開。

她走了之後，我獨坐良久，思考著該怎麼辦。美咲知道多久了？可以信任她嗎？我似乎沒其他選擇。壽司主廚一直沒回來。牆上的電視無聲播放，氣象主播身穿顏色很醜的黃洋裝，在品質低劣的氣象圖前方高視闊步。我打顫。餐廳的狀態令我反感，磨損破裂的磁磚，滿是灰塵的風扇隨著逝去的旋律擺動——我必須出去。我抓起包包，衝到外面。我需要回家沖個澡，洗掉這一身汙穢。

我傳訊息給素拉：

我要回家了。我不想吵架。

她幾乎立即回應：

回來就對了。對不起。

回到公寓後，我擔心地推開素拉的房門，她淚如雨下，懊悔不已，把我拉進她懷中，抱著我瘋狂吻我。我們就像這樣站了好久，緊緊相擁。我想過跟素拉說美咲的事，但我還來不及開口，她就先握住我的手，把我帶到她的床緣。

「看著我。」她的臉淚痕斑斑又浮腫。

我們怎麼會走到這一步？那個堅強的素拉去哪了？那個無畏的探險家，那個膽大包天的女孩呢？

「對不起。」她與我十指交握。「我逼得太緊了。我對妳要求太多，這我知道。這樣很自私。妳是對的。我們的關係之中，有些部分對我來說比較簡單。」她沉默，咬著嘴唇，血絲滲出。「我只是害怕，害怕妳把我變得太渴望。」

「那我又變成怎樣？跟妳在一起的我。」

「妳變成妳一直以來的所有樣貌。」

「這是什麼，素拉？我們到底是什麼？」

「妳想要我們是什麼，我們就是什麼。」她的脣貼著我的頸間，淚水沿我的背滑落。「原本這樣就很好了。」

我掙脫她的懷抱，在彼此之間拉開一點距離。「所以我們沒有獨占對方，我們可以跟其他人交往。」

「妳知道我不相信貼標籤這種事。如果妳遇見某個人，想探索某些事，我不會阻止妳。阻止妳的話，我就是偽善了。」

「那妳呢？」

「我怎樣？」素拉微笑，抹抹臉頰。「我只要妳。這不代表我們有必要用某條教科書定義侷限自己。」

我並不完全相信素拉。我無法想像她接受不同版本的我們。或許不重要，又不是說我想跟別人在一起。不過，我的心裡打開了一個小空間，一道裂縫，通往什麼——深淵，渾沌。以這種方式看素拉，膩煩、絕望，我認出了某些東西，某種我終究會厭惡的行為。但仍未走到那一步。無論我們打造了什麼，我都依然對其全神貫注、神魂顛倒。然而，當我們臉貼著臉，臉頰溫暖，大腿發疼，我知道我在判斷我想要什麼、我願意為某個人放棄什麼時太過頭了。她把我拉得愈近，我就愈感覺到那股蕩漾、激湧的渴望，渴望抗拒，也渴望把她推開。

15

敏俊　誰在乎他們怎麼看我們？

敏俊勇敢面對擁擠的人行道；三人並排的購物者駝著箱子和衛生紙滿溢的購物袋撞向他。燈光明亮的店面內，假人裹著來自義大利和法國的最新時尚。狎鷗亭——首爾的羅迪歐大道（Rodeo Drive）——名流和韓流明星都來這裡購物，在崇拜的粉絲和渴求照片的攝影師簇擁下高視闊步。韓國已轉變為經濟火車頭，此現象在這些地區無可否認。韓國人成群來到這裡，在高級商店購物，搶購最潮的服飾、包包和鞋子，開著進口車巡遊大街。首爾的這些富裕地區證明韓國已經拋開壓迫的鎖鏈——他們擊退了殖民者。

敏俊一看見男性服飾店就鑽進去，當沉重的玻璃門在他身後關上，他鬆了一口氣。儘管店內有成群的購物者，空間依然感覺寬敞；他漫無目的地飄過一個又一個展示檯，不敢細看任何商品，唯恐弄亂捲起的領帶和完美堆疊的襯衫。

來到韓國之前，他不曾為衣櫥花太多心思；這個國家則會立即讓你看清人的衣著有多重要。從那時起，他就投資了一些上班穿的好衣服，但顯然仍不敷所需。

一名女性銷售員走過來。「有特別在找什麼嗎？」

敏俊正想回絕她的幫助，一抬頭，卻發現是美咲。她身上穿的衣服跟他最後一次看見她時相似：合身黑色牛仔褲，白色荷葉襯衫搭黑色西裝外套，置身奢侈服飾和時髦客戶之中，敏俊幾乎無法相信這是同一個美咲。

「妳在這裡工作？」

看見敏俊站在面前，她似乎也一樣震驚。「對，但是你在這裡做什麼？」

「買東西。我需要一套西裝。」

「對，當然。」她重拾專業口吻，拉過架上的一件外套。「試試這件，我來幫你找搭配的襯衫和領帶。」她走向試衣間，高得不可思議的高跟鞋喀喀敲打白色花崗岩地板。

西裝外套掛在試衣間的門上。敏俊尷尬地站在那兒，腳陷入長毛絨地毯中。「這些應該可以。」美咲交給他一件白色襯衫和黑色領帶。

「不會太正式嗎？」

她皺眉，又看了看自己挑的組合。「這是參加韓式告別式的標準穿法，不穿這樣就失禮了。」

「這只是工作場合要穿的。我沒受邀參加由真的告別式。」

美咲的臉頰漲紅。「對不起，我只是想當然耳。」她一把抓起掛鉤上的外套。「我再幫你找找。」

「等等！」敏俊在她身後叫喚。

如果美咲知道告別式的事，那她肯定有意參加，她可以帶他一起去。這是見由真她父親的最佳機會。然後敏俊就能判斷他有沒有可能涉入自己女兒之死。對由真的父母而言，不存在對他來說是個優勢。他可以假裝是由真的朋友、只是認識的人。

門上傳來輕輕的叩擊聲。她遞給他一套電光藍色的俗豔西裝。「這套應該比較合適。」

「我也想試試黑色那套。但我可能需要妳幫忙。我不知道告別式的時間地點。」

「我覺得這不是好主意。」她說得很快。

敏俊差點伸手拉她的手，但控制住自己。「求求妳，美咲。」

「先試藍色那套吧。我再拿另一套過來。」她說完隨即關上門。

西裝完美合身。就連襯衫感覺也很對，這令敏俊頗感驚奇。他不曾遇上這麼合身的西裝外

店經理很懷疑，不過她輕鬆完成訓練，展現出她那無可挑剔的精練造型，後來他就沒再多問過一句了。更重要的是，她了解時尚。她在尺寸方面本領強大，光是看著顧客就能猜出尺寸，誤差不會超過半碼。

就這樣，美咲在男性顧客間累積了一群追隨者。以前的顧客來約她喝酒、共進晚餐並不算罕見。他們常常送她禮物，通常都是珠寶。有時候，他們來單純只是為了向她道謝。他們的衣著獲得好評，尤其是在合身度方面，他們想知道她怎麼會知道他們的確切尺碼。「真可悲。」男子手一揮驅散美咲的所有追求者。「沒有冒犯的意思喔。」

「沒關係。」敏俊試著回想他有沒有看過美咲跟誰在一起。他對美咲的了解少得可憐。他剛開始跟由真在一起時，每個人的角色都已經定下來了：素拉是最好的朋友，美咲是不熟的室友。他不曾質疑。他想起他跟由真和素拉一起出去的每個夜晚，從沒想過邀請美咲，這時不禁覺得羞愧。他們有多少次在她背後竊竊私語，嘲諷她花錢如流水？難怪他從不曾真正看見美咲。由真和素拉早在他走入她們生命之前就把她推到邊緣去了。

敏俊來到店外，裝西裝的袋子掛在一邊肩膀上，他打電話給老闆說他忽然有事，不過去跟他喝酒了。孫很生氣，但說什麼也無法改變敏俊的心意。明天就是由真的告別式了，敏俊需要保持頭腦清楚，不能在外面喝一整夜的酒。孫態度粗暴，甚至在電話中出言威脅，但兩人都知道他只是裝腔作勢。敏俊是美國人，得以豁免三星內的大多數社交期望。

「你要我把西裝拿去退嗎？」孫發雖完後，敏俊問道。

「留著那該死的東西吧，你可能用得到。」他說完隨即掛斷。

隔天，敏俊坐在街角雜貨店外面的桌邊等美咲。不尋常的冷鋒席捲城市，削弱了燠熱暑意，在天空留下薄薄的一層藍。敏俊身穿新買的黑西裝，滿懷悲傷，自覺與這美好的一天格格不入。他完全沒更加了解由真的死，感覺空洞而迷失，看著別人合家出遊，沿人行道散步，朝公園前進，小孩今天不用去hagwon（學院）上課，沿途喋喋不休，雀躍歡騰。今天不適合舉辦告別式——敏俊心想——或許比較適合婚禮，野餐。

時間一分一秒過去，美咲不見人影，敏俊愈來愈焦慮，他雙手插在褲子口袋裡，在人行道上來回踱步。儘管由真的父母肯定不認識他，他卻愈來愈不確定跟由真的家人見面是不是好主意。畢竟，朴警官要他別攪和這個案子，警告他由真的父親不好惹。這個計畫原本似乎完美又合理，現在卻顯得愚蠢，甚至魯莽。

美咲出現了。她繞過轉角，簡單的黑色洋裝和披巾，大太陽眼鏡遮住她的臉，看起來無比沉著。她來了。她的作為懷抱善意，他希望可能還有絲原諒的意味，而他為此深受感動。從他們認識那天起，他對她從頭到尾就只有無禮，然而她卻幫助他。他漸漸明白，此時此刻，最稱得上朋友的人也只有她了。

他們在無聲中行走，兩人完美同步的步伐令敏俊大感驚訝。他的腿比她長多了，但她不知怎麼地竟能跟上，配合他的每一步。這顛覆了基礎數學。美咲似乎顛覆了所有事物。

他們在一棟難以形容的兩層樓建築外停下來。進去時，敏俊注意到有兩個男人分立門口兩側。他們身穿黑西裝，但看起來不像是來參加告別式，兩個人都又矮又壯，三分頭襯著蒼白的頭皮，螺旋耳機線纏繞著看似因練拳擊而變形的耳朵。他們無疑跟由真的父親有些關係，或許就是他的護衛。

大廳沐浴在琥珀色的燈光下，瀰漫著鎮靜的氛圍。美咲在服務臺跟人說話，敏俊則是用眼角餘光觀察著兩個男人。其中一人把手放到耳朵旁，然後點頭，但僅止於此。現場還有其他人，全部身穿黑衣，有些女人穿著傳統*hanbok*（韓服）。

美咲按下電梯按鈕。「不是所有人都要去由真的告別式。」她知道他感到困惑，於是解釋道，「這棟建築裡面有超過二十個追思會場。」門打開。「今天是第二天，大部分親近的親人都來過了。今天開放給她的朋友或間接認識她的人來致意。」

他們走進電梯，這時一名老婦人走過來，敏俊撐住門。婦人看見美咲後停下腳步，壓低音量說了些什麼，隨即轉身離開。

「怎麼回事？」敏俊問。

「沒事。」美咲用鏡牆檢視妝容。「有些年紀比較大的人對我有意見。」

「因為妳是日本人？」

美咲點頭。「我不怪他們。我的國家在這裡做過一些很過分的事。」門嘎吱關上。「但是我愛韓國，愛這裡的歷史、文化，所以我才決定來這裡念大學。這樣很自私嗎？」

「完全不會。」敏俊說。

「我在這裡總是受到差別待遇，但沒關係。」美咲說。「我想你應該更難捱吧。」

電梯抵達他們的樓層，敏俊來不及回應她。他跟著她穿過走廊；這裡感覺像旅館和醫院的詭異混合體。他們進去前，美咲上下打量他：「你不介意吧？」她拉直他的領帶，對準他的喉結。

她平靜地說：「由真的照片會擺在一大堆鮮花中央，她的家人會招呼我們。這個信封拿去，放在你西裝外套的內側口袋。」

「裡面是什麼？」

「現金，離開前丟進白色箱子。走進去的時候應該會看到。如果她母親在哭，別大驚小怪。」

「我為什麼會大驚小怪？」

美咲深吸一口氣。「你知道喝湯的時候應該要喝得很大聲以表現你的讚賞？讓東道主知道你覺得湯很美味？」

敏俊開始懷疑為什麼這麼大費周章。「知道。」

「嗯，在自家孩子的告別式上哭也是一樣的概念。懂了嗎？」

「應該吧。」敏俊不知道她為什麼要這麼費心幫助他。

「進去後仔細觀察我怎麼做就對了，有樣學樣。」

這是一個樸素的空間，簡單、講究功能性。由真的照片靠立在內側的牆上；敏俊以前沒看過這張照片。下方有一個裝滿沙的大缸，裡面插著三枝悶燒的香。滑動式塑膠隔板將房間一分為二。敏俊猜想家屬等待弔唁者的時候應該就是在裡面休息。他們進來後，由真的父母從側邊的房間走出來，並列在肖像右側。

美咲走近肖像，點香，插進灰粉沙中。她退後，深深一鞠躬，膝蓋、手掌和額頭碰觸地板，維持這個姿勢片刻，然後起身，再重複一次。第三次是面對由真的家人半鞠躬。這整套動作都顯得優雅而講究——快速，但滿懷同情。

由真的母親彷彿收到了什麼指令一樣，忽然緊握丈夫手臂，扯著喉嚨哭嚎起來，而且愈哭愈大聲。由真的父親堅忍地站在那兒，支撐著他的妻子，臉色蒼白，下顎擠出堅定的線條。他的鋼鐵般目光依然緊盯著前方空無一物的牆。敏俊一眼就可看出，他這輩子都在軍中度過：肩膀厚實，姿態剛硬。敏俊想像中，國防部長就是這個模樣。多年投身軍旅削去所有多餘，只留下必要之物。朴警官說得沒錯，由真的父親是個令人生畏的男人；但他有可能奪走自己女兒的性命嗎？

美咲跟他們握手，說了些什麼，但敏俊聽不清楚。她對敏俊點頭，示意輪到他了。敏俊幾乎認不出放大照片中的由真；她身穿藍色外套，內襯附領襯衫，釦子扣到喉嚨的高度，髮上兩條白色緞帶。看起來像高中畢業紀念冊的照片，後方是像素化的灰色背景。這不是敏俊認識的由真。這不是那個跟他一起聽范．莫里森（Van Morrison）、一起在街上漫步的女孩。那個女孩對整個世界炫耀他們的關係，公開與他牽手、親吻他。愈多男人、老人對她投以不滿的眼神愈好，只是讓她更加大膽。這是一個他不曾知曉的由真：一個高中女孩，內斂，依然在父母的羽翼之下。

敏俊雙手顫抖，從地板上的小松木盒拿起一枝香，以火柴點著。他專注於由真肖像的背景，沉入朦朧的空無。他走過流程，閉上眼，重複美咲的動作。他趴下，額頭靠著地板，膝蓋發出響亮的爆裂聲。由真母親啜泣時的痛苦減弱了，只剩下單調的嗚咽聲充斥房內。

在死去女朋友的祭壇前要說什麼？要說什麼才能給予某個片刻意義？如果現場有神職人員、僧侶，某個敏俊可以跟隨的人，那情況可能會好些。不過現在他在這裡，趴伏在地，他準備不足，找不到任何東西可以給由真，除了一個承諾：我會查明原因。

敏俊起身，走近由真的父母。她的母親臉素淨紅腫，空無的眼凝視著他。她不知道他是誰，由真的父親看似也不認得他，敏俊理所當然認為自己的存在是個嚴密隱藏的祕密。他們握手，部長以親切但不特別感興趣的態度對待他。他的皮膚像砂紙，貼著敏俊柔軟的手掌，感覺粗糙又多繭。

敏俊現在見到由真的父親了，反倒不知道下一步該做什麼。他原本希望能釐清某些事，或許出現一條線索，能直接連結部長與他女兒之死，不過這會兒他就在這，站在美咲身旁，由真的照片指數式擴張，吸納房內的所有其他事物，空調和由真母親的哭聲混合為緩慢穩定的輓歌，他這才知道朴警官說得沒錯。他在這裡成不了什麼事，找不到什麼答案，也使不上什麼力。他無能為力。更糟的是，他開始相信自己根本一點也不了解由真。來這裡弔祭幻影根本就是一個錯誤。

他正要提議離開的時候，素拉進來了。看見敏俊和美咲，她驚訝地一縮，但設法穩住了。敏俊不知道其他人有沒有注意到她那懼怕的表情。部長調整外套的袖口。素拉上前致意時，由真的母親把敏俊和美咲帶去側邊的房間，然後回到丈夫身旁。很快地，啜泣聲再次響起。

他們等由真的父母和素拉過來。部長伸長一隻手，指揮他們圍坐在一張擺滿 *banchan*（飯饌）的小桌旁：*kimchi*（泡菜）、*kongnamul*（黃豆芽），還有熱騰騰的 *saengseonjjim*（蒸魚），房內瀰漫新鮮大比目魚的香味。由真的父親示意素拉幫所有人倒麥茶。她乖乖聽話，目光不曾稍離桌面。

他們沉默進食。素拉剛剛看見敏俊時的反應很奇怪，敏俊專注地看著她，等著她洩漏怪異反應的原因。她為什麼不想要他來？他不想表現得不敬，稍微吃了一點 *kongnamul*（黃豆芽），這道冷盤潮濕而無味。美咲坐在敏俊旁邊，吃東西時帶著有條不紊的精準度，仔細選定每一片大白菜、每一塊魚肉，然後才放在自己的飯上。不知道的話，他會說她是為了免費吃這一頓才來的。

部長清了清喉嚨，鬆開領帶。素拉又幫他倒了一點茶，雙手顫抖著。「很高興能跟由真親近的朋友見面。就算在上大學之前，我們的女兒也向來不愛談自己的事。以這種方式得知有這麼多人愛著她，真是令人苦樂參半。」

他並不是對著特定哪個人說話，但敏俊不禁覺得他這番言論是衝著自己而來。不然還會有誰稱得上神祕的朋友？他幾乎就要開口問素拉誰來弔唁過了，但由真的父親又接著往下說。

他談論韓國，說這原本是一個同質性高的國家，不只是種族相同，理想與信仰也一致。但現在，他說，因為全球化的關係，國家遭受外國影響力圍攻。這不是一般的意識形態，他強調道。數百年來，他的國家驅逐了各種入侵者。他們開著戰艦來到她的海岸，先後騎馬、駕駛坦克入侵她的北方邊界；他們占領她的天空，鋼鐵大鳥嘎嘎作響、尖叫，丟下轟隆的雷。入侵者、殖民者、勸誘者、調解者、偽裝的盟友。只要是能作戰的地方，他就作戰，就算眼前是必敗之仗也一樣。然而現在國家面對著不同的挑戰，陰險許多的挑戰。現在韓國的年輕人在西方文化的祭壇前膜拜。他們割開眼皮、打斷鼻梁、漂白頭髮，希望變得不再像自己。

敏俊感覺這名老者凝視著他。「找尋幸福的過程中，我們慢慢相信只有存在於我們文化之外的思想才救得了我們。你懂，不是嗎，敏俊？」他說。

敏俊還來不及回應，素拉先站了起來；他不確定她是在咳嗽還是在哭，而她隨即逃出房間。他差點跟了上去，但某個東西阻止了他。由真的父親在看他。更令人膽寒的是美咲，她渾然不覺，滿懷喜樂，筷子和嘴完美同步。敏俊首次懷疑起他的身分是否根本就不是祕密。或許這一切只是一場測試，目的是找出誰是由真的男朋友。部長在等他有所反應、自曝身分。

部長微笑，中斷他的凝視。「我猜我想說的是，我們很感恩，我妻子和我。謝謝你們來弔唁。」

這是在暗示他們該離開了。美咲剛好吃完她的飯，抬起頭。他們對由真的父母鞠躬，隨即離開。回到外面的追思室時，他們沒看見素拉。敏俊要美咲先走，他稍後去大廳跟她會合。「我再一下就好。」

「沒問題。」美咲讓他獨自待著。

他在由真的照片前徘徊，等待素拉再次現身。部長剛剛說的話是警告嗎？還是辯解？或者，他是在指責敏俊，並說：你殺了她，是你幹的？

他的香不見了，在他不認識的這個由真底下燒得一乾二淨。

「誰在乎他們怎麼看我們。」由真某晚這麼說道。當時他們在夜店跳舞，素拉去吧檯點酒。「他們只是忌妒。」她靠近，親吻他的脖子，身體貼著他。

敏俊察覺邊緣的男人們在怒瞪他們，於是後退。他幾乎可以聽見他們每次去跳舞時他都會聽見的那句話：你偷走我們的女人。因為你是美國人，她才跟你在一起。

由真的眼睛在黑暗中熠熠生輝。「你有什麼毛病？」她用壓過音樂的音量喊道。

「沒必要弄得像公開演示。」敏俊說。

素拉帶著他們的酒回來了。

「隨便你。」由真牽起素拉的手。「我今晚接下來只跟她跳舞。」

照片勾不起敏俊的任何回憶，但那是她，他無從否認。敏俊覺得他聽見有人在塑膠隔板後走動。敏俊很確定部長和他的妻子還在側邊的房間，他朝隔板後窺看。素拉坐在攜帶式睡墊和摺起來的毯子間，凝視著一份亮面傳單。

「妳在後面這裡做什麼？」

素拉鬆手讓傳單掉落。「你不該來的，」她直視前方，「尤其是和她。」

「美咲？要不是她，我根本找不到這地方。最近她對我來說比妳更像朋友。」

素拉站起來，怒瞪著他，雙眼充血，緊抓著他的外套翻領，指尖蒼白如鬼魂。「一切，敏俊。她毀了一切。我們原本無比幸福。你怎能帶她來這裡？」

敏俊還來不及為美咲辯護，素拉又癱倒在地，在他腳邊縮成一團，頭埋在雙手間。「你不該來這裡的。」

「妳到底在說什麼？美咲又做了什麼？」

「不重要。」她的肩膀抽搐，呼吸紊亂。「一切都不重要了。我不想讓由真的父親知道你是誰、你長什麼樣子。我想保護你。」

他把她拉起來。「為什麼需要保護我？」

「你不懂。他是個殘酷又滿心憎恨的男人。」

「有能耐讓女兒的死看起來像自殺？」

「不是你想的那樣，敏俊。不過他位高權重，他可以讓你的日子變得很難過。」

「他就是這樣對妳嗎？嚇唬妳，所以妳才想說服我由真是自殺？」

追思室傳來更多賓客前來弔唁的聲音，素拉的視線朝那個方向掃去。「我知道你想認為這不像由真會做的事，但這就是。她承受著巨大的壓力。」素拉低聲說道，淚水盈眶。她似乎在懇求著什麼。他認識的素拉冷淡疏離又強悍，但那個她不見了。「你必須跟部長保持距離。他控制著一切。他知道由真自殺，所以警察才來得那麼快，所以她自殺的真正原因才滴水不漏。所有人都在他的掌握中。」

「讓我幫妳。」敏俊說。

素拉搖頭。「我必須走了。我會拖住由真的父母。不能讓他們看見我們像這樣說話。」

「如果妳真想要我相信由真是自殺，那就告訴我她為什麼自殺。我跟所有人一樣有權知道。」

「我們不能在這裡談。明天早上七點到漢南大橋南端的橋下找我，我會毫不保留都告訴你。但在美咲身旁要小心說話，不能相信她。」素拉說完隨即消失在隔板後。

敏俊快步離開，但在走之前，他撿起素拉落下的傳單，悄悄放入外套的口袋。

16

由真　柳枝上的蘋果

每當我跟別人說我是獨生女，他們老愛扮演靈媒。他們會說「我有一種感覺」或是「我就覺得是這樣」，帶著一抹無所不知的微笑，暗示著某個十一歲女孩不會知道的永恆真相。我身上的什麼特質透露出這個特異之處了？

「我們只想要一個孩子，」我父親總這麼說，「妳出生後，嗯，妳的弟弟妹妹還要努力向妳看齊，對他們來說太不公平了。妳就是我們所想要的一切，由真。我們從一開始就知道妳是特別的。」

「所有人都希望是男孩。」母親這麼告訴我，那天我從小學放學，正在為家庭樹的作業心煩；因為這份作業，我更加意識到我的情況有多特殊。「不過當他們告訴我妳是個女孩，我欣喜若狂。大家都想要男孩，祈求生下兒子，但我有兄弟。妳也知道妳那些舅舅，他們都被徹底寵壞了。兒子，尤其是長子，總是盡享所有好處，成長的過程中為所欲為、漫無目的。醫生告訴我妳是女孩時，我高興極了。我知道妳會勤奮又正直——決不會被寵壞。妳父親和我都知道，結果我們都是對的。」

一直到上了高中，我才開始覺得我父母的說法很可疑，甚至像排練過的。並不是因為他們說或做的某件事，我只是覺得沒辦法相信他們只想要一個孩子。無論他們說什麼、做什麼，我都無法擺脫這種印象，懷疑反倒似乎指數式成長，像水彩一樣擴散開來。他們想要更多孩子嗎？原本有可能生更多嗎？我總是疑心他們嘗試過，但我父母不曾提及他們遭遇過什麼困難。我們不是那種家庭；我們不談論沒發生過的事。我們不沉湎於悔恨，我父親總這麼說。

還小的時候，父親總讓我為身為獨生女而心懷感恩。我是他宇宙的中心，注定如此。他喜歡帶我去露營。就我們兩個。他早早去學校接我，有時候身上還穿著軍服，車上裝滿在山裡度過一個週末所需的所有物資：帳篷、睡袋、瓦斯爐、釣竿。

目的地總是雉岳山國立公園，位於雞龍北方數小時車程外，那裡的空氣似乎比較乾淨，水也彷彿更加沁涼。出去露營時我享有完整的音樂自主權，可以隨我心意放入CD，播放最新的熱門流行歌給我父親聽。我們重複聽某一首歌，直到他終於記住歌詞，然後我們會跟著音樂一起唱，車窗降下，樹木在天窗揮灑綠色和金色。

越過城市的界線，雞龍成了後視鏡中的倒影，我感覺得到父親微乎其微地放鬆了些，心情像在花崗岩山峰間蜿蜒的山路一樣展開。我們放棄大眾營地，轉向他處——父親的準備工作向來一絲不苟，肯定早就找好這地方了，然後停車，把包含沉重睡墊和睡袋在內的行囊扛上肩；金屬盤和水壺發出歡快的噹啷聲，在這無人之境迴盪。

就算我們深入森林，我跟著父親的腳步，從來不覺得危險。他走在前面，以身軀為我格擋，樹葉和灌木只會輕輕掃過我的手臂。聽見水聲後，他會加快速度，興奮於即將找到很不錯的釣魚洞。有時候，我會稍微停下來回頭看我們的來時路，如牆蕨類或剝皮樹探向天空，樹冠間穿插著一道道藍。這些樹林裡有魔法，濕葉片黏在我的鞋底，苔蘚在最平滑的岩石上生長。

在高處找到乾燥的地方後，我們著手設置營地。我們在穩定的沉默中工作，無須交談。這過程已經變得像例行公事，幾乎成了肌肉記憶，我享受著利用我的雙手、體重，這些動作與磨破教科書書背和翻閱髒汙的閃示卡形成鮮明對比。敲打營釘、收集木材、挖火坑——這些都是我的責任。然後，我會帶著額頭上的汗水和指甲縫裡的泥土朝水邊去，我知道父親會在那兒，還在找尋拋下第一枚毛鉤的完美位置。

這是我最喜歡的部分。沿河岸來回移動，越過濕岩石和吸住我腳跟的爛泥，透過陽光斑駁的水面找尋下方有無生命的蹤跡。一條魚，潛伏在陰影籠罩的淺水，鰭拍動，等著有東西順流而下。

「魚靠聰明，而非靠努力。」父親總是這麼說，一面拉開拉鍊，打開裝有手工毛鉤的米黃色護照尺寸小盒子。「什麼東西流過來，牠就吃什麼。」

我的肚子通常都在這個時候開始咕咕叫，清晨吃*juk*（粥）已成回憶。母親怕我們沒釣到魚，幫我們準備了*kalbi*（排骨）和*gimbap*（海苔飯捲），但我努力不去想。除非我們用盡力氣還是釣不到晚餐要吃的魚，我們才能碰她準備的食物。父親堅信這樣可以帶來好運。

「這是一種奉獻。」他掃視溪水在岩石間湧流、翻騰的地方，水流又深又急。「展現出妳願意冒險，願意沒抓到魚就挨餓。這叫放手一搏。」

「但是如果這裡只有我們，誰知道我們放手一搏了？」

「神知道，當然了。」他微笑著說，接著將毛鉤拋向水面，來回甩動，釣魚線鞭打著涼爽的空氣。

只要輪到我釣，他都會站在我左手邊，溫和地評論我的姿勢和技巧。毛鉤釣無關蠻橫的力量。事實上，你愈是用力拋鉤，你用上愈大的力量，你的毛鉤就愈可能哪裡也去不了。拋得又遠又準全靠張力，還有將釣竿當作槓桿。

「柳枝上的蘋果，柳枝上的蘋果。」他總在我耳邊像這樣低語。這是一個簡單但有效的花招，能夠將你的拋竿視覺化。甩得太快，蘋果就沒了，太大力，柳枝會斷。然而，只要用上剛好的平衡和動力，你就能把蘋果拋得老遠。

神奇的是，我們幾乎不曾依靠母親準備的食物。就算是當我們在河邊待了整整兩個小時，太陽滑落山後，忽然颳起刺骨寒風，我們總是會釣到些東西。就算只是一、兩條keuri（泥鰍），我們也欣喜若狂。我們的胃抱怨連連，高筒防水膠靴裡的腳趾凍僵，我們匆匆趕回營地；我已經堆好柴堆了，現在只需要一根火柴。

生火的同時，我在父親的警戒目光下殺魚。完美處理好後，他要我下去河邊把魚肉洗乾淨。血在水中打旋順流而下，我總是對著指間的蒼白魚肉驚嘆不已。不久之前，它們還活跳跳的，潮濕的身體啪打著乾燥的地面。

我們總是用相同的方式料理魚：用錫箔紙把魚和薑、青蔥一起包起來，放進發亮的餘燼中。晚餐一備妥，我們隨即重新把火生起來，滿柴堆的火焰竄向夜空。我們會沉默進食，耳裡除了木材的爆裂聲再無其他。

我們通常都將睡袋並排睡在星空下。如果氣象預報說有可能下雨，我們才會搭起帳篷。那是我最喜愛的回憶之一。坐在帳篷內，風在四周呼號，雨敲打著尼龍篷布。我們在山上從不多

「我跟妳說話時看著我，由真。這不是在開玩笑，而是關乎準備。準備萬全才能成功。妳懶散，所以火熄了；妳以為妳能走捷徑，結果看看現在走到哪裡去了。」

我感覺眼淚湧出，鼻涕也流得一塌糊塗。父親看見我哭通常會停止，但這次不一樣；哭哭啼啼只是進一步證明我能力不足。

「哭解決不了問題，由真。弱者才流眼淚。妳不是弱者，對吧？」他矗立在我面前，聲音飄上樹頂。

我搖頭，頭髮黏在熱燙燙的臉頰上。我閉上眼，聽見他大步鑽過樹叢才睜開，寂靜降臨，有如一件可恥的斗篷披在我的肩膀上。

17

敏俊　選擇自己的命運

身穿飄逸長袍的花崗岩佛像聳立上方，右掌探出大理石祈禱臺上方。佛像所在的庭院幾乎無人，只有幾名僧侶伏身祈禱。可以聽見念誦聲從小寺廟傳來，低沉、反覆不斷，在懸掛於寺廟屋簷的一串串蓮花燈籠間迴盪。

離開告別式後，美咲提議來這個地方。敏俊匆忙答應，希望能弄清楚素拉稍早所說的話是什麼意思。他需要知道：美咲毀掉了什麼？

「天氣不錯的時候我通常都會來這裡。」美咲說。「現在很完美，因為都沒人，不過很快就會人滿為患了。」

敏俊看得出原因。奉恩寺並不像首爾附近的其他佛寺那麼宏偉或令人心生敬畏——它的美內斂低調——不過當美咲和敏俊沿佛像後的木造窄道而上，眼前卻是強烈未來感的驚人天際線。她踩著高跟鞋小心地沿小徑前進，步伐中帶著謹慎的自信。他們最後來到一小塊空地，在石長椅坐下。美咲解開高跟鞋的細皮帶，踢開鞋子，在泥土中伸展腳趾。

「我覺得你可能會喜歡這裡。」她說。「這裡很適合理清思緒。」

敏俊猜想他們像這樣坐在一起看起來應該很詭異，這麼美好的一天，身上卻穿著黑衣。儘管他自己隱隱有所猜疑，素拉的責備也仍在他腦中迴盪，敏俊還是看不出美咲跟由真的死能有什麼關聯。這個女孩帶他去告別式，然後還帶他來這個安靜的地方理清思緒。她對素拉的著魔舉動和部長的威脅話語渾然不覺，照常像在酒吧裡一樣嘖嘖大嚼豆芽和大白菜。

朴樹和榆樹在高高的上方擺盪，佛像凝望著下方的江南，輪廓在他們正前方切過天際線，寺廟的土地融入擁擠的城市街道和COEX商場；這是全世界最大的地下商場，貌似綠色玻璃和精煉鋼構成的龜殼。更遠之處，世貿中心彷彿露出的地殼構造那般閃爍，看似一把劃開天空的黑曜石刀。

她為何帶他來這裡？相較於由真告別式的裝模作樣，這些——僧侶、樹木、摩天大樓——才是真實的嗎？美咲熟練地鞠躬、專注地進食，還有她那若無其事的態度——全部在示意告別式上的一切都是假的，包含美麗的花環、戲劇化的哭泣，還有由真的冰冷肖像。然而敏俊領悟，他們眼前的景象有其真實性。在這個地方，時間的流逝最是明顯，過去與現在的界線變得模糊。

美咲拿下太陽眼鏡。「在加州長大是什麼感覺？一定很刺激吧，被陽光和海水包圍，到處都是名人和電影明星。」

敏俊不知道該說什麼。好萊塢，衝浪客，肌膚雪白、頭髮被太陽晒得褪色的模特兒——這些都與他所知的一切相距千里。

「在東京長大又是什麼感覺？」他反問，藉此爭取時間。

美咲只想了幾秒。「沉悶。我討厭高中學校裡的每一個人。女生都很惡毒，男生滿腦子只想用某種方法把你弄到手。在日本，當個女孩很難；說真的，韓國也差不多。我記得第一次知道那件事的時候。我不記得確切是何時、在哪，但確實記得那種感覺——這個世界以某種特別的方式看待我。無處可逃。無論我怎麼做、有什麼成就，他人總是以某些方式批判我。我想我一開始就是因此才受韓國文化吸引，最後來到首爾。至少，我在這裡是外國人。這是抵抗那些批判的另一層防護。」

她言談中帶著一股自信，那種自我肯定的態度令敏俊敬畏。「我猜我會說，在美國長大很幸運。我有時候會思考我韓國那邊的祖先都經歷了什麼。他們為獨立而戰、逃出國，來到夏威夷或加州後，又遭歸類為次等公民。然後才有我。我又在做什麼？我正在克服什麼困難？」

「你沒回答我的問題。」

敏俊在蔚藍得不可思議的天空中找尋正確答案。「我猜我會說，那是一種令人惱火的迷醉。」

「令人惱火的迷醉。」美咲複述。

「美國給妳這種保證：生命、自由、追求幸福的可能。年輕的時候，妳把這些東西都內化。屬於一個國家、一個共同體的一分子，全部的人都在奮鬥，這些東西想起來很浪漫。不過等到我上大學、找到工作，感覺就好像擁有人生、追尋幸福意味著徹底遺忘自我。這是我來到首爾的原因之一，我想來看看能不能找到幸福但又不用犧牲自我。」

美咲緩緩地說：「在韓國，他們稱之為*Han*（憾恨），勉強算是一種感覺，一種回應長久以來世世代代遭占領、壓迫的集體絕望。身為一個個體、一個國家，最渴望的就是能選擇自己的命運，這是一種最基本的渴望，而*Han*（憾恨）就是那種渴望被摧毀的結果。」

「妳怎麼會知道這些？」

「我的國家在這裡做了許多可怕的事，我覺得我有責任嘗試了解。」

「我的國家也是。」敏俊說。

他們兩人一時之間都沒說話。敏俊脫下外套，鬆開領帶。他聆聽風吹過樹梢的聲音，城市的喧囂稍減，化為喃喃低語。

「所以妳的意思是我有這種*Han*（憾恨），這種感覺？」

「我想很多人都有。那些感覺有種幾乎稱得上共通的特質。我們想要感覺事物在自己掌控中，想要相信自己有權力決定自己的結局、有能力自己做決定。當這些都被搶走，我們只剩下這股無法解釋的失落感。不過考量你的背景，你的感覺或許更深切。」

「妳之前說我不一樣，就是這個意思嗎？」

美咲點頭，把玩著一綹頭髮。她低頭看，把腳趾往土裡埋得更深些。她的腳趾甲也塗上黑色。她總是搭配得宜——無論什麼場合都一樣。「這就是我喜歡你的地方。」她接著說。「你不滿足於自身的存在狀態，你在找尋自己在這個世界中的位置。大多數的人都不願意冒那樣的險，他們太害怕了，擔心自己永遠找不到。」

「妳也不滿足嗎？所以妳才在這裡，而非東京，所以妳才在那家店工作。」

「工作主要是因為這樣我就不用跟家裡拿錢。不過沒錯，我在這裡的理由有一大堆都跟你一樣。」

敏俊不曾像這樣跟由真聊天，不曾跟任何人談過這些事。他和美咲似乎因為渴望而有所連結；他們都有一股幽靈般的渴望，想要改變世界的看法。而且美咲也並非如表面那般簡單。她問的問題，她說的話，在在都掘入深處，直達他的內心。儘管敏俊想維持現狀，抽離已經發生——正在發生的一切，他卻做不到。由真父親的眼睛懸在他眼前，素拉的指控一再重播，他不能就這樣放手。「妳為什麼幫我？」

美咲詫異地看著他。

敏俊思考該怎麼措辭，該怎麼說才能聽起來中立又沉著。「我只知道妳跟由真或素拉都不親近，連我也一樣。」

「我想改正錯誤。」

「但妳跟這件事一點關係也沒有。」敏俊覺得自己彷彿就要挖掘出什麼了。

「我一直在想，我可以有什麼不一樣的做法。」她說。「我們不親近，但她現在走了，我忍不住就是覺得有罪惡感。」

沉默在他們之間蔓延。天空依然是一片無瑕的藍——就連一絲雲氣也沒有。這是那種會惹由真討厭的天氣。她深受雲吸引，甚至說得出所有種類。她愛看太陽落到雲後，在天空潑灑光彩。

「妳和素拉、由真之間發生過什麼事嗎？我的意思是，妳是不是因為什麼原因才變得跟她們不親近？」

美咲一僵。「為什麼這麼問？素拉在告別式上說了什麼嗎？」

「我們只是談——」

「我猜她應該把所有事都怪到我頭上吧，她們則一點問題都沒有。她們從沒欺騙任何人，也不曾虛偽待人。都是我的錯，是這樣嗎？」

「我只是想弄清楚發生什麼事。」

「所以你才向我道歉，才來店裡找我幫忙。你認為我是唯一要為由真的死負起責任的人。」美咲穿上鞋，開始往下走。「我還以為你不一樣，但你根本就跟她們一樣。只要有機會，你誰都能利用。」

「等等。」敏俊在她身後喊道，慌忙奔下小徑。「美咲！」

他們經過成群觀光客，這些人的脖子上掛著尼康相機，鼻子上有泛白的防晒乳。來到街上後，美咲停了一下，看似不確定要往哪走，粉紅色耳機已經套在頭上了。周遭的空氣混濁如泥，巴士咳出廢氣，熱浪在炙人瀝青上方蒸騰。

敏俊趕在美咲甩掉他之前，走到她面前。「我們那麼做是不對的。我們不該排擠妳。她們跟我說那是妳要的。我早該質疑她們，但我沒有，我很抱歉。」

「你這會兒卻在這裡為了素拉跟你說的話而質問我。」美咲望向他身後。「你有沒有想過，素拉可能根本不在乎怎樣對你比較好？」

「妳怎麼能責怪她？她才剛失去最好的朋友。」

「我沒辦法，敏俊。」美咲說。「你不知道自己在說什麼。」

「所以素拉在說謊囉？她說妳毀了一切？」

美咲扯下耳機掛在脖子上，伸出一根手指戳敏俊的胸口。「如果素拉想把罪責推到我頭上，我接受，不過你如果知道真相，你就不會站在她那邊了。」她的聲音切過城市的喧囂。「我不知道她那支片子裡拍了什麼。」

18

由真　只是一場夢

那次跟美咲吃壽司後，我有生以來第一次粗暴地對待素拉，想要什麼就直接對她提出要求。我新發現的這個位置擁有操控她的力量，她聽從我的每一個指令，而這感覺令人迷醉。雙手揑著她的頭髮，她的手指在我體內，她的喘息又急又渴望，我在臥房天花板的廣袤空無中找到全新的歡愉——一片鹽沼。剛認識素拉的時候，心懷敬畏、感到驚奇的人是我。然而現在，我的背從床單上拱起完美的半圓，她的眼睛注視著我的乳房、光裸的頸部，我想像放棄掌控權的是她，不是我；是她沉溺於慾望，任憑她那喘不過氣的心擺布。

「美咲知道。」數個小時後，我這麼說道。

素拉躺在床單上，頭髮披散胸口。「妳怎麼知道？」

「她告訴我的。」

這消息似乎並沒有引發素拉不安。不知道她是否因為知道有別人知道了而感到歡喜滿意。「就算她說出去，又不是說有誰會相信她。」她說。「而且，她還能跟誰說？她在梨大一個朋友也沒有。」

素拉是對的，但她的說詞並沒有減輕我的焦慮。我正在一點一滴失去控制。「我父親已經起疑了。我跟妳說過有一天我回到公寓的時候發現他在這裡。我發誓他進過我房間。我不能繼續這樣下去。我們需要有所改變。小心不夠，指望美咲不說出去也不夠。」

素拉拉起床單裹在身上。「妳有什麼想法？」

「妳說我們可以跟其他人交往、我們沒有獨占對方。」

「如果妳跟一個男孩在一起，那就沒人會對我們起疑，」她說，「妳就安全了。」

我忽略她眼中的痛苦，她聲音中的失落。我知道這不是她想要的。這讓她痛不欲生。「我們之間的一切都不會改變。就像妳說的，我們沒必要獨占對方——那只是一個標籤。」

我現在說的都不是素拉想聽的。她想要全部的我，但我知道她願意接受一半，甚至更少。無論有多少，她都願意接受。至少，在那短暫的片刻，我需要她假裝是那樣。我承擔不起叛逆。與眾不同太難了，需要一些我沒意願在自己身上找到的東西。就算我真的找了，我也不確定我找得到。

那天晚上，我在自己的床上醒來，素拉在走廊的另一邊。我清醒地躺著，聆聽著大海的聲音，而這是不可能的事。我在首爾——幾英里之內見不到一滴海水。然而，在黑暗中，我把雙掌靠在耳朵旁，我聽見了——清清楚楚。波浪低沉翻湧，海水撞擊浸濕的沙，然後在浪潮退去時回歸寂靜，留下一千顆閃閃發亮的沙粒，每一顆都被磨得光滑完美。

我看見自己在海灘上，正宇疊在我身上，我的腿圈著他，纏住他。我聽見飛掠而過的螃蟹。我聽見我的哭喊。他的哭喊——喊著什麼？

那是什麼片刻？

隔著兩扇緊閉的房門，我也聽見素拉在哭，彷彿我過去的回音，我青春時期的低語。我知道我傷了她。

然後就發生了，在那晚的大約一個月後。我跟素拉把一切說開，我告訴她我立於何處，我想要什麼，或是更重要的，我不要什麼，而事情就發生在這一切之後。我跟幾個大學的朋友去唱歌，素拉忙著排舞的時候我都跟這些女孩在一起。我離開包廂，去洗手間檢查妝容，然後就在這個時候遇見他。

他又高又瘦，有一種我只能稱之為美國人的態度，靠在*norebang*（歌房）的窄廊牆上，一派沉穩自信。而他確實是美國人。或者是也不是。是哪邊露出端倪的呢？應該是他的眼睛和纖細的手指。我知道他兩者皆是：韓國人與美國人，而且覺得我沒見過像他那麼美、那麼極致英俊的男人，我知道我要找的就是他。如果是跟他交往，那就不會有人以為我還繼續跟素拉在一起。

我心想，那將多麼輕鬆啊——依然禁忌、依然冒險，只是沒那麼嚴重——可以在大街上牽手，在陽光下跳舞，永遠不用回過頭查看，疑惑著誰在看、他們又是在說什麼。

梨大三年級上學期即將結束時，在我認識敏俊之後，我知道我一直在朝他這種人，或至少他這種東西前進。他是霧中那抹無定形、無實體的光。梨大的前五個學期令人興奮、改變了我的靈魂，然而我不禁有一種內臟扭絞的感覺，彷彿我錯將漫無目的當作進展，將停滯當作成長。我會不會有一天醒來發現自己回到原點？

我有時自己發現自己上課時神遊太虛，筆記歪歪擺在桌上，覺得政府和政治科學的課無聊至極。同學們似乎也有同感，然而她們並沒有因此就不加倍努力，不阿諛教授以求維繫人脈。我不知道我的未來應該是什麼模樣，不過我知道我的父親懷抱著什麼樣的期望。我從來就不敢跟同伴說他是誰。我不希望大家認為我是因為他才進得了梨大。

在擁擠的講堂，迂迴的自助餐人龍，沙丁魚罐頭般的地鐵車廂，我眺望我的未來——梨大之外，首爾之外——卻沒特別看見什麼，只有一個我應該想要的模糊計畫。我仍在找尋還有什麼會令我快樂，無比期望不是只有素拉而已。而就像那樣，敏俊成了一隻穩定人心的手，一句低聲說出的保證。

我不確定素拉會對敏俊的事作何反應。到目前為止，一切都彷彿只是理論。終於決定告訴她的時候，我被一股令人作嘔的恐懼感淹沒。當時我們一起在大學的健身房運動，我們自從十二月的第一場雪之後就養成了這個習慣。她慢跑、舉重，我則是在她旁邊閒聊、觀看、打發時間。

她在跑步機上，而我站在她旁邊。剛開始，她一言不發，頭上下擺動，連續重擊橡膠皮帶，一邊耳機亂甩。她雙眼直視前方，堅毅地抿著嘴；我原本以為她沒聽見。

「素拉，」我把一隻手放在控制面板上，「妳有沒有聽到我說話？」

她加速，繼續大步奔跑。「他是誰？」

我聽不見自己思考，皮帶呼呼在我耳裡磨輾，聲音刺耳。「他是美國人，在三星工作。」

她彷彿想壓過我，又把速度調得更快了。汗水沿她的頸子滑落，她的腳步愈來愈重，眼睛直視前方，手臂劃過瀰漫著濃郁香水汗味的空氣。「妳真心喜歡他，所以妳才來告訴我嗎？」

我斟酌用詞。那麼做或許可以為我的心帶來些許平靜，而儘管素拉同意我做，我知道她並不樂意。但她為什麼不能從我的角度看事情？我希望她為我高興，接受我需要這樣才能覺得安全。「我們只約會過幾次而已。」

素拉將幾綹汗濕的頭髮塞到耳後。「沒必要哄我，由真。我承受得了。妳可以告訴我你們是不是認真的。他是不是不只是障眼法。」

我不喜歡把敏俊當成純粹的掩飾手段，不過除此之外，他還是什麼？「一點也不認真，」我說，「只是玩玩而已。而且，他是美國人。他終究會回家，我父母對我大學時期交男朋友的態度也很明確。」

素拉看似想說些什麼，但又做罷。健身房的無情明亮燈光下，我以一種新的方式看見她：她在跟周遭的一切作戰。她從反抗獲得養分，在對比、差異中找到身分。她的態度、氣質，甚至她的性取向，一切的定義都因反抗而生。我深深佩服她。她比我堅強，她可以不停奔跑，靠某種更強大的自我概念提供燃料。沒錯，是她告訴我，我的性取向觀點很過時，是她帶我領略文化：電影、藝術、舞蹈。她一直教育著我。然而儘管她有種種假設，她對自由有種種信念，她還是會吃醋。她依然是人類。她想要獨占我，而我感覺到她在批判我，因為我跟男人在一起，也因為我跟敏俊找到不一樣的快樂，無論這種快樂多表面都一樣。

「我覺得妳會喜歡他，」我說，「不是妳想像中的一般三星人。」

素拉的雙手撐著跑步機的欄杆跳起，穿著運動鞋的腳踏上呼呼轉動的皮帶側邊。「我喜不喜歡他有差嗎？」

「當然有，妳是我最好的朋友。」

她大聲吐氣，視線從我身旁經過，穿過我，彷彿她期盼另外一個版本的我就快出現，更好的版本，更強大的版本。她在我身上看見什麼？她以為這一切會怎麼結束？然後她把耳機塞進耳裡，又跑了起來，而且她轉動轉盤調高速度，跑得更快了。

更快。更快。

更衣室的淋浴間內，水沖襲我的臉，敲打我的眼皮，我哭泣——在這裡哭沒人會知道，我的眼淚化為水，滾落我的臉頰、腹部、腳趾間，在排水孔旋繞，墜入無物。我在推開素拉。我知道。我就是始作俑者。然而我無法忍受想到生命中不再有她。她是我的朋友，愛人，嚮導。但不能這樣。我們兩個都知道。再者，我喜歡敏俊。他激起我的好奇心。我們之間沒有壓力，沒有期待。我再一年半就要畢業了，而他終究要回去位於加州的家——對於我們想成為什麼樣的關係，我們沒有矯飾。

就算我哭了又哭，堅定跟敏俊在一起的決心，不顧慮素拉真正跟他在一起，我依然感覺得到自己的軟弱，感覺得到我對她的渴望。

我從淋浴間出來時，素拉在我的置物櫃前等我；我的頭髮在滴水，雙眼發疼。她跨坐在長椅上抬頭看我，表情中有憤怒和理解。我正要開口說話，但她阻止我，站起來擁抱我，身體貼著我。我抱緊她，汲取她的味道。

「我想見見他。」她輕聲說。「我想看妳幸福快樂。」

同樣那晚，我和敏俊在松坡區的一家燒烤店吃晚餐。這只是我們的第五次約會。我們坐在餐廳深處的角落，位置靠近廚房，老太太們的吼叫聲在裡面迴盪不休。年輕男子衝前衝後，他們的臉龐骯髒，都被炭灰染黑了。敏俊比我早到，已經點了幾道不同肉類：*samgyeopsal*（五花肉）和 *jumulleok*（醃肉）。

「想說妳應該會喜歡其中一種。」他露齒而笑。

我並不特別喜歡燒烤，尤其討厭衣服上的味道，但我不想讓人覺得我愛挑三揀四。除此之外，這種懷念的尷尬緊張感令我興奮，自從和正宇在海灘度過的那個週末以來，這是我第一次重溫這種感覺。

「如果我們不喜歡，我們總是可以吃霸王餐。」

「霸王餐？」

「妳知道的，」他環顧四週，「吃完然後丟下帳單不管。吃霸王餐。」

「你們在美國都這樣嗎？」

他哈哈大笑，毫無掩飾的笑，充滿信心與重量。「古老的傳統了。」

「我們要嗎？」我感覺我們之間的緊繃感放鬆了；釣線鬆弛，有空間玩了。這就是我喜歡他的地方：他可以嘲笑自己，嘲笑任何太嚴肅的事。他的這個特性有別於我曾相處過的所有人，包含韓國男孩，甚至素拉。

「可能去別家店再說吧。」他夾起一塊 *dotorimuk-muchim*（涼拌橡子涼粉）。「我喜歡這家餐廳，還是不要被列為禁止往來戶比較好。」

我無法明確說出敏俊的哪個部分令我著迷。我猜就跟所有事物一樣，應該是各種成分的混合。那一夜，還有之後的許多夜，他展現出他能夠擁有多重面貌：誠摯、自貶、嚴肅。是因為我，他說，因為我的存在，他才能如此無憂無慮。跟別人在一起的時候，他總是煩躁又尖銳，無時無刻都意識著其他人可能怎麼看他。我難以想像他口中的那個人。敏俊不是一個東西，不是一種人。跟我一樣，他也困在中間。我在他身上看見我自己的懷疑，而我攀上去，在其中狂歡。而且跟他在一起很開心；他幫助我遺忘。

最後我們點了更多菜，隨著我們變得愈來愈自在而食慾大開。我沒意識到自己那麼餓了，兩瓶啤酒下肚後，感覺更像我可以一路吃到午夜；夜漸深，我們的對話也愈來愈熱烈。我喜歡他問問題的方式；我想填入什麼答案都可以。他沒問我畢業後想做什麼、想找什麼工作。他持開放態度，彷彿他知道我一點也不在乎我的主修。

女服務生走過來，但他揮手要她離開，自己拿起烤肉夾翻肉，脂肪彈入煙中，被上方的風扇吸走。我問他工作的事，問他喜歡這份工作的什麼地方。他看似茫然，只說他的工作有時令人生厭。他說他處理的事稱不上什麼高深的藝術。不過，在某些片刻，他還是領悟到美國和韓國之間的差異。他解釋，在他來到韓國前，他一直認為美國人對美有一套死板的定義，他們似乎只認為某一套特徵有吸引力。然而來到這裡之後，他才領悟美國人對美、成功，甚至令人嚮往的定義其實都很寬，不只審美方面，而是整體而言。

我發現自己在想著素拉，想著她的美，她的優雅，她的原始能量。我想知道她此時此刻在做什麼；回想起我在健身房對她說的話，一股刺痛的罪惡感滑進我的肋骨間。我知道我們不會因為敏俊就結束，然而我也領悟他並不只是偽裝而已。我也想跟他在一起；如果有人朝我們這邊看，投以不滿的目光，那只會因為他是美國人，再無其他。如此不複雜，一切如此簡單。

「那從你的審美來看，你覺得我怎麼樣？」我把素拉推出我的思緒。

敏俊看著我。「妳是在問我覺得妳美不美？」

「對，沒錯，我是。」

晚餐後，儘管天氣寒冷，我們還是決定散步回我的公寓，外套扣到下巴那麼高，手肘相觸，胃飽滿而溫暖。雪花在汽車的大燈照射下飛舞，車流慢得像在爬行。轉過街角，走過深夜客散入夜的小巷，菸散發紅光，話聲嗡嗡。風呼號，甚至呼嘯著。

路上，敏俊告訴我洛杉磯的事和他離開家的原因。我想像這個名人和棕櫚樹、比佛利山（Beverly Hills）和威尼斯海灘（Venice Beach）的世界——一個我只在電視上看過的地方。我熱切地聆聽，很高興沒被迫回答有關自己人生的問題。他真問我問題的時候也從不刺探。無論我怎麼回答，無論答案多麼隱晦、含糊，他一概接受。

我們轉過一個街角，風繞著我們飛旋，鑽進我的外套，我冒出雞皮疙瘩。敏俊伸臂環住我，輕輕擁著我，我顫抖、微笑。

我們在大樓的大廳道別，計畫著下一次見面。正當我們吻別時，美咲從電梯走出來，一團粉色球狀耳機罩著黑髮，有跟雪靴喀喀敲打地磚。

「我今晚要出去。」她看著我，然後上下打量敏俊。「素拉還在說不知道妳去哪了呢。」

「這是美咲，我的室友之一。她來自日本。」

「很高興認識妳。」敏俊說。「妳是我來到首爾後遇見的第一個日本人。」
「你倒不是我遇見的第一個美國人，不過還是很高興認識你。」
「我的口音有那麼糟嗎？」
「不，一點也不會，你只是有那種美國人外表。」美咲說。
敏俊大笑。「不確定這算不算稱讚，但總之我收下了。」
我努力控制在我體內橫衝直撞的妒意，臉頰熱燙，手指刺痛。
美咲開玩笑地聳肩。
「很晚了，妳要去哪？」敏俊問道。
我受不了看著他們聊天，就算內容完全無害也一樣。「美咲總是有地方要去。」
美咲將耳機推回原位。「這是首爾，總是有事情發生。」
隨著她走遠，我幻想著一把抓住裝飾性的毛皮兜帽，把她拽到地上，把她推出公寓大樓的前門，讓她四仰八岔摔在冰凍的人行道上。
「她好像很酷，」敏俊對這一切渾然不覺，「非常神祕。」
我知道他的評論很和善，但我就是忍不住惱怒。
在電梯裡，我們上升，我滿腦子都是美咲——她是怎麼跟他調情、看著他。她會告訴他我只是利用他當煙霧彈嗎？她會不會在忌妒或怨恨之下揭穿我？

美咲承諾過不會對任何人說我和素拉的事，但我能信任她嗎？

我決定什麼也不說，什麼也別解釋。她很多管閒事，但我無法想像她跑去找敏俊、告訴他真相。而且，真相又是什麼？我確實喜歡他。他以一種我前所未知的方式讓我感覺安全、自在。就算我暗中繼續跟素拉在一起，那也完全不相干。無論敏俊和我變成什麼，兩者之間也全然無關。因為我們正在變成某種關係，變成情侶、一種實體，而無論美咲怎麼想，也改變不了那個事實。

數週後的一個週末，我們去滑雪；我、素拉和敏俊。我和他發展得很順利，遠遠超乎我所能想像。我們還沒睡在一起，但並不是因為欠缺慾望，而是因為決定等待。實際情況恰恰相反。只要我們在一起，就算素拉也在，我還是會渴望他的手放在我的腰上、他的鬍渣貼著我的臉頰。我到目前為止一直在抗拒跟他上床的衝動，但這趟旅程將有所不同。我下定決心了。

儘管素拉一開始承諾會接受敏俊加入我們的生活，她卻依然抗拒，用最幽微的方式拉開距離。她的忽視如此細微，做得如此優雅，我發現自己根本不可能說什麼，唯恐自己成了偏頗的那一方。我們在餐廳坐下後，她總是先將菜單遞給我；她似乎常常將談話主題拉回敏俊加入前的時光。就算她在敏俊說話時敷衍搪塞，微乎其微地加以貶低，我知道他感覺不出任何嘲弄或敵意，但我知道嘲弄和敵意就在那，我感覺得到。

她不再要求她知道我給不了的事物。我們達成共識。這並不代表我不會倒向她的懷抱、她的床。我沉醉其中，抗拒所有理智，從不認為我們所做的事是錯的，或是對敏俊不忠。我跟素拉的關係不能混為一談。

其他時候，我看不出我們的情況跟軟弱有什麼不同，這肉體的慾望。事實上，在內心深處，某個不被素拉發現的地方，或許甚至連我自己也不知道，我對所有事都感到內疚：我和敏俊的關係，我和她的牽扯。以最直白的方式來說，我對他不忠、背叛他的信任。然而那種感覺，那股罪惡感，卻從來不足以阻止我，因為我知道阻止不了，什麼也阻止不了。

那晚我占有敏俊，或者應該說，我讓他占有我。他以一種我前所未知的方式存在，甚至顯得溫和。黑暗中，我在他身上，聽見雪在小屋四周滑動。敏俊在我身下，我的雙手在他胸口，大腿夾著他，我感覺與自己的身體失去聯繫。我彷彿從上方看著自己，往上飄，穿過屋頂，飄入空中，飄上雪坡，切過黑木林。夜晚的雪峰泛灰，看來堅忍，凜冽寒風從峰頂颳下一縷縷白。一切之外，風暴雲在月光下顫動，閃電蓄勢待發。

結束後，敏俊躺在我身下，我們兩個都在顫抖，汗水蒸發帶來一陣寒意。我從浴室回來時，他已經睡著了，呼吸安穩，幾乎一點聲音也沒有。就算我低頭凝視他，就算我記起他的碰觸，想著他在我體內時是什麼感覺，我還是不由自主被來自區區數小時前的另外一段回憶、另外一種感覺占據。

素拉和我，我們從山上滑下來，風迎面吹拂，太陽被我們的鏡面護目鏡染上色彩。我可以聽見她的笑聲，她的叫喊聲在風中旋繞，傳回來我耳裡，應和著她的每一次轉彎，每一次劃過雪地，而白雪在我們的滑雪板下歌唱。素拉的雪杖在她的腿兩側飛舞，隨著山勢以及粉雪中的每一處突起、每一道洩流而有力、自信地轉動。我在黑色圍巾底下微笑，對那段滑行的時光深感滿足——發自內心的滿足，甚至稱得上幸福。我可以像那樣永無止境地滑下去，沿山坡而下，無拘無束。我想重溫那段時光。那樣的快樂在其他地方都找不到。

月亮偏移，光滑下敏俊的臉，化為一張我不再認得的面具。我下定決心，偷偷溜出房間，留他獨睡。我會在他睡醒前回來。我穿過黑暗的小屋，來到素拉的房間，她的房門微啟。我推開門，而她在床上坐起來，認出是我，也或者只認出我的影子。

「睡不著嗎？」她咕噥道，剛從睡夢中醒來的聲音有些嘶啞。

我沒說話，喉嚨發疼。

「到床上來，」她把被子蓋回去，「別冷著了。」

隔天醒來時，敏俊在我身旁，表情和之前一樣安詳，就好像什麼都不曾發生過，只是一場夢。

19

敏俊
期望帶著更清晰的思路而重生

隔天，敏俊很早就醒了。他不想冒任何險，比約定好的時間提早三十分鐘來到漢南大橋下。七點了，不見素拉，他打她的手機，但直接轉語音信箱。他等了幾分鐘，再試一次。沒接通。敏俊又在附近逗留了一小時，以免是他聽錯時間，但到後來，他知道她不會來了。她或許從頭到尾就沒打算來，也或許，更糟，有人阻止了她。

敏俊在一個個地方之間遊蕩，沮喪而無精打采。他迷失方向，幾乎對這具在他的世界中移動的軀體毫無知覺：辦公室、橄欖球場、他那狹窄壓迫的公寓。由真的死和素拉的遺棄令他大受震撼，這股衝擊有如最濃厚的霧一樣籠罩他，混淆了所有方向和目的。

他的同事對他說話、鼓勵他、同情他，他們的話語幾乎無法識別，彷彿是由極遠之處傳來。大多數的夜晚，他都抱著啤酒直至更闌，等待著睡眠拯救他。一天凌晨，剛過午夜不久，他收到他父親寄來的電子郵件。他睜著朦朧雙眼檢查寄件者的名字。這是他們在他離家來首爾之後的第一次通信。他沒打開信件直接刪除。無論他父親想道歉或其他，他都不想看。他打電話給他母親，想告訴她由真的事，但不知道該如何措辭。他該從哪裡開始？結果他們反倒聊起最新的教會八卦、新聞，只要能讓敏俊免於成為談論的主題，他們什麼都聊。

相較於覆蓋他雙眼的單調、模糊薄紗，有些澄澈的片刻、灼燒的記憶顯得彷若特藝色彩：由真的手鉤住他的腰，她目空一切的笑聲，她的頭髮搔著他的鼻子。在他不眠的最初幾秒，他會翻過身，滿懷期待，甚至慾望勃發，卻只在床上找到一個空空的位置，枕頭和床單原封不動，彷彿他在等她回來。

敏俊以前從不知道悲傷是什麼。他有兒時參加兩邊祖父喪禮的記憶，男男女女著黑衣，悄悄靠近彼此，低聲致哀。就算是較鮮明的回憶——叔叔在莊嚴的白色教堂外啜泣，遠房表親朗誦她為了紀念亡者所寫的動人詩篇——無論如何也已經變得模糊。敏俊見識過哀傷，看過身旁的人傷心，但這種情緒從不曾像現在這樣沉重打擊他的存在。他這輩子頭一次知道什麼叫失去，什麼叫有一塊自我被砍下來、拋入以太。

他從惡夢中醒來，渾身是汗，這時他會一次又一次嘗試撥打素拉的電話，直到一天清晨發現這個號碼停用了。他也不止一次撥打美咲的電話，卻每每在電話響起前切斷。他們先前鬧成那樣，現在打電話沒用了。

愈多時日過去，素拉和美咲所說的話就在他腦中重播得愈響亮：他是個殘酷又滿心憎恨的男人。「你如果知道真相，你就不會站在她那邊了。我不知道她那支片子裡拍了什麼。」

敏俊放任自己的腦子在不可能的情節中橫衝直撞，想像素拉遭遇和由真一樣的命運。幽靈化身為他在由真告別式上看見的護衛，糾纏著他，潛伏在每個角落，看著他的一舉一動，手指碰觸耳機回報他的動態。敏俊領悟這不只是妄想。他開始注意到有男人在跟著他，從不多過兩人。他們都穿著無特色的黑色西裝，一樣的三分頭，總是保持距離，從不靠近到足以讓敏俊看清他們的臉。他認為他們在蒐情情報，記錄他的行蹤。但他有可能造成什麼威脅？他開始從後門進入商店、原路折回街道、在車門關上前的最後一秒驚險進地鐵。朴警官警告過像這樣的事。他深受猜忌與懷疑折磨，只能躲在公寓裡，分析著門外傳來的所有聲音。

他屈服於絕望。沒有素拉，敏俊看不出有什麼方法、途徑能了解由真到底發生什麼事。他絞盡腦汁回憶她是不是曾說了什麼、做了什麼，暗示她有可能在哪。有幾次，在早晨微弱的光線中，他希望部長的手下來帶走他，給予他緩刑，從瘋狂中拯救他。無論怎樣都好過這種持續懷疑的狀態。

然後他想起來了。他在告別式時帶走的傳單。他翻箱倒櫃找出美咲幫他挑的那套西裝，素拉當時原本在讀但被他打斷的亮面傳單就在外套口袋裡，他拿走時並沒有放在心上，現在卻成了可能找到她的唯一線索。

敏俊在廚房的桌子旁坐下，讀了起來。

蓮樹之家的目標是提供身體與心靈的全面性療癒。唯有當兩者都獲得淨化，我們才能盼望好好活著，免除塵世的重負、阻礙與枷鎖。藉由重新了解我們對於營養、生物學、社會學以及現象學的最基本概念，期望帶著更清晰的思路、對世界的更多了解而重生。

傳單的色調鎮靜又中性。森林綠的背景襯著樸素的灰白色文字，邀請「追求真相者」蒞臨紫月島。後面是落日和退潮海灘的照片。資訊稀少，似乎是蓄意如此。

描述太過隱晦，看不出蓮樹之家是某種神祕教派還是精神病院。如果這是一家執業中的精神病院，那傳單中就是不實的陳述。考量韓國的大多數人都認為身心治療和其他形式的精神相關協助都屬軟弱的象徵，這並非不可能。因此，醫院都不遺餘力盡可能給予病患隱私和匿名性。再者，這段文案的語氣和用詞都沒有大動作宣告，也沒給予救星般的承諾。儘管如此，這地方的一切似乎都有點太偏另類療法，不像合法醫療場所。

但素拉為什麼要去這種地方。這不像她。除非有人逼她。敏俊上網快速搜尋了一下蓮樹之家，但一無所獲。他擔心起素拉的安危，愈來愈焦慮，最後抓起床頭櫃上的手機聯絡朴警官。

「什麼事？」他不滿地咕噥道。

「我很擔心素拉，我聯絡不上她。」

「我也是，不過我確定她沒事。」

「我知道她在哪。」

朴警官久久沒回應，然後才說：「到首爾森林跟我碰頭。北側有一個小遊戲場，就在地鐵站旁邊。我一小時內到。」

「我們不能在電話裡談嗎？這很緊急。我認為她陷入某種危險了。」

「辦不到。」朴警官說完隨即掛斷。

敏俊離開公寓時格外謹慎。如果跟著他的人跟部長有關，他就不能冒險讓他們看見他在和朴警官合作。他沒從前門出去，反倒搭電梯到地下室的垃圾回收室，再從那裡走上一層樓，從後側離開大樓。

敏俊壓低頭上的棒球帽，戴著太陽眼鏡，在站牌等110B路線的公車。雙向車流呼嘯而過，激起一團團溫熱的廢氣。一直到敏俊在公車上坐下，沒人跟著他上車，他才容許自己放鬆。至少他知道自己到底有沒有被人跟蹤。要是搭地鐵，那幾乎不可能確定。

敏俊的寬心只有曇花一現：兩個身穿西裝的男子在下一站上車。一致的三分頭、健壯體格。他們甚至沒拿公事包；這兩個人不是上班族。敏俊想過直接面對他們，但他能怎樣？他們會否認自己在跟蹤他，他會看起來像個瘋子。

敏俊在介於玉水站和金湖地鐵站之間的某處下車，改為步行。等過馬路時，他在對街店面的倒影中看見跟蹤他的人。一輛銀色計程車在對面街口靠邊讓乘客下車。還沒轉綠燈，敏俊看了看左右，隨即衝過街，在計程車門盪開前趕到車旁。正要下車的乘客是一名衣冠楚楚的商務人士，被敏俊嚇得一陣慌亂，敏俊向對方道歉，隨即鑽進後座，要司機送他去首爾森林，他趕時間，願意付雙倍。計程車駛離，敏俊從後座朝外窺探，看著部長的手下消失在遠方。

朴警官坐在樹蔭下的長椅，面對著遊戲場，雙臂掛在椅背上，彷彿正在晾晒洗好的衣服。菸已燒到濾嘴，夾在他指間悶燃。他疲倦地看著遊戲場中的兒童，視線追隨他們活潑地溜下亮紅色的溜滑梯、從金屬環飛撲而下。

「為什麼不能用電話談就好？」敏俊邊說邊坐下。他打定主意不要告訴朴警官有人在跟蹤他。如果警官擔心他，可能會試著阻止他進一步調查。

「有可能被竊聽，而且情況變複雜了。」朴警官說。「他們禁止我跟任何與調查密切相關的人談，而且要我立即結案的壓力也愈來愈大。」

「由真的父親嗎？」

朴警官點頭。「只有他有那種影響力。但我們在這裡很安全，被人跟蹤的話可以很快就發現。」

敏俊細看坐在長椅上的祖母們和母親們，她們有些在看書，其他人則是看著嬉戲的孩子，若是有人失足或摔落，她們隨時準備一躍而起。「部長做了這些事，你怎會依然認為由真是自殺？」

朴警官將菸蒂彈到草地上，招來遊戲場婦女們的怒瞪。「我只看事實，不過我沒有排除任何可能。還是有些細節對不上。在對起來之前，我都不會結案。我只是需要找到辦法聯繫上素拉和部長。」

朴警官看似正處於比平常更嚴重的宿醉，一綹綹捲髮黏在額頭上，透出絕望的眼睛下方泛黃浮腫。

「要是我能跟素拉談呢？我說過，我知道她在哪。」

「我不確定你跟她談是明智之舉。」朴警官又點燃一根菸。

敏俊的手肘靠在膝蓋上，身體前傾，腦中有個類似計畫的想法隱隱成形。「你自己說的。你沒辦法接近她，但我可以。我是外來者。我對任何人都沒有任何義務。我想跟誰談就跟誰談。我可以找出你要的答案。素拉在紫月島。我認為她待在一個名叫蓮樹之家的地方。我研究過，但查不出他們的底細。」

一縷潮濕的空氣旋繞起來，旋即在他們身旁委靡不振。朴警官摳弄長椅裂開的角落。敏俊看得出他在苦思，在腦中演繹每一種情節，頭歪向一邊，彷彿他聽見了微弱的聲音，隱約的警告。「他們是一個相當隱密的機構，」他終於開口，「非常低調。有人說他們是邪教，也有人說他們就是一個宗教團體，一種公社。他們存在幾十年了。七〇、八〇年代，這個國家冒出好多神祕教派。至少在比較低的層級，警察不太注意這種團體，直到八七年的五大洋集體自殺事件才引起我們關注。總之——我不認為蓮樹之家也是這種極端邪教。他們招搖撞騙——這點無庸置疑——不過無論他們在做什麼，看起來都相當正派。」

「我認為素拉被強拉進去這裡。他們可能違反她的意願，把她扣留在裡面。」

「你是怎麼知道他們的？」

「素拉在由真的告別式上看他們的傳單。」

朴警官鬆開領口。「看來你沒聽我的勸遠離部長。」

「由真的父親在整件事當中扮演著某個角色。我無法證明他直接涉入，但他肯定做了什麼。素拉怕他。」

「我來應付他。你現在專注於素拉就好。」

敏俊考慮問朴警官美咲提及的片子，但他忍住，覺得先聽聽素拉的說法比較好。「我回來後會打電話給你。」

朴警官站起來。「還有一件事。由真是不是有兩支手機？」

「像是拋棄式那種嗎？」

朴警官點頭。

「沒有。」敏俊說。「她的舊手機幾個月前壞了，所以她買了一支新手機。怎麼了嗎？」

「搜她房間的時候，我找到兩支手機。我想說可能有什麼關聯。」

敏俊向朴警官道謝。傍晚的陽光斜斜篩過樹木，影子拉長，溜上草地。

「小心點。」朴警官說。「始終有看不見的手在操控我們，就算在我們相信做決定的是自己時也一樣。」

20

由真 我的快樂來自欺騙

大四的這一年，我的快樂來自欺騙。我旁聽了第二堂電影課，和敏俊、素拉形成一個緊密的小團體，用來年可能的工作機會娛樂我父親——一切都是虛假的、幻想的，不過莫名比所有事都真實。那是我自己想要的現實。

我抵達了——我不確定究竟是哪裡，但我感覺對自己的慾望更加自信，也更加自在。我學會讓腦子裡同時有兩個、甚至三個想法彼此競爭。我不再為自身的矛盾而沮喪。我接納它們，讓它們磨亮彼此，就好像振動的離子。在我心中、我腦中，我可以矛盾。我可以搖擺。

我依然對素拉心懷敬畏，但不再崇拜她遨遊於首爾、抒發自我、分析電影書籍與想法的能力。現在我自己也做得到。我明確相信我自己的主張有其重要性，有其重量，而我總是無拘無束地表達自我主張。敏俊對我的自信嘖嘖稱奇，告訴我他有多讚賞我的力量與獨立。素拉樂見我的轉變，只不過我總免不了觀察到一些短暫的細小失誤、片刻的閃失，她變得沉默無言，溫暖、撫慰的微笑從她的臉上溜走。她一直以來不就是希望我變成這樣嗎？我在成長、在進化，探向太陽。

我們裹得嚴嚴實實以抵擋潮濕的三月寒風，天空是一抹灰，我們在三星大樓外面等敏俊，看著男男女女商務人士來來去去。他們本身，以及他們的成熟，都激起了我們的好奇心。他們的存在似乎堅定、經過計畫，以客戶午餐約會、回覆所有人的電子郵件和辦公室慶生會測量他們的人生。

我看見敏俊在大廳裡。他身穿炭色西裝內搭淡藍色附領襯衫。沒有領帶，我喜歡。韓國商務人士總是繫最醜的領帶，那種預先打好、可以用拉鍊拉緊的領帶。他不像其他員工一樣受同樣那些規則束縛。他對升遷沒興趣，也無意承接更多責任，他無須討好任何人。

「自由！」他看見我們後喊道。

我在他臉頰上一吻，想著不知道他的同事看不看得到我們。他們知道我是誰嗎？他會在工作場合談起我嗎？我不在他身邊的時候也在他心裡嗎？

因為在下雨，素拉提議我們去三清洞的善載藝術中心。我反對，擔心敏俊會覺得美術館無聊。我就擔心素拉提議我們去做只有我們兩個覺得有趣的事，將敏俊邊緣化。

「那不是美術館，而是一大堆個別藝廊。肯定很有趣。而且，附近也有很多咖啡店和餐廳。」

「有食物我就去。」敏俊說。

我們出發，敏俊和我並肩而行，素拉擠進我們中間牽起我們的手。「走吧。我聽說他們展出了一些超酷的作品。」

我們在地鐵安國站下車，素拉帶路。風推著小雨灑在我們身上。我不停想著他們的手，素拉粗糙長繭，敏俊則纖細修長。素拉在形形色色的藝廊停下來，簡單地為我們介紹各家：他們賣什麼、主推哪種藝術家。她知道當代藝術的所有最新趨勢。在她的排舞和學業之間，真不知道她哪裡還有時間了解這些。她是在什麼時候丟下我，自己偷溜出去發現這個世界？

敏俊對藝術和首爾的藝術活動一無所知，我看得出他很欽佩她的淵博知識。她像厭倦的博物館導覽員般耐心地回答他的所有問題。我們來到一棟破敗的灰色建築物前時，素拉停下腳步。我們顯然到了。我沒去過真正的藝廊。我當然去過對大眾開放的博物館、展覽，但這截然不同。這很親密，私人。

我們走上階梯，在四樓停下來。一名衣冠楚楚的年輕男子給我們簡單的小冊子，然後鼓勵

發胖的。」

我追上去捏她大腿，她短促地尖叫一聲，試圖還以顏色。我們就像這樣沿人行道而行，一下忽然急轉彎，一下推推拉拉；行人讓開，被我們的幼稚行徑惹惱，但這只是火上加油。

妒忌的片刻蒸散空中。

敏俊在後面小跑跟上我們。雨落下，我的心變得輕盈，城市靜了下來，萬籟俱寂，像是一隻手壓上了嗚響的琴弦。

我們坐進餐廳的窗邊雅座，看著雨，聊著素拉即將到來的獨舞會和敏俊的同事；我們覺得三星的那些人實在太有趣了。我很驚訝他居然跟那樣的白痴共事，幸好父親沒逼我進一般企業。我們閒聊時，我總是留心別偏離當下太遠。素拉也知道，因此從不談論未來。

未來並不令我害怕。敏俊和我心照不宣，知道我們的關係不會延續到我畢業之後，但我還是想避開所有尷尬。即使只是因為我和素拉也都不想思考梨大之後的人生，她也依然樂於幫忙。現實世界存在著我們兩個不想面對的問題。因此我們將對話繞回此時此地，回到當前經過的分分秒秒。

這些和素拉、敏俊一起度過的三人約會都像在走高空鋼索。我高高懸在空中，靠近太陽；在那個地方，雲朵像鬆軟的海洋一樣綿延千里，而我保持平衡，雙臂展開；鋼索的每一次彎曲、每一次彈撥都是由我而生。

我最享受的是其中的假裝、表演嗎？那令人困惑，但同時也令人興奮。至少在那當下，當我同時擁有他們的耳、他們的心，感覺就像那樣。

那晚，素拉道過晚安，美咲也離家赴另一場神祕約會，我躺在床上看著敏俊寬衣。他裸身撲上床，把臉埋進我的枕頭。「喜歡妳看到的嗎？」他的笑聲模糊不清。他以那種可愛的孩子氣態度漫不經心地看待自己的軀體。第一次在他的公寓過夜時，我對於他居然裸睡大為震驚。大膽又駭人聽聞，跟我所知的一切如此不同。那時我趴在床上看著他，納悶著這是自信、不在意，或兩者皆是。對自己的軀體如此漫不經心是什麼感覺？

「你今天在跟素拉聊什麼？」

他翻身側躺。「什麼時候？」

「在藝廊的時候。你們兩個似乎真的很喜歡那件作品。」

「聊作品啊，談我們覺得它有多酷。我永遠想不到那個地區有那些藝廊。」

「你喜歡作品的哪些地方？」

「什麼意思？」他閉上眼。

我關掉床頭燈，留下一室黑暗。「你看見什麼？」

他安靜了片刻，我以為他睡著了。

「我猜我看見家。我原本以為那個作品是關於想家，不過我後來看見一個家，一個文化困在另一個裡面，被另一個吞噬，我就在想，這個作品會不會有更黑暗的意涵。」

「你就是在跟素拉聊這個嗎？」

「大概吧。」

「她怎麼說？」

「她說她不知道，但她可以了解我為什麼會那樣想。」他快睡著了，聲音已經染上夢的氛圍。

我原本打定主意要跟他保持距離，而我知道我現在正在打破規則，但我就是想知道。「你會想家嗎？」

「想家？」他對著黑暗說，「不太會耶。」

我靜靜躺著，直到聽見他的輕微鼾聲、感覺到他的身體起伏。他不會想家，他不會想念他的父母、朋友。除了工作之外，他到底在這裡做什麼？他試圖找到什麼？

21

敏俊　不該由我揭露的祕密

敏俊的唇嘗到風中的鹹味。他在渡輪的頂層甲板看著仁川漂入灰藍色的早晨；那是一張具象的畫布，上面是星星點點的紅色和綠色貨船。他搭上早晨的渡輪前往紫月島。除了幾名抽菸的漁人，只有他在上層甲板。所有人都在下面看著大海在塑膠玻璃窗外溜走，只有海水的模糊拍打聲傳入他們耳裡。

朴警官在他離開前給了他一些資訊，跟他說這座島主要是以觀光業聞名。蓮樹之家的園區位於島嶼中央的某處。他在海灘、度假旅館和漁村之中找尋格格不入之處。

漁人們抽完了菸，將菸蒂彈入海中，隨即離開甲板，獨留敏俊一人。他試著釐清他所知的一切：部長試圖妨礙調查，素拉消失，她指控美咲「毀了一切」，現在又冒出由真錄製的某支影片。但他無法專注，波浪的催眠擺盪誘哄他進入放鬆狀態。就算只有片刻，拋開所有疑問依然讓他如釋重負。他可以漂走，遺忘。

在美國，並沒有由真、美咲或素拉存在的證據。除非他談論她們、記得她們，否則她們就不存在。如果他想，他可以將發生的一切當作一場夢。他只要買張回家的機票就可以了。

不過耳裡的海潮聲提醒敏俊，無論你去哪，你的記憶總會如影隨形。他用洛杉磯換來紐約，用一個半球換來另一個半球，卻只發現他還是同一個人，跟原本一樣糾結混亂，依然在找尋平靜。無論他多少次改變自身存在的框架、為其鑲上金葉，他依然占據著這個閾限的空間，直到他停止奔跑。他看見自己，一個九歲的孩子赤腳在人行道奔跑，涕淚縱橫，不停奔跑。這是他父母告訴他他們要分開的那一天。他們終究走上離婚一途，他記得自己只為此哭過這麼一次。聽見這個消息時，他拔腿狂奔——奔向何方並不重要。他只聽見「離開」這兩個字。

快天黑時，他回到家，看見父母站在他們那棟泥磚造的房子門廊，正和一名警察嚴肅地交談。父親身穿白色亞麻外套，輪廓在薄暮時分散發微光，母親攀著他的手臂。那是一幅共享焦慮與愛的景象，敏俊卻只感覺遭背叛。

然後他看見自己長大了些，上了高中，在踢足球時鏟一個男孩的球，角度和速度剛好，踢斷了他的腳踝。他記得自己站在那男孩身旁，像是緊張性精神分裂症發作，聽著他的尖叫聲。

那男孩先前說了什麼挑釁他，「高麗棒子」或「香蕉人」，他不記得了。不過某個東西在他體內膨脹，迫使他傷害那個男孩。他被斥退送回家後，父親問他為什麼要做這麼可怕的事。敏俊不知道該如何解釋。他只知道那股憤怒在那兒，一直都在，朝深處鑽探，在那兒如岩漿般流淌——他的*Han*（憾恨）。

這整股狂暴怒火幫助他超群出眾，不僅在學業上如此，在運動方面也一樣；他對競爭勇往直前，不屈不撓地渴望證明自己刀槍不入。然而，敏俊現在看出這種策略其中的逃避心態。由真的死暴露出他的軟弱和痛苦，讓他看清自己已經變成一名逃脫大師，總是逃了又逃。他一直到現在才慢慢了解，他以為自己在首爾找到了一些事物，但它們其實都不是表面看起來那樣。一個他自以為屬於他的文化，一份他自以為能實現抱負的工作，一位他自以為了解的伴侶——一切的一切慢慢積累，化為顯眼而令人痛苦的領悟——他對所有事物的想法或許都是錯的。

那晚的他腳下踩著砂礫，淚水刺痛他的雙眼，他是要逃去哪？從來就沒有目的地，只有直覺。就算在渡輪即將入港的這當下，靠的還是他的直覺，但他別無選擇。無論有什麼危險，敏俊心想，我都不再逃了。

敏俊確定沒人跟蹤，最後一個才上岸。除非部長的手下開始偽裝成漁人或到海灘遊玩的全家福，否則敏俊安全無虞。

事實證明，在這個小島找出素拉並沒有敏俊原本所想那麼簡單。計程車在港口排隊，等著渡輪乘客上岸。他一一走近詢問，不過總是得到相同的反應：司機一臉困惑，隨即試著送他去最近的海灘；似乎沒人聽過蓮樹之家。敏俊放棄計程車，決定順著沿小島外圍蜿蜒的雙線道路走到鎮中心。汽車和載著尖叫牲口與農產品的皮卡車呼嘯而過，他緊貼著生鏽的鋼柵，留心是否有通往島中心的小徑。蔓生的野草和薊屬植物鉤住他的長褲。風在吵吵鬧鬧中止息，昆蟲的嗡嗡聲填補寂靜。

敏俊的喉嚨發乾，腳趾間冒出水泡；他走到第一處海灘時，時間已近正午。他在一個路邊攤停下腳步，向一名肩膀被太陽晒得黝黑的少年買了一瓶水。敏俊問他有沒有通往島內的路徑，他手指路前方，要敏俊先右轉兩次再左轉，直到走入死巷。

波浪像從淺碟舐水喝的貓咪一樣輕舔沙灘。一個個家庭在海灘上放鬆，成人閱讀書報，孩子們則帶著游泳圈和保麗龍條在陰影中玩耍。敏俊感謝男孩為他指路。

小徑帶著他深入島嶼核心。海浪聲、鳥鳴聲，所有聲音旋即消失——只剩下他的腳步聲。濃密的樹葉遮蔽陽光。這樣的寂靜令人不安，憂鬱滲入黑暗。敏俊聽見小樹枝在腳下斷裂的聲音，旋身凝視後方，凝望黑暗。他靜靜站著，血液在耳裡脈動。有人在跟蹤他嗎？他下渡輪前做足了預防措施。他繼續前進，幻想自己是一名勇敢的拓荒者，大砍刀在手，自己在叢林中劈出一條路。藤蔓和低懸的樹枝看似朝他聚攏，他的視線縮到只剩針孔那麼小。

小徑消失，他被迫原路折回重新走一次，自己的腳步已難以辨認。少了路標指引，他很快迷失方向。每一朵花、每一片葉，每一叢灌木暈染為各種綠的迷彩織錦，恍若一座細節難以分辨的迷宮。敏俊的心臟重擊，膝蓋發軟。而正當他確信男孩指錯方向，正要放聲叫喊，沿他認為應該是他來時路的方向退回去，他注意到小徑亮了起來。他又能呼吸了。樹冠開展，光線透入。一座複合式建築矗立在林間空地。要不是他早就知道，他會猜這地方是座監獄。總共有兩棟白色建築，四層樓高，中間隔著一塊庭院，敏俊覺得應該是放風區。僅有的窗戶是沿側邊而上的細長縫隙，像是有人拿剃刀劃開了牆。建築散發一種不祥但鎮靜的氛圍，彷彿在威嚇來訪者的同時也迷惑著他們。敏俊沿宅邸繞了兩圈才找到入口。那是一個鋪設藍綠色瓷磚的長形門廳，光源來自在頂部劈啪響的螢光燈。這個顏色喚醒一段清晰的童年回憶，那是他第一次去蒙特瑞灣水族館的時候。他抬頭，半是預期看見海豚和鬼蝠魟魚在上方悠游。

一個女人坐在登記檯的滑動式玻璃窗後。她大約四十出頭，蒼白的額頭已有淡淡皺紋。她披著灰色羊毛衫起身迎接他。敏俊這時才注意到室內有多冷。

「有什麼事嗎？」她推開玻璃窗。

「我來找人。」她語氣中的平靜令他意外。

女人乾燥龜裂的雙手拿著筆記板一頁頁翻動。「名字？」

「素拉。她姓——」

「登記就可以了。」她將藍布皮的厚本子推過來給他。上方的光映在她的臉上，敏俊注意到她完全素顏，睫毛稀疏，嘴唇則是黯淡的洋紅色，看過來活像她這天才剛捐過血。

「這裡。」她的手指停留在某一行。「你還要把你的包包和手機寄放在這裡。」

登記後，另外一個女人帶他穿過幾條全部貼著相同藍綠色瓷磚的走廊。所有的門都沒有門把——看來只靠密碼按鍵進出。敏俊原本以為他們的腳步聲會在走廊迴盪，不過地板鋪有消音材質，看起來像磁磚，他的腳跟踏上去時卻只會發出踩在地毯上的聲音。

「麻煩你在外面這裡稍等一下。」女人快速地輸入七位數密碼，門打開，外面是宅邸中間的庭院。「素拉很快就會過來找你。」

幾張金屬野餐桌散置庭院各處，除此之外就沒多少其他物品了。烈日曝晒著敏俊，也烘烤著原本就已經乾燥的土地。置身高聳混凝土牆後，敏俊完全弄不清自己身在何處。他原以為自己是從東側進入林間空地，但現在無法確定了。熾烈熱氣下，感覺蒼翠繁茂的叢林小徑根本不可能存在。

敏俊的舌頭腫脹，喉嚨乾渴，手指在桌面敲出節奏。接著素拉現身了，門在她身後緩緩關上。如釋重負的感覺席捲敏俊。她沒事，她還活著。

素拉站在庭院中，膚如米紙，頭髮鬆鬆貼著嶙峋的臉頰，身穿灰色運動服，對著太陽瞇起眼。儘管隔著一段距離，敏俊也看得出她病了。就算她認出敏俊，她也沒表現出來。

「我是敏俊。」素拉沒打招呼，視線從敏俊的臉徘徊到牆，再到天空；敏俊只好主動出聲。「素拉。」

她擠出微笑，嘴唇扭曲乾裂。「敏俊。你真好，還來看我。沒想到我這麼快就有訪客。」

「發生什麼事？妳還好嗎？」

「我很好。我現在都按表操課，感覺好多了。」

「什麼意思？」

她一頓，還在觀察著他。「來到這裡之前，我從不知道我有多斷裂。他們讓我在菜棚裡工作。說到種東西，我顯然技巧純熟。我都忘記指甲縫裡卡泥土的感覺有多美妙了。」

「但妳氣色好差。」

「噢，」她不好意思地低頭看自己的雙手，「是嗎？我沒注意。我們的所有作物都是水耕，來這個庭院的時候才看得見太陽。太陽賦予我們生命，但太多也會造成傷害。」她伸手橫過桌子，捏捏他的手臂。「你不用擔心，敏俊。我就在我想待的地方。來這裡的人都是因為他們做了選擇。」

「但告別式的時候妳嚇壞了。妳約我見面，記得嗎？漢南大橋下。妳說妳會解釋一切。」

素拉思考著他所說的話，無光澤的雙眼來回掃動。「我不確定你是什麼意思。」

他試著抓住她的目光。「妳是說妳都不記得了嗎？」

「我那時心煩意亂，但現在好多了。一切都會變得更好。」她把手插進袖子裡，曾經強壯的身形在運動衫內晃蕩。

敏俊的手探向桌子另一邊。「素拉，發生什麼事？是誰帶妳來這裡的？」

「由真的父親。他覺得我最好還是尋求協助。他說我崩潰了。」她講述著，彷彿在讀帳冊，全是數字與百分比。

「我都不知道。」

「我也是，真的。不過跟由真的家人談過後——」

「妳是指她父親。」

「對，她父親。我們決定尋求協助對我最好。」她把雙手放在桌上。

敏俊輕輕捏了捏她的纖弱手指，擔心它們在他的掌握中分解。「妳確定這裡是在做這種事嗎？幫助妳？」

她劇烈點頭。「幫助我了解。」

她將頭髮紮起馬尾，顯得雙眼凹陷，彷彿兩個鑽入月球地殼的洞穴。

敏俊等待著一個答案，但什麼也沒等到，只得到素拉輕淺的呼吸。他們四周什麼也沒有。感覺就像走廊的磁磚和庭院的牆扼殺了所有聲音。她怎麼受得了待在這裡？

儘管素拉身心耗弱，敏俊還是莫名為發生的所有事而責怪她：由真的死、美咲的詭異行為、她自己的消失。他斟酌用詞，掂量著它們的價值。「妳說過會告訴我由真自殺的真正原因。」

素拉拉扯自己的眉毛，將細緻的黑色毛髮撒在桌上。

「妳答應過的。」敏俊說。

「我也答應過她，」她低聲說，「絕對不告訴你。」

「告訴我什麼？」

她低頭下巴抵著胸口，嘴脣蠕動，但沒吐出隻字片語。她似乎重複對自己說著什麼，像是真言或禱詞。敏俊握住她的肩膀，並對她的脆弱大吃一驚。「求求妳，素拉。我都大老遠跑來了。」

「那是一個不該由我揭露的祕密。我現在知道了。」她拒絕與他對視。

「什麼祕密？」敏俊的聲音迴盪進入他自己的耳裡。「由真的死，素拉。說出來也不會對任何人造成傷害了。」

素拉縮起身子，縮得愈來愈遠，她的雙手環抱膝蓋，前後搖晃著身子。「我不能，」她閉著眼不斷重複，「我不能。」

敏俊放開她，再次坐下。素拉留在原位，手指交纏。她終於睜開眼，以一種詭異的平靜態度打量他。他腦中冒出一個想法：她吃藥了，百憂解、樂復得，或其他藥效更強的東西，抗精神病藥物。

「我懂妳正經歷著什麼。」他說。「我不像妳，我不是她最好的朋友，但我依然是她的男朋友。而且我沒有欺騙自己，我知道我們之間不是瘋狂的愛，不是那種妳會跑去屋頂上大喊、無論看見誰都對他炫耀的那種愛，但我們還是有些真情實意。我想念她，素拉。我現在滿腦子都是我是不是忽略了什麼警示徵兆或求救信號。要是我救得了她呢？」

素拉只是搖頭。

「只要她能活著回到我們身邊，我願意用一切交換。」敏俊說。

素拉的下巴顫抖著，她望向他。「我好想她。你永遠無法體會我有多想她。」

敏俊沒機會問她是什麼意思，素拉已皺起臉，熱淚盈眶。「我願意付出一切。」她的聲音破碎。「我也愛她。我們喜歡彼此，敏俊。我們在交往。你現在懂了嗎？不可能是你造成的。羞愧殺了她，罪惡感殺了她。」她的聲音轉為高亢，刺穿了寂靜。「她是因為自己想成為的那種人才死。沒錯，她喜歡男人，她跟男人上床，她跟你上床。但她也跟我在一起。而今她因為被發現，所以死了。我原本以為她夠堅強，但太難了，她無力承受。她最怕的一直以來都是她父親的批判。」

不會的，這不可能。由真跟素拉。他應該會注意到才對。由真為什麼要說這種謊？她為什麼一開始要找上他？敏俊努力穩住自己，他的胸口發緊，呼吸刺耳。「妳為什麼要說這種話？妳知道這不是真的。」他聽見自己這麼說著。

「有時候我也希望不是真的，」素拉說，「那她可能就不會離開我們了。」

那就是真的了，敏俊領悟，幾乎要為自己的盲目而失笑。他是完美的偽裝。由真和素拉，從頭到尾都在一起，自始至終，然後部長……「妳是說由真的父親發現了，然後跟她對質。」

「他威脅要跟她斷絕關係——不只是經濟上，還有情感上。他準備徹底忘了這個女兒。她跟我說的。她跟你約會後和我在一起，不過她說她忘記借一本書，於是我們道別……要是我知道她在想什麼，我絕對不會離開她身邊。我絕對不會……」

部長的反應不盡然令人震驚。他是個政治人物。公眾形象、名譽——對他那個地位的人而言，這些都很重要。如果有關他女兒性取向的謠言傳出去，無論多正面，他都毀了。八卦小報、他的同僚、國家——浪潮會壓垮他。在大眾的想像中，世上並不存在同性戀韓國人。當然了，同性戀是真實的，這不是什麼恐怖玩意兒，但只存在於其他地方，紐約、曼谷、柏林，總之不會是韓國。

「她不想傷害你。」素拉的聲音發顫。「她從來就不想讓你知道。」

「多久了？」

「不是那樣的。我們不是一對，不是獨占的關係。」她懇求地看著他。「由真愛你。她在乎你勝過一切。你知道的。」

敏俊往後靠。

「她想跟你在一起，但她也努力說服自己相信某些事，再也說服不了時，她就來找我。」

「我懂了。」他在腦中重播他們共度的每一個親密時刻，試著找出自己遺漏了什麼。感覺很真實。他的感知真有可能錯得那麼離譜嗎？有關由真的回憶淹沒他的思緒。他們共享的片刻、只有對他們來說才存在的分分秒秒：月光下沿清溪川散步，在煙霧瀰漫的酒吧聽舊唱片，她的指甲戳刺他的背，她的心臟顫動。這些對她而言是什麼意義？一切都只是一場戲嗎？

「她是一個困惑的人，敏俊。她真心在乎你。由真不會勉強自己做不想做的事。」

「但她也想要妳。」

「對。」素拉垂眼。

「只有妳嗎？有其他女人嗎？」

「只有我，」她說，「沒其他人。」素拉用袖子揉眼睛。「我知道我傷害過別人，所以我才在這裡。蓮樹之家會修復我。無論我做什麼都無法讓由真復生，然而，透過這個社群，我或許能用某種方法拯救我自己，修復我毀壞的關係。」

敏俊看著素拉，感覺疲倦而孤獨。她受的苦超過他所能想像。她的痛苦是真實的，那種責難和後悔——她在由真的死之中占有一席之地，他則永遠不可能。錯綜複雜地糾纏其中，永遠與摯友與愛人之死相繫。就算敏俊怒火中燒，他也依然感覺得到她遭受的折磨。「但由真的父親是怎麼發現的？妳們不是很小心嗎？」

「當然。」素拉皺起臉。「我們做足所有預防措施。」

「那怎麼會？」

她似乎沒聽進去，只是消沉地凝視庭院的牆，目光呆滯而冰冷。「我這才發現這裡聽不到海的聲音，真奇怪啊。」她說。

「肯定有人告訴他。」

「有人，對。」她低聲說，彷彿她在演戲，正在她體內深處的一個凹陷洞穴內說話。

「是那支片子嗎？」敏俊說。「妳和由真一起拍的影片。部長是這樣發現的嗎？」

「那只是她電影課的作業，」素拉伸出指甲被咬過的手指劃過她的嘴脣。「只是這樣而已。」一隻海鷗從頭頂飛過，叫聲詭異而令人不安。素拉入迷地凝視著那隻鳥，彷彿從未見過此種生物。「美咲。我知道是她。她跟由真的父親說電影課和影片的事。她知道他不贊同由真跑去上主修之外的課。」

「因為妳們那樣對待她，她以此作為報復。」

「她肯定聽到我們聊天。由真對電影課和這份作業太興奮了，總是忍不住談個不停，就算在公寓裡、美咲也在的時候也一樣。」

「所以妳說她毀了一切是這個意思。」

「在那之後，她父親開始問各種問題。只是早晚的事了。」素拉把雙手放在膝上。

敏俊傾身靠近素拉，用意志力要她看著他。「美咲知道妳和由真的事嗎？她有沒有懷疑過？」

素拉還來不及回答，庭院的門忽然打開，一名女性護理員走向他們，腳下的白色運動鞋在砂礫上嘎吱響。

「片子不是你想的那樣，不是任何人想的那樣！」素拉緊抓著金屬桌面，聲音轉為高亢。不過在她繼續說下去之前，一時的情緒爆發已經消退。「那是由真感到驕傲的東西，那是一件藝術作品。」

素拉轉頭，肩膀垮下對剛剛出來的女人打招呼，起身時放棄任何作為。敏俊注意到她沒穿鞋。襯著被太陽晒白的地面，她那雙因舞蹈生涯而粗糙、歷盡滄桑的腳呈現出一種美麗的奇形怪狀。敏俊無法別開視線。由真是怎麼看她的？她覺得這雙腳很美嗎？見證著素拉的投入和幹勁；無論那是什麼，總之他就是沒有？

護理員是一名頭髮花白的中年婦女，她把雙手放在素拉肩上。「蓮樹之家的娛樂時間有限，很遺憾，素拉的時間到了喔。」

素拉主動離開。敏俊跟在後面，視線裡滿是令人目眩的陽光。護理員輸入密碼，門從牆上彈開；帶藥味的清涼感衝襲他們。素拉轉身，緊緊抱住他，嶙峋的肋骨戳刺他的腹部。「我知道我們的所作所為是錯的，敏俊。我永遠無法收回我對她、對你做過的事，但我還是覺得很抱歉。」

「我現在都不在乎了。」敏俊說。「妳何不跟我一起走？我可以帶妳離開這裡。妳沒必要留下來。妳不該為此懲罰自己。想想妳的未來、妳的跳舞生涯。」

「這裡就是我的歸屬。」她悄悄走進去，門在她身後關上。

敏俊站在空蕩蕩的庭院，受他尚未查明的真相所詛咒。他內在的一切都垮了。他駝著背，暈頭轉向，靠著高聳的混凝土牆尋求遮蔭。笑聲或尖叫聲在他體內激湧，他的雙手抓了滿拳頭的砂礫。我一直以來都好傻，他心想。我的女朋友跟別人上床，跟另外一個女人；我的女朋友在自我毀滅的邊緣，而從頭到尾她就在我身邊——快樂的蜃景，自我意識的假象。他解讀錯誤之處似乎多得令人髮指，就像一盞盞去一切的泛光燈。

傍晚搭渡輪回仁川時，天氣轉為狂風暴雨。懷疑在敏俊內心翻攪。由真的每一個動作、說的每一句話都有可能是欺騙、口是心非，這份認知就像胃裡的一顆毒藥。他看見她的笑容，感覺到她的碰觸，但都蒙上了一層暗淡的譏諷。她是真心的嗎？她在他身邊嗎？抑或她的心是跟素拉在一起，總是素拉？他想相信她一直滿心衝突，在他們兩個之間拉扯。他極度渴望知道他們在一起的時光是否有意義，不只是短暫的一瞬間，也不只是圖方便而已。不過難道她對他而言不也是這樣嗎？一種消遣，藉此說服自己首爾是他的歸屬？

敏俊想起有一次他和由真、素拉一起去看展覽，參觀一座巨大的藍色房屋，當晚躺在她床上的暖意中，由真問了他一個問題：「你會想家嗎？」她當時是想跟他談嗎？真正跟他談，還是說，一直以來都是關於素拉？他們的整段關係只是一個聰明的魔術把戲嗎？他想被蒙蔽嗎？她受的苦、她的痛，全部藏在他看不見之處。或者更糟，他徹頭徹尾理解了一切，卻別過身。明知道有問題，有個刺痛而真實的傷口，卻閉口不談。或許我看見了所有徵兆，他心想，但視而不見。

敏俊坐在那兒沉思，一圈懷疑溜上他的腳踝，隨著每一個拍打渡輪船殼的波浪而慢慢收緊。他真可以全盤相信素拉的說詞嗎？她因為某個理由被送入蓮樹之家。她身體狀態不佳，正在服用強效藥物。無論承認事實有多痛苦，敏俊內心深處知道她對她和由真的關係並沒有說謊，但除此之外的一切——美咲的角色、部長的譴責、片子的內容——似乎都相當牽強。由真過世後，美咲除了幫助他之外沒做過任何事。這段期間以來，只有她稱得上朋友。她真有能耐如此欺瞞、一心復仇嗎？

敏俊愈是思索素拉的告白——那瘋狂的言論和詭異的舉動——他就愈是懷疑。片子怎麼可能沒什麼？由真的父親確實威脅要斷絕親子關係嗎？那可是他的獨生女，他一生成就的至寶，他的傳承。就算部長真有力量將她逐出家門，由真真有可能這樣就被打垮嗎？她會那麼輕易就投降？她很有韌性，她很頑強。他無法想像由真因為斷絕親子關係的威脅就陷入消沉。她不可能自我了斷，就算她真做了，肯定還有其他事將她拖入黑暗中。

22

由真
謊言，當然了

接下來的幾週，父親變得愈來愈緊迫盯人，急著幫我找到工作，而我愈來愈難忽視畢業後的未來。他列了一張清單，我必須做好其中的每一件事，才能說自己已經準備好面對他為我安排好的巡迴面試。首先是去明洞的一家美容沙龍接受美髮與化妝諮詢，裡面的一個女人對著我的分岔髮尾大驚小怪，還因為我的眉毛亂七八糟而斥罵我。說到女性美容的趨勢和產品，我向來認為自己頗有見識，尤其跟素拉相較之下更是如此，不過顯然我嚴重沒概念。我提著塞滿乳液、唇膏、粉底的大包小包被送出店裡。之後，父親陪我去一家攝影工作室，他幫我安排了一輪專業大頭照攝影。他站在身材纖細、身穿薰衣草色高領衫的攝影師後方；拍攝的整個過程中，他都在講電話，只停下來示意我下巴抬高、不要彎腰駝背。我搖搖晃晃坐在小木凳上，臀部發疼，背僵硬。相機的閃光燈精力無限，每隔幾秒就弄得我暫時失明，我的臉頰也陣陣痠痛，因為父親要我維持「嚴肅但不嚇人、勤勉但不難搞」的表情；我實在想不太出還有什麼更不愉快的經驗。

來到服裝店時，我已經飄到遠方，透過三面落地鏡看著自己，皮尺貼著我的大腿內側和腋下收緊，各種織品和布料像第二層肌膚一樣披掛在我身上，我在這裡為訂製的套裝量身。父親認可地看著我。我試著看見他所見。裁縫師記下我的尺寸後，我就可以自由離去了。

父親清單中的最後一個項目是面試輔導，排定在幾天後。我提早十分鐘抵達位於江南的辦公室。進去時，我試探地推開沉重的霧面玻璃門，迎接我的是身穿正經黑色西裝外套和洋裝的教練本人。

「妳遲到了。」她讓我在書桌前坐下。「永遠都要至少提早十五分鐘到。」

「抱歉。」我努力擺出父親要求的表情。

那女人抿嘴微笑。「妳父親認為女性面試教練對妳而言最為理想，而我傾向認同。女性求職面試時常會面臨某些挑戰。」

「我了解了。」

「妳父親認為妳頗有才幹，因此我們只會輔導一次。我通常不會只和我的客戶見一次面，這次破例了。」女人打開面前的文件夾。「我接下來要告訴妳一些規則。妳不需要寫下來。妳離開前，我會把這個文件夾交給妳。我要妳做的是聽這些規則。不要只是記起來，要融入妳的存在、價值觀之中。」

我集中注意力，聆聽她說話，排除心中的所有恐懼和疑慮。

「最重要的是，」教練說，「妳絕對不能表現出對婚姻或孩子的喜好或興趣。雇主視此為無法全心投入公司。妳必須說出妳對團隊合作的熱忱，就算這意味著妳將無法獲得針對個人的讚賞也一樣。如果被問到妳最大的弱點，永遠都要說妳將太多時間投注於工作。除此之外，妳可能會遇到男性在面試時對妳的衣著或外表提出不恰當的評論。如果發生這種事，妳必須微笑，請面試官問下一個問題。妳萬萬不可遲疑，繼續前進就對了。」

還有其他規則和提示，目的似乎都是要我恭順端莊。畢業後，就是這樣的現實在等著我嗎？父親為什麼不自己提醒我？我想著素拉在這種情況下會作何反應。她無疑會離開，離開前還會抨擊這個女人如此堅持延續下去的性別歧視職場文化。真希望我擁有她的力量、她的火焰。

面試教練的課程結束後，我快步走出辦公室，她那斷奏般的說話聲依然在我腦中迴盪。在辦公室大樓的嘈雜大廳中，我拿出她給我的文件夾丟進垃圾桶。我不需要她的規則。

父親的車在外面等我。他現在有私人司機，不再自己開車了；這是工作的福利。他身穿藍色軍裝，勛章在他的翻領閃爍金光。我在黑色賓士車的昂貴後座搖晃，他則是興奮地談論我可能的職涯。對政治生涯而言，任何和社會服務相關的工作都會帶來正面的大眾觀感，如果我在投入公職前想先賺點錢，念法學院也一直都在選項之列。

帶著剛印出來的履歷和光滑的名片，我會見政治人物、競選活動企劃、律師助理、高階主管，以及社群組織者。看似認識我父親的人數量驚人。有三場面試特別順利，但我還是無法相信這些人會單單因為我和他的關係，就以任何職位聘用我——這太不可思議了。

知道父親有多愛我、為我的未來投注多大心力，感覺同時令人振奮又害怕。他和母親總是推著我出人頭地，而現在我又靠近了一步。不過我還是開始疑惑，法學院、政治，這些都是我想要的嗎。一切變得好不真實。這些職涯沒在我心中激起任何火花，但應該要有火花嗎？這是一種職業——天生就不該激起火花。

「你喜歡你的工作嗎？」跟自由韓國黨的主席會面後回程的路上，我這麼問父親。這位主席有可能在他的幕僚中給我安插一份工作，而他似乎急於藉此賣我父親人情。

父親停止用手機傳訊息。「什麼意思？」

「你對你所做的事樂在其中嗎？你的工作讓你感到快樂嗎？」

他沉默片刻。我想他可能是擔心司機也在聽，但他接著開口了：「能做這份工作是我的福氣，由真。我們因此才能搬來首爾，過更好的生活。妳母親不必工作，妳也可以住在校外。這些都是我這份工作的副產品，而我為此感到快樂。如果妳想在妳的職涯找到快樂，那妳會失望的。職責就是職責，工作就是工作。養活自己、養活家人是我們的責任。對女人來說並不總是這樣，對妳母親來說當然不是。不過現在情況不一樣了，正在變得更好。更多人投入職場，代表我們國家的經濟會更強大。妳很幸運擁有工作的機會。說起來，是誰給妳這些想法的？」

我被他單刀直入的質問嚇得一愣。「沒人啊，只是這些面試的感觸而已。」

「跟素拉沒關係吧？」他說，「她非常理想主義。」

我沉默，不確定該說什麼、該往哪裡走。

「相信我，」父親接著說，「等個五、六年吧。她會希望自己這些年更務實些。這個世界對不切實際的人並不友善。」

我想著我的電影課，我用來看電影、寫報告的所有時間，我寫的那些報告主題涉及電影藝術、導演作用，以及男性凝視。這些東西一點也不實際，但令我激動、挑戰著我。我知道就電影這兩個字最基本的意義來說，電影毫無用處，但就算只是因為我覺得值得，研究電影感覺起來就依然有其價值。

「妳母親和我很幸運，在這方面不用擔心妳。妳總是專注又勤奮。就算妳還小的時候也一樣。」車子停下來，我們到我公寓外了。他解開安全帶擁抱我。「妳今天表現得很好。他們通知妳之後，記得跟我說一聲。」

我把下巴靠在他那墊肩過厚的肩膀上。「謝謝你為我做的一切，爸爸。你沒必要什麼都幫我安排好的。」

「什麼，然後一切全看運氣？」他放開我，「這樣成不了事的。」

我還沒來得及走進大樓，他又透過下降中的暗色車窗喊我：「新室友怎麼樣？日本女孩，對吧？」

我努力回想我哪時跟他提起過美咲。「很不錯啊，她不會弄得一團亂，我們其實只在意這一點。」

「妳和素拉有好好跟人家相處吧？」

「什麼意思？」

「三這個數字有可能很棘手，」他說，「總是會有人覺得被排擠。」

我等著他說更多，但他沒繼續。「我覺得我們最後會變成好朋友，現在就已經很常同進同出了。」

這是個謊言，當然了。素拉和我依然盡我們所能拉開和美咲之間的距離，她也似乎欣然接受被放逐，而這只是更加令我焦躁。

「保持聯絡。妳很快就會接到電話了。」

隔週，我確實接到電話了。有三個單位給我工作機會，員工訓練從六月開始。考量所有面試應該都只是熱身賽，這結果令我大感震驚。父親的地位就是一扇扇敞開的門，只是這些門對大多數人而言都是關閉的。我沒回任何人訊息。我把全部心力投注於電影課的最後一份報告。

儘管只是中階課程，李教授還是鼓勵我們拍攝短片，重現我們目前為止看過的電影中個人最愛的一個場景。她已經跟媒體科系打過招呼，我們可以去借用攝影機和其他必要器材。

「為了進一步了解電影，」她說，「妳們必須試著創造電影，妳們才能理解導演和攝影師所做的選擇，然後這過程會幫助妳們了解一部電影的敘事和角色是怎麼創造出來的。」

我立刻就知道，我要重現的是《生活的甜蜜》（*La Dolce Vita*）[7]中知名的噴泉場景；這部電影很快就變成我的最愛之一。它的插曲式本質、從白天到黑夜的種種活動、對羅馬的描繪，呈現出一座看似在死去的同時也繁盛的城市，這些在在令我著迷。電影中有古老的廢墟、鵝卵石

7. 義大利導演費德里柯・費里尼（Federico Fellini）的作品，於一九六〇年首映，曾獲第十三屆坎城影展金棕櫚獎。

街道和頹圮的建築，感覺就像首爾的對立面。
我只需要素拉幫我。

23

敏俊 或許不是你，而是另外一個人，你內在的那個人

從紫月島回來後，敏俊打電話給朴警官，想告知他獲悉的消息。素拉揭露了她和由真的祕密戀情，這只是讓敏俊更加懷疑部長涉入了自己的女兒之死。朴警官說過所有證據都指向自殺，但敏俊首度感覺自己像是找到了部長的可能動機：渴望女兒閉嘴，或甚至乾脆消失。電話直接轉入語音信箱，他留下訊息，要朴警官回他電話，情況緊急。

他等待，先是幾個小時，然後幾天；敏俊對首爾的各種二十四小時服務心懷感恩。公寓裡只有嚇人的寂靜，只有懷疑和不安全感與他相伴，但他不用面對這些，反倒經常造訪 *jjimjilbang*（汗蒸幕），他可在這裡花少少的錢洗澡、睡覺。他公寓裡的所有東西都讓他想起由真，而敏俊開始三餐都靠小吃攤和便利商店解決，一面在街上徘徊，讓無盡的喧囂撫慰他，一面狼吞虎嚥

吃下包裝整齊俐落的*samgak kimbap*（三角飯糰）和酥脆的*bindae tteok*（綠豆煎餅）。

一週過去，敏俊還是沒有朴警官的消息。這是一個宜人的週日夜，他正要回公寓拿兩件乾淨的衣服，但被部長的兩名打手逼到角落。他們一直等到他離開大路才抓住他，把他推進一條陰暗的小巷。他從頭到尾沒注意到他們過來。

敏俊沒見過這兩個男人，他們看起比最近一次跟蹤他的那一對更粗壯、更難纏。其中一人有顆暴牙從上唇突出，彷彿太長了，嘴裡裝不下。他們身穿黑色高領衫，外面罩著黑色西裝外套，體型魁梧、威脅感十足。他們架著敏俊的腋下，把他帶到一個角落，廢棄物滿溢的大型垃圾車阻隔了過路人的視線。其中一個男人把敏俊頂在牆上，一隻手肘壓著他的後背；暴牙男拍遍他全身，把他的每個口袋都翻出來，還拿走他的皮夾和手機。腐爛食物的惡臭充斥敏俊鼻端，令他無法招架。

「不在他身上。」暴牙男對夥伴咕噥道。

敏俊不知道他們在找什麼。他們把他轉過身，手電筒的光隨即直射他的臉。敏俊對著強光瞇起眼。他考慮過嘗試逃跑，但想想還是算了。如果部長要他的命，他早就死了。

「片子在哪？」暴牙男問道。

所以他們一直以來就是在找這東西。敏俊抹掉額頭上的汗滴。「什麼片子？」

那一巴掌來得毫無預警，快速斷然地拍在他臉上。星星加入了原本的強光，敏俊活動下顎，耳裡啵啵響。

「我們不該傷害他。」一個聲音說道。

「他知道在哪，」暴牙男說，「不然他之前為什麼要甩掉其他人？」

敏俊檢查嘴唇有沒有流血。「我不知道你們到底在說什麼。」

暴牙男似乎在考慮要不要再給他一巴掌。敏俊努力控制呼吸，他的耳朵發熱，頸部刺痛。

「看看我的手機啊，檢查我的訊息和電子郵件，」他接著說，「我沒什麼好隱瞞的。」

暴牙男還是把手電筒對準敏俊。

「沒東西。」一會兒後，另一個男人說道。

光喀嚓暗去。敏俊揉眼睛，努力適應黑暗。暴牙男湊近他，呼吸中帶著菸臭味，一隻大掌捏住敏俊的後頸，把他拉近。「影片在哪？我們知道不在你的公寓，我們剛剛才從那裡出來。」他說。

「我都照實說了。」

暴牙男緩緩吐氣，嘴裡發出令人不安的口哨聲。「我會轉告老闆。他似乎不覺得是這樣。」

他放開敏俊，隨即走開，他的夥伴也已經從暗巷中消失。

敏俊深呼吸幾次鎮定下來，他的膝蓋發軟，雙手也在顫抖。他揉了揉臉頰，腫起來的地方一碰就痛。他踢橄欖球的時候受過更嚴重的碰撞。

敏俊回到公寓，發現一片狼藉。部長的手下鉅細靡遺。工作檔案散落一地，衣櫥抽屜都被拉出來，內容物倒在他的床上，就連他的藥櫃也被清空。他收拾時又打了一次電話給朴警官，結果只得到一則訊息，說這個號碼已經停用。他開始擔心了。或許高層不讓朴警官辦這個案子了，也或許部長採取了更激烈的手段。如果跟蹤他的男人算是某種徵兆，那由真的父親愈來愈鋌而走險了。

敏俊不能再浪費一分一秒。他要自己找出那支片子。如果部長那麼想要，其中肯定有些什麼。而且，就算如素拉所說，片子只是課業，或許也能解釋由真為什麼會那麼輕易在她父親的威脅下失去生氣。

他盡他所能將公寓打理好之後，隨即出去最近的 *PC bang*（電腦房）查梨大的線上課程目錄。稱 *PC bang* 為網咖並不公道；它們是自給自足的生態系，是供厭世者暫時喘息的麥加。內附浴室、點心吧和服務人員，這些地方迎合著那些對現實最不感興趣的人。大多數常客都是遊戲玩家：逃學的孩子、將生命傾注於線上聯賽和角色扮演遊戲的年輕人。這是一種逃避；敏俊這會兒坐下、登入，不曾比此時更能體會箇中滋味。

敏俊在昏暗之中坐好，敲打鍵盤，瀏覽著梨大秋季開設的課程。他旁邊的孩子激烈點擊滑鼠，一面對著耳機咕噥。空拉麵包裝散落在他的小隔間內。敏俊把自己的椅子拉近桌子，捲動課程的頁面。由真沒提過電影教授的名字。幸好這個科系很小，總共只有三位教授開了六堂課。敏俊用手機記下每位教授的名字和電話，然後登出。

暑假正值高峰，梨大校園一片空寂，只有幾個不幸的暑期班學生用快滑落的袋子背著沉甸甸的書本和筆電。敏俊越過寬敞的方院和樹木成排的小徑，找尋著文學院。他終於遇上校園地圖，欣慰地發現目的地就在幾步之外。

電影系所在的大樓並不在梨大最近的校園翻修之列，看起來陳舊而陰冷，彷彿通往一段失落的時光，走廊燈散發泛黃書頁的顏色，牆壁油漆斑駁，沉滯的空氣中瀰漫一絲樟腦丸的味道。敏俊靜立片刻，品味著此處的涼爽，汗水在手臂上漸漸乾涸。

由真走在這些陰暗的走廊上時都在想什麼？她是否感到自由，躲過了刺探的目光？她提起這門課時，敏俊以為只是她偶然萌生的興趣，藉此在單調的必修課之間喘口氣，但跟素拉談過後，他認為由真決定上這門課的原因可能沒那麼簡單。是不是因為觀看、隱身於無燈觀眾席的這個舉動，可以自由觀察引起她注意的任何事物？也或許是因為分析的面向，判定某個鏡頭是如何構成、拍攝，並取得平衡。你可以以一百萬種不同的方式看待某個事物。

知道由真和素拉的關係後，敏俊以截然不同的觀點看待由真所做的每一個決定。在懷疑的顯微鏡下，他過去不予理會或遺忘的事物一個個雙倍回歸。

前方，燈光斜斜灑落微濕的地毯。遙遠的劈啪聲沿走廊喋喋不休，自信滿滿的手指敲打著某個東西，或許是鍵盤。敏俊發現自己來到位於走廊盡頭的舒適門廳。他算了一下，總共有六間辦公室，只有一扇門是開著的。敏俊被按鍵的節奏迷惑，裹足不前。他查看名牌，很高興發現有一個名字與他的名單相符。他畏怯地敲門。打字聲停止。辦公室內，一名年輕女子以無懈可擊的姿態坐在矩形玻璃書桌後，筆記型電腦的白色螢幕映在她的眼鏡上。除了牆上的幾張裱框文憑和一櫃ＤＶＤ，辦公室內沒有任何裝飾。敏俊努力隱藏他的驚訝。他莫名將這位教授描繪為一名戴著角框眼鏡的年長男性，置身書本和紙板剪出來的《科學怪人》（*Frankenstein*）和《黑湖妖潭》（*Creature from the Black Lagoon*）之間。

「有什麼事嗎？」女人問道。

「我想找李教授。」

「我就是。」

教授請他在看起來很硬的木製扶手椅坐下。「找我有什麼事呢？我想你應該不是這裡的學生吧。」

敏俊坐在那兒，不確定該說什麼。

「開玩笑的，」她說，「我們是女校，我確信你也很清楚。」

「是，當然。」敏俊壓抑語氣中的慌亂。「我只是想請教有關之前一位學生的幾個問題。」

教授拿下眼鏡，對著鏡片呵氣，然後從口袋拿出一塊布擦拭，一面對敏俊解釋談論當下或過去的學生都有違學校政策。

「我完全了解，只不過我是由真的朋友，金由真。她上個學期有上您的課。」

教授狐疑地看了看他。「對，我記得她。但如我方才所說，我無可奉告。」

敏俊等著她繼續說下去，但她已經說完了，嘴脣抿成一條細細的線。她有沒有可能不知道由真已經死了？就連這個消息也被部長以某種方法壓下來了嗎？

他莫名感到安慰。還有其他人一無所知。他納悶著，朴警官當初告訴他這個消息時，是不是也是相同感覺。「我很遺憾由我來告訴您這個消息，」他說，「但她過世了。她在上個學期末自殺了。」

教授似乎真心難過。「太慘了。她只是來旁聽，但是個令人印象深刻的女孩。她真的自殺了？」

「恐怕如此。事情是這樣的，我是她的朋友，跟她很親近，我也知道她之前正在做您的作業，一支影片。她的家人想取得影片留念，但她死後我們一直找不到那支片子。我希望您知道影片的事，或是片子的下落。」

教授的臉一陣顫抖。「我幫不上忙。」

敏俊解釋由真的父母真的很想看看完整的作品。李教授擺弄她的筆電，點擊滑鼠、捲動頁面，看似猜疑，甚至顯得有些緊張。部長肯定已經找過她了。他用了什麼招數？錢？威脅？

「我真的無可奉告，不只是因為規定，也因為她沒跟同學們分享過她的作品，也沒有交給我。她只缺交過這一份作業。」

「您能稍微跟我說說她在做什麼嗎？」

李教授似乎比較能接受這方面的問題，她快速蓋上筆電。她對敏俊說明，她要求學生從他們這學期觀看的經典電影中挑出一個場景加以重現。由真挑的是《生活的甜蜜》。

「這是一部很棒的電影，」教授接著說，「不過在米蘭放映粗剪版時還被噓了呢。說來好笑，人，甚至是有才智的人，有時候起初就是看不出某事物的才華和美。如果我沒記錯，事情還不只這樣而已——有人指控費里尼是無神論者、共產主義信徒，甚至還說他叛國。」

敏俊聽說過這部電影，但不曾看過。由真只順道提起過這堂課，從來就不像對藝術特別感興趣。這比較算是素拉的領域。因此這一切才顯得那麼詭異，敏俊也因此才需要了解這部電影對由真而言到底有什麼意義。就算只是一部電影，也可能進一步解釋她父親的頑強打探，以及她的死。

「我只是想試著了解她為什麼選這部電影。」

「就像所有好藝術作品一樣，這部電影涉及很多議題。」李教授說。「不過基本上，《生活的甜蜜》談的是我們在人類欲望二元性之間最與生俱來的掙扎。電影中，主角馬切洛（Marcello）在兩個世界之間拉扯：一邊是富裕與名流，有名車、美女，以及無盡的派對；另一邊則是知識分子與藝術家，有文化與交流。當然了，這樣有點過度簡化——不過我們總是可以將最偉大的作品歸結於一個簡單的概念或想法。《生活的甜蜜》也一樣。這部電影為觀眾呈現出兩個男人，記者馬切洛和他的朋友史坦那（Steiner），一名富裕的知識分子，他們受困於自己的欲望與恐懼：馬切洛是他對派對、名流與性愛的熱愛，史坦那則是想要安全感與財富。兩個男人都害怕自己失去雄心抱負：在一個快速喪失所有道德必然性的世界裡追尋心靈的滿足感。」

由真也受困於她自己的欲望嗎？她覺得自己在冒險與安全感之間拉扯嗎？

「這樣你有比較了解了嗎？」

敏俊說他不確定，跟教授道謝後便起身走向門口。

「或許，」李教授說，「或許這對你的問題能有點啟發。史坦那在電影中說過一句話：『有時候，在夜裡，黑暗和寂靜沉甸甸壓在我身上。寧靜令我害怕；或許我對此最為恐懼。我感覺這只是一個表象，而地獄的面貌隱藏其下。』」

地獄的面貌。由真看見的就是這個嗎？寂靜和黑暗是否也沉甸甸壓在她身上？在她眼中，他們的關係、她的整個人生，是否也只是表象？

敏俊知道，在由真離世的許久之前，他就已經失去她了，也或許他根本不曾真正擁有她。沒錯，他們曾在一起，但她從來就不想被擁有，不想被任何人擁有。關於她是誰、她想成為什麼樣的人，她從頭到尾都藏起其中一個必要的部分。敏俊首度理解她為什麼沒對他傾訴她的祕密。他們之間無以名狀、沒說出口的種種容許他們的關係成長，甚至茁壯。他們在不明確中找到安慰與安全感，永遠不用被逼著冒險嘗試、被逼著要求什麼，不只不用要求自己，也不用要求彼此。在這種苦澀的新觀點下，敏俊看清自己在由真的欺瞞中也扮演著共謀的角色。他欣然接受他們維持表面的關係，在他們共同存在的淺水池中找到安慰，在這個池子中，沒有任何深不可測又詭異的東西會將他們一口吞下。

最後一次向李教授道謝後，敏俊沿來時路穿過陳舊的走廊。如果教授是對的，那麼素拉說的就是真話。片子就只是作業，一項藝術探索。但他真相信就是這樣而已嗎？那麼美咲又為什麼想利用片子對付素拉和由真？為什麼部長得知片子和電影課的消息後，居然就把女兒的生活搞得天翻地覆，他的手下又是為什麼這麼急於把片子弄到手？

少了朴警官，敏俊覺得自己在苦苦掙扎，沉到無解謎題的重量之下。所有答案都在由真的冰冷脣間，成為永恆的祕密。敏俊站在陰暗的入口通道，眺望著熱浪在乾渴的草皮上蒸騰。他不能回他的公寓。那安靜，那靜坐思考的時間。噁心感在他的胃裡翻滾。他嚼著臉頰內側，邁步回到悶熱中，空氣有如浸滿水裹住他頸子的毛巾。正當他步出大樓、走進燠熱的午後空氣，他的口袋震動。來自美咲的訊息：今晚要不要來參加派對？

酒吧人滿為患，空氣瀰漫著濃濃的菸味和汗味。敏俊擠過二三十歲的人群，麥克風的回授在頭頂爆裂。入眼可見紋身、穿洞的耳朵、綁帶靴混雜在不收邊牛仔褲和丹寧外套之海中。敏俊穿著素色扣領襯衫和卡其褲，覺得自己格格不入。

刺耳響亮的人聲壓過音響系統：「去他的政府！」所有人吼叫：「去他的系統！狂歡吧！」聲音震耳欲聾；粗嘎的電吉他重擊像B-52轟炸航路一樣從頭頂掃過。人群擠向臨時舞臺，樂團開始表演了。主唱只穿緊身牛仔褲，模仿著他內心的米克·傑格（Mick Jagger）[8]，扭腰擺臀，精

8. 滾石樂團創始成員之一。

瘦、健壯的身軀已汗水淋漓。

幾個女孩在舞臺附近瘋狂舞動，在她們的搖滾之神的祭壇前奉獻自己。其中一個女孩往前倒，幾乎就要擁抱以每一個低音音符將她的頭髮往後吹的擴音器。她穿白色匡威鞋和吊帶褲，其中一個扣子已經解開了，映著煙霧瀰漫的燈光，隨她每一次扭身而甩來甩去。

這是首爾的反文化——敏俊只聽過，從沒見識過——正像某隻暴走的野獸一樣翻騰、扭動。這個世界遠離安靜的通勤地鐵、西裝與領帶、直筒窄裙、龐大的學業期待、徵兵制、*soju*（燒酒）、整形手術，以及非軍事區。這裡都是叛逆的人，抵制父權、性別薪資差異。這是他們的集體憤怒，氣這個要求完美、子女孝順以及忠貞的社會和文化；氣就在三十五英里以北的非軍事區，被臉白如牛奶的外國公使們在柏林一刀切開，像是一道鋸齒狀的傷疤一樣劃過他們的國家；也氣他們經過這麼多年卻依然背負著這個重擔（所有身體健全的男性都需要捍衛南韓兩年，形成全世界規模最大的常備軍之一）。這是他們的號召，他們的哀歌。

人群膨脹，麥克風竭盡全力，主唱召喚所有人，他低下頭祈禱。吊帶褲女孩湊近，群眾將她推向舞臺。主唱猛力撥開頭髮，光映在他的牙齒上，他伸出手抬起女孩的下巴，讓她迎向燈光。那是美咲。她很美，一種瘋狂、放縱的美。她總是像這樣。不過一直到這個時候——在聚光燈下，隨著節奏瘋狂扭動——敏俊才看出她擁有歸屬的非凡天賦；無論身在何方，她都擁有不怕羞的自信。

那是敏俊一直以來都深切渴望但難能體驗的感覺；突然間，他以一種前所未有的方式看見美咲，並覺得受她吸引、蠱惑，無法別開視線。

美咲全心投入音樂，她往前撲，拉著主唱的手貼在她臉頰上，然後推開，旋入人群，消失在搖擺的群眾之中。敏俊在吧檯找到她，她的臉漲紅，胸口起伏。

「你來了！」她雙臂甩上他的頸子。敏俊忍不住深深吸氣，盡可能拉長停留在她髮中的時間。這種新的渴望令他驚訝。「我沒想到你會來，尤其是我在告別式後做了那種事之後。我真的很抱歉。」

「我絕對不會錯過。」他說。「我想見妳。」

「我心滿意足了。」她握起他的手。「走，我們去跳舞。」

敏俊接受她的邀請還有其他理由。在紫月島跟素拉談過，也見過李教授之後，他想知道美咲知不知道素拉和由真的事。她真的不曾起疑嗎？更重要的是，她為什麼要跟由真的父親說影片的事？不過他現在就在美咲身邊，和她面對面，某個東西阻止了他提出他的疑問。他不希望她跟由真的死有關。因為如果她要為一切負起責任——那些失落，那些痛苦——他要怎麼解釋這種想徹頭徹尾了解她的需要？這種愈來愈強烈的欲望——那會是背叛，會是褻瀆對由真的記憶，敏俊試圖澆熄這種可恥的渴望，但它卻勾留不去，在他的胸膛悶燒著。

這是一種感覺，一種他不曾感受過的連結。而在那幾個小時裡，他們之外的世界彷彿不復存在，他發現自己與她無比靠近。他們久久共舞直至夜晚，某個東西在他們的身體之間脈動，而無論那是什麼，只有它是真實的。

樂團終於休息，他們在一團陶醉的薄霧中回到吧檯，用塑膠杯大口喝水，喘氣，對著彼此咧嘴而笑。主唱來到美咲身後密密實實地抱住她。「超乎常理的小跳舞機器。」他的雙手貼著她的髖部。

美咲鑽出他的懷抱。「這是我的朋友敏俊。我跟你說過的那一個。」

「查茲。」他握住敏俊的手，對敏俊眨眨眼。「我們的小樂團肯定比不上你們美國的團體。不過總得有個開始，是不是？對了，我們明晚有一場專輯發行派對。你應該來。有女朋友的話也帶來吧。」

痛楚，剛開始無法察覺，接著燒灼、切入敏俊體內，一把熱燙的刀直直切入胸腔裡的心臟。敏俊驚訝地發現他居然在嫉妒——嫉妒這個男人，這個裝腔作勢的歌手，就敏俊所知，他應該跟美咲沒什麼關係，然而敏俊嫉妒他，因為美咲像那樣為他跳舞，也因為她誘使他流露那種眼神，那種渴望的凝視。

查茲打斷敏俊盤繞的思緒，說他要去準備下一段演出了，走之前還擁抱敏俊，活像他們是兄弟一樣。

「我們離開這裡吧。」美咲說。

「那表演怎麼辦？查茲怎麼辦？」敏俊無法掩飾他的苦澀。

「查茲？」她哈哈大笑。「他是無害的啦。走吧。」

「妳想去哪？」

「你家怎麼樣？」

敏俊讓美咲進他家前，他請她在走廊稍等，他好整理一下。他從紫月島回來後，這地方就一直一團亂。美咲只是靠著牆笑。「我真的不介意。你能有多亂？」

進去後，敏俊立刻讓空調強力運轉，接著撿起地上的髒衣服丟進籃子。他盡可能把床打理好，把枕頭擺正，鋪平棉被。幸好沒有髒碗盤。他打開前門之前還最後巡了一次。

「你真的沒必要整理。」美咲進來、脫掉鞋子後說。「你應該看看我的房間。要是能看見所有衣服下的地板，那就算我運氣不錯了。」

公寓，她的房間，敏俊想著。這些都讓他想起由真。他算是背叛她嗎？如果她還活著，她會懂他在做什麼嗎？就像他懂她為什麼要隱瞞她跟素拉關係？他來到窗邊關上窗，阻絕城市的聲音。美咲關掉頂燈，走向他。

黑暗中，敏俊容許自己看著美咲，用他的手摸索她臉龐的輪廓。她摸起來很溫暖，有如火燒。熱氣從她漲紅的臉頰底下輻射而出，彷彿休眠的火山。

他們雙手交握，坐在他的床緣。史普林斯汀（Springsteen）的《愛的隧道》（*Tunnel Of Love*）專輯B面在房間裡迴盪。這是美咲要求的。「聽點美國的音樂。」她微笑著說。所有事物都在美咲的存在中被沖刷殆盡。所有疑問，關於由真和素拉的希望與恐懼，片子。他們離開海岸，漂入藍色的遺忘中。敏俊閉著眼，愛撫她手指間的柔嫩凹谷。

然後他們面對彼此，凝視著對方的眼睛，不畏懼他們可能在其中找到的事物。

「你想要我嗎？」她直勾勾看著他。

敏俊解開她的吊帶褲最上面的釦子，手指滑過她平滑的腹部和臀部。「想要。」他聽見自己這麼說，一面拉近她，解開她的胸罩。她將肩帶推下肩膀，把胸罩丟在地上。她將他的襯衫從他頭頂扯出來，他們一起笑了。

音樂繼續，然而當美咲鑽到他身下，他就什麼都聽不到了。褲子的釦子解開，皮帶從扣環蜿蜒滑出，臀部扭動掙脫內褲。她低頭看著他的勃起。「跟我想的一模一樣。」她一手輕輕握住。

敏俊對著她頸間笑。「妳想過？」

「怎樣。你沒想過我嗎？」她的雙手棲息在他胸口。

「我有。我猜我只是不知道而已。」

她壓著他的肩膀把他往下拉，脣貼上他的脣。他們親吻的同時，美咲帶著他進入，她睜著眼，搜尋著。她的腿環住他，將他拉近。敏俊正要閉上眼，但她阻止他。「看著我。一直看著我。」

混亂在他們之間漸漸滋長——一種只有他們聽得見的韻律節奏。床單被丟到地上。美咲張嘴無聲哭喊，雙腿顫抖著緊攀敏俊。她身體散發的炙人高溫吞沒他，烈焰讓他的肉體著火。他們在他臥房的黑暗中燃燒。

「敏俊，」他聽見她喊著，「敏俊，回來。」

他低頭，發現自己軟掉了。

「沒事吧？」她的手指沿他的下背往下滑。「我可以做什麼？」

他想起由真說過的話，有如空房間內的回音：「這是我們走在街上，手勾著手，靠在一起取暖。」他的心緒漫遊——沿著意識的空無海岸——深淵的浪潮沖襲海邊峭壁。她為何什麼都不說？那天在地鐵裡，她為什麼要離開他？

他聽見教授說：「『有時候，在夜裡，黑暗和寂靜沉甸甸壓在我身上。』」

美咲將他拉近，呼吸吐在他的胸口，感覺冰涼潮濕。「告訴我我該做什麼，敏俊。你需要什麼？」

敏俊看見由真站在清溪川，水深及踝，她的牛仔褲捲到膝蓋，她微笑著，示意他過去她身邊，她被太陽晒得黝黑。他看見她站在空無一人的人行道，飛旋的雪花撒在她的黑髮上。他在風中聽見她的笑聲，強風穿過他，永遠不再回來。

他抓起美咲的雙手輕輕握住他自己的脖子，先一隻，再一隻。

他想感受由真的感覺，想知道她在她人生的最後那些片刻經歷了什麼。

「你確定嗎？」

他感覺自己點了點頭。然後，美咲的聲音穿過那片神祕的灰，彷彿夜晚的霧中號角：「太多的時候再告訴我。」她捏緊他的喉嚨，握得躊躇又害怕。在最輕微的碰觸下，敏俊感覺自己醒來。她的身體在下方顫抖，她捏得更緊一些，空氣沒那麼容易流動了。隨著呼吸愈來愈困難，他在她體內膨脹。他現在眼冒金星，在他眼皮內側閃爍著，白色煙火點亮天空。她看見的就是這個嗎？她在離開他之前就是來了這裡嗎？

「拜託，敏俊，」美咲這麼說著，「拜託。」

他的胸腔在燃燒。他記得自己癱倒在美咲身上大口喘氣，嘴裡有她的髮。空了——胸膛起伏。他親吻她的頸子，緊緊抱著她。他們躺在那兒，枕套濡濕，他們聽著自己的心跳，以及肺的擴張與收縮。

「是因為她嗎？」美咲終於開口。

「不知道。」

「你想她嗎？」

「不知道。我的意思是，我當然想，不過我又想到事情是怎麼結束的。我不確定我想念的事物一開始到底是否存在。」

「我很抱歉她過世的時候我沒對你更親切一點。」美咲說。「我知道我麻木不仁又冷酷。我只是嫉妒。由真就算死了，也依然能得到你的關注。承認自己有這種想法很糟糕，但事實就是如此。」

敏俊努力理解美咲試圖告訴他什麼。「妳是說妳喜歡我？在一切發生之前？」

「你不可能知道，」她微笑著說，「不過我們第一次見面那晚之後，我對你一直很感興趣。但你跟由真在一起。你似乎很滿足。」

「我確實是。」敏俊苦澀地說，一個令人無法抵擋的問題浮現他唇邊：妳知道素拉和由真的事嗎？但他嚥下這個問題。他不想知道，至少今晚不想。「我也很抱歉，」他說，「不只是為我在由真過世後的所作所為，也為我們以前對待妳的方式。我從來沒幫過妳。」

美咲把床單拉到他們的肩膀，偎近他。「我們是壞人嗎？因為我們在事情發生才沒多久就這樣？」

罪惡感和狂喜在敏俊心中飛旋。他不知道該說什麼、該有什麼感覺。他只知道，由真過世後，這是他第一次萌生接近快樂的情緒。他抱住美咲。「我很高興我們做了。」

「我也是。」美咲說。「只是別再逼我對你做那種事了。我不喜歡傷害別人。而我感覺自己像是在傷害某個人。或許不是你，而是另外一個人，你內在的那個人。」

敏俊抱緊她，她的肌膚有最微乎其微的汗味，令他想起雨水浸潤的土壤，以及後院和草地。「不會了，」他一再吸氣，「不會了。」

夜裡，敏俊醒來。美咲的剪影蜷縮在床尾，她的頭埋在雙手間。床墊隨著她哭泣而震動。

24

由真
妳是為了反抗而反抗

那是四月的事——吵吵鬧鬧的春季空氣驅走最後一絲冬季氣息——我父母這個月租下一間湖畔小屋，他們邀請我也過去。母親說算是試用；如果喜歡，他們就會買下小屋。我對這消息大感驚奇。我巡迴面試的期間，父親不曾提及這件事。我問可否帶素拉一起去，母親委婉地回絕了。我進逼，她用堅定的語氣簡短地說，這樣不恰當。

搭火車去烏亞姆湖（Uiam Lake）時，我把扶手讓給一臉疲憊的工作日通勤者，整趟漫長車程中，「恰當」這個詞一直在我腦中迴盪。我被發現了嗎？遭背叛？我想著我的影片——安然無恙——存放在隨身碟裡，塞在衣櫥深處的Stuart Weitzman靴的靴尖處。我用了三晚拍攝影片，不過在素拉的幫助下，整過過程不算太艱難。我們在首爾各處拍了幾個鏡頭，其他大部分都拍攝於清晨的清溪川，藉此避開人群。素拉和我看定剪時，我覺得我們看起來很棒。就像老電影。素拉和我在延坪島的二手店找到我們的服裝。對這個藝術實驗這麼保護很傻。然而我就是這樣。對班上的大多數人而言，這多半只是一份作業。但對我來說，我感覺那個隨身碟裝有我的整個人生、所有祕密、每個幻想。

我們沿鐵軌匡唧匡唧朝春川站前進，車廂滿滿都是人，溫暖的軀體滿溢。菸味和鬍後水的味道在擁擠的車廂內融合——一股討厭的氣味。我把鼻子埋進運動衫裡，戴上耳塞式耳機。這些通勤者把他們人生的多少比例耗在搭著這輛車往來？這些是運氣不好的人，負擔不起住在首爾，只能每日為了更高的薪水和更多的機會朝聖般前往首都。

首爾的魅力曾經令我著迷，現在卻似乎變得晦暗，甚至可憎。暴風眼中很美、很壯麗、令人敬畏。不過在這裡，在流出心臟的動脈之內，則是敲打著不祥又悲傷的鼓聲，象徵著本分、責任、榮譽與金錢。這些通勤者無疑有孩子要餵養，有妻子和丈夫要扶持，不過肯定有其他生活方式吧。人必須做什麼？我們不可能都像美咲一樣靠父母的錢過活，或是像素拉一樣對整個世界懷抱憤怒。輕率而勇敢，在各個面向都不恰當。但或許我們可以。如果我們所有人都夠堅強。如果我夠堅強。

一站站過去，列車也一點一點變空，生命的徐緩涓流。我慢慢開始覺得又能呼吸了。車窗外，薄暮低低貼著稻田，綿延數里。擴音器含糊宣告即將抵達春川。只有母親在月臺上迎接我，她身穿白色寬鬆長褲搭橄欖綠風雨衣，感覺鶴立雞群，看見只有她一個人，我驚慌了起來。她難得開車。出事了。

隨著火車減速，我思考著無數可能的情況：素拉、敏俊、電影課、我沒回應的工作邀約電話。清單持續。

「只有一個包包嗎？」我下車後，母親跟我打招呼。

「應該多帶點東西嗎？」

月臺的螢光燈下，蛾和昆蟲像有翼共同體般盤旋著。火車吐出最後呼喊，隨即蹣跚離站。

「一個就夠囉。」母親伸手搶我的包包。

我緊握提把。「妳在做什麼？」

她以出乎我意料之外的敏捷動作將提把從我手中扭脫。「怎麼，我不能提我自己女兒的包包嗎？」

「爸呢？」

「在小屋啊。他要打幾通電話。」

停車場的昏暗燈光下，我讀不出母親的表情。我們橫越一道雙線道的橋，下方是寬闊凝滯的黑水，橋的鋼梁在我們周遭震顫，我領悟有某件事正在進行，或是已經發生。或許我太遲了；我已經超越決定性的那個點。或許是時候結束裝模作樣，告訴他們——告訴他們什麼？我說了多少謊？我的人生由多少謊言構成？

過橋後，我們沿一條樹木成排的蜿蜒道路繞著湖前進，沿途可以聽見我認為應該是蟋蟀的昆蟲鳴唱和風吹過水面的呼嘯。前方無車，母親加速，切入四檔，帶著我們深入黑暗。寂靜吞沒我們。

「妳知道這是為了什麼嗎，由真？」母親終於開口，她直視打量前方的道路。「妳父親大發雷霆。他從首爾到這裡之後就一直很焦躁。他很生氣，甚至很沮喪，但他不告訴我原因。我從沒看過他這樣。」

我感覺到的是鬆一口氣嗎？我想被逮到、被迫攤在光下嗎？

我可以看見自己坦承一切，聽見自己對母親和盤托出，話語如同山崩一樣碰撞，轟鳴著衝向毀滅。

我們轉過一個彎，某個東西在前方閃動。母親猛踩煞車，橡膠車胎扒抓馬路，傳動裝置緊咬。我們拐向路肩，車尖叫著停下來。一頭鹿站在路中央，牠的尾巴顫動，鼻子試探地聞嗅。牠輕輕鬆鬆躍過金屬圍籬，竄回牠的來處；夜色中，白點在牠的棕色毛皮上一閃。引擎持續運轉，我們不發一語坐在車裡。如果我仔細聽，我想我聽得見那頭鹿鑽過林木和矮樹叢間，斜切過森林。肯定有東西在追牠，嚇得牠衝到開闊的路上。逃，我想著，逃。

母親解開安全帶轉身面對我，一隻手放在我的膝上。「如果妳對我說實話，我可以幫妳。但妳必須對我誠實。如果妳告訴我發生什麼事，我可以保護妳。」

我透過鏡子看著廢氣在煞車燈的紅光下翻騰。車子的四面似乎朝內傾斜，車頂下沉，在看不見的力作用之下而塌陷。我調整坐姿，皮革黏著我汗濕的手臂後側。我一陣噁心，降下車窗大口吸氣。外面的黑暗中，我想像湖泊像墨水一樣閃爍微光，我探向素拉，舞著，跳著，墜落著，落在我床上，肌膚相貼，床單塞在我們的腳趾下。雪花翩然，快速落下，匯聚在角落，敏俊的重量靠在我的肩膀上，我戴著手套的手在他掌中。腳下是新鮮的粉雪，我們的腳印融入城市的人行道，鼻子冰凍，舌頭熱燙，我們用力擠壓彼此，靠著店面和小巷的牆，靠著撐得住我們的任何事物。

透過擋風玻璃，我看我自己、我母親，我們的臉染上儀表板的綠色和藍色。我們看起來不像母女；我們看起來對彼此，對接下來可能發生的事感到害怕，甚至恐懼。引擎的詩歌經過謹慎計算、注重精確；它喚醒了我，有如敲門聲，有如落在我心上的敲擊。那敲擊來自空無；我曾想要的一切、我曾做過的一切都在空無之中攤在我眼前。我必須說些什麼，就算只是一半的

「爸是怎麼發現的？」

她將引擎熄火。「他可是國防部長，由真。只要他想，他什麼都發現得了。」

「所以他監視我。他怎麼做？讀我的電子郵件嗎？我的手機訊息？」

「他愛妳，由真。他是因為擔心妳才這麼做。」

她這稱不上回答的回答似乎證實了我的恐懼。我的手機、電子郵件。我努力思考。我只是旁聽電影課，所以不曾收到教授的任何訊息，我也沒在手機訊息裡提過影片的事。我總是很小心，不在訊息裡對素拉說太多。就算是我們吵架、我跟美咲出去吃壽司那次——我們往來的訊息看起來也只像室友間起爭執。我也一直百般謹慎地掩蓋我的足跡。沒錯，我跟敏俊一起在公開場合的時候都比較沒那麼注意，我們傳的訊息也夠像在談戀愛。但那正是重點所在；那是我的煙霧彈，我所有罪行中最輕微的一項。而跟一個男人在一起並不足以令我父親如此震驚。除非他派人看著我，而那人看見了更具毀滅性的事。我記得有一次和素拉去買書的時候巧遇海淑。她把她所見的一切告訴我父親了嗎？

入內後，我把包包丟到長沙發上，母親則進去找我父親。這棟房子是個詭異的混合體，現代的設計融合了復古家具。我餓了，於是走進廚房，裡面的銀色設備和冷灰色檯面閃爍金屬光澤。這裡感覺像樣品屋，乾淨得毫無瑕疵，沒有生活的痕跡。我無法想像我的父母住在像這樣的地方。還以為我長大了些應該更了解他們了呢，像是他們為何做某些決定，怎麼成為現在的模樣。不過當我在這棟詭異的房子內信步而行，屋裡有巨大的電漿電視和成套的伊姆斯座椅[9]，我這才領悟他們對我而言永遠都是個謎，我對他們來說亦然。他們渴望從這段人生得到什麼？相較於素拉、敏俊和我的電影教授，我父母有一種空虛的感覺。儘管他們一路鞭策我，一路給予我愛與扶持，他們看著我的時候到底看見了什麼？他們想從我身上得到什麼？除了他們為我設定的道路，他們考慮過任何其他事嗎？

母親出來後，她說只要我的分數維持在四，我就可以繼續上電影課。至於面試，我必須回電給那些辦公室，看看職位是否還在。只要任何一個單位還想聘用我，我都必須接受，並打定主意六月就開始。我還必須寫信向所有人致歉。說教結束後，她對我露出心照不宣的微笑。「我們上去屋頂吧。今天晚上很晴朗，看得見星星。」

來到露臺後，我已經被螺旋梯弄得暈頭轉向。我轉過身看著後方的樹木和山脈。天空像天鵝絨睡袍一樣在我們上方開展。母親帶了毯子上來，她給了我一條。她先將自己裹好，接著在其中一張柳編躺椅坐下。

---

9. Eames chairs，應為一九五〇年代起聞名世界的伊姆斯夫婦Charles Eames和Ray Eames所設計的座椅。

「他來自哪裡？」

「喬治亞州。」她說得很慢，像吃糖果一樣品嘗著每一個字。「喬治亞州的亞特蘭大。」

「那是什麼感覺？需要掩人耳目嗎？我的意思是，你們可以在大庭廣眾下被看到嗎？」

「感覺很刺激，做這種大逆不道的事。我們沒讓任何人知道。我想如果我們更認真——如果我更認真——我們可以公諸於世，雖然這樣可能會很艱難。那個時候，韓國人通常不會跟美國人混在一起，尤其是軍人。」

我試著消化母親的故事。她真的沒讓父親知道她的這段過去嗎？我們是不是在交易祕密，將信任建立於我們不能告訴任何其他人的事之上？「妳那時候害怕嗎？」

「有時候，當妳還年輕，妳並不是因為符合自身的最佳利益才做某些事，也不是因為那些事會令妳快樂。」月光下，母親的眼神認真。「妳是為了反抗而反抗。年輕人最害怕自己淪落為跟所有人一樣。所以我們才做那些事；跟美國人交往、上電影課。」

我忍不住將她所說的一切與素拉連結。她知道的內情有沒有可能多過她實際吐露的部分？聽著母親說的每字每句，我愈來愈覺得她什麼都知道，而她在給我一次機會讓我告解，全部說出來。

她接著說：「回顧人生中的那些片刻，我現在明白了，我當時雖然覺得獨立，甚至覺得自己有力量，實際上都是拉長時間的自我毀滅。我想被逮到，被訓斥。我想摧毀我被賦予的人生。為什麼呢？因為，簡而言之，這是我的人生，而我渴望自己掌控。我告訴妳我的過去，是因為我要妳知道這都很正常。有這種感覺沒關係，只要別讓它們支配妳就好。」

我想告訴她素拉的事，告訴她所有事，放開一切的衝動隨時間一分一秒過去而愈來愈熾烈。把那些話都說出來、在我的腦子之外聽見它們，感覺會是多麼美好啊。一切都會變得真實。太真實了，我領悟。一旦說出來，一旦暴露，所有真相都會在現實的烈日之下蒸發。「我很好，媽。我很快樂。」我說。「嘗試新鮮事不代表我對任何事不滿足。沒回覆錄取通知是我太衝動、太蠢。我很認真看待我的學業和事業。」

黑暗中，我覺得她看起來幾乎像在猜疑，視線在月光下勾勒著我的剪影，但她接著微笑，仰望星辰。

那夜稍晚，我在陌生的新臥房內醒來，飢餓感拉扯著我的胃。我伸展，雙臂伸到頭頂，手掌平貼著構成臥室一整面牆的冰涼強化玻璃。一個任何人都可以看見裡面的房間——誰會打造這種東西？我想起差點被我們撞上的那頭鹿，不知道牠是否仍在外面，在我陰暗的倒影之外。

我還在適應黑暗，等著看見樹後方的湖，卻只發現我面對的是另外一個方向。整個以玻璃建造，再加上各個突出的部位，這棟房子有一種讓人方向錯亂的效果。我的手機發光，我看了看時間，枕頭套貼著臉頰感覺粗糙。少了喇叭響個不停的計程車、午夜狂歡者的酒醉呼喊，還有夜店的隱約碰碰聲，入睡似乎是不可能的任務。這裡有其他聲音，但聽起來偷偷摸摸，看不見來源：嗡嗡響的鋼製設備、窸窣的葉子。它們來沒帶來任何安適感，只有猜疑。

然後我聽見其他聲音，儘管聽不清楚，但依然明確：喃喃的說話聲。門外傳來父親低沉隆隆的說話聲，聽起來在責難，然後還有母親的聲音，語氣防備，其中充斥濃濃的心照不宣。我在床上坐起來，極力傾聽。我推開門，躡手躡腳穿過走廊，澆灌混凝土踩在腳下感覺無比冰冷。廚房的燈光照亮樓梯間。我貼著牆，悄悄溜向梯頂，一步一步往下走，感覺肺跑進了耳朵裡，每個聲音都是震耳欲聾的嘎吱。我在陰影中看見母親和父親站在廚房的中島旁。在這棟洞穴般的房子中，我竭力聽他們模糊又壓低音量的說話聲。

「由真只是跟他玩玩，」母親說著，「她畢業後他們就會分手。」

所以她告訴他了。也或許他早已知道。不只是電影課和面試。

父親描繪著大理石檯面上的紋路。「我們為她做了那麼多，」他說，「她卻這樣回報我們。」

「她這年紀的孩子叛逆是很正常的事，他們最後總是會回到父母為他們選擇的道路。」母親安慰地說。

父親在中島的一個抽屜裡翻找，不久後將一大包花生丟在流理臺上。他快速敲打一番，一把敲碎的花生隨即出現在他面前，他從中挑出花生仁。「妳又是憑什麼那麼確定？因為妳是女人？妳不喜歡金湯匙的滋味？妳知道被驕寵著長大是什麼感覺？」

母親的臉上閃過一絲輕蔑神色，其中似乎包含著從我存在之前便不曾休止的長年爭執。我聽不見她的回應。我往前靠，敢多往前就多往前。

「我跟她們的室友美咲談過，」父親含糊地說，聲音忽隱忽現，「那女孩很難纏，但她告訴我……電影課和影片的事。看見電影課本的時候我就起疑了……素拉那女孩不太對……一起拍片。」他提高音量。「她在由真的腦袋裡裝滿有關藝術和表現的各種垃圾。」

母親似乎想為我說話。「她的成績很完美，前途一片光明。她已經長成我們一直以來想要的女兒。」

「那她為什麼不老實坦承片子的事？裡面有什麼？」

「你太疑神疑鬼了。你從來就不該窺探她的私人生活。偷看她的訊息和電子郵件……請告訴我，你沒找人跟蹤她。」

「我有幾個手下在幫我留意她。但我們是她的父母。我們有權知道她的生活中發生什麼事。我告訴妳美國男朋友的存在時，妳就不覺得有什麼問題。妳也擔心她。我們需要確保她不會斷送邁向成功人生的機會。」

我屏住呼吸。我從來沒注意到有人在跟蹤我。我的電子郵件、訊息。還有我母親。車站、車裡的一切都只是耍手段。她早就知道電影課、拍片，也知道敏俊。她只是想看看我會不會對她坦承。

母親厭惡地別過身。空蕩蕩的廚房中，父親駝著背，手肘靠在流理臺上，眼神放空。我試著吞口水，覺得喉嚨發癢，膝蓋也因為蹲伏的姿勢而疼痛。我的肺的每一次擴張、胃的每一次蠕動似乎都放大了，撼動這棟玻璃屋的一片片玻璃。我想離開，想逃，想鑽回我那張舒適安全的床上縮起身子，然而我卻停留在那兒，黏在原地。

我靜止不動，不確定在那兒待了多長時間。某個像夢一樣的東西從我的中心點旋繞而出，我曾有過的所有恐懼、所有疑慮纏繞在一起。我前後搖晃，臉壓在膝蓋之間，指節發白。

25

敏俊　你肯定很看不起我吧

在太陽爬上山頂之前，在街燈熄滅之前，在流浪貓於鐵絲網下，早產生下幼崽之前，有一個轉瞬即逝的片刻，一陣席捲首爾的藍灰色痙攣，癱瘓了時間。幸運者——早起遛狗的人、僧侶、永遠樂觀的漁人、從曼谷飛往札幌、希望能從他們的七四七機窗瞥見北韓的好奇旅人——有可能想像這個城市是無限的，不受時間束縛。他們可以看見過去：王宮、石塔、路面電車、電報線。他們可以見證躺在他們腳下、矗立於他們頭頂之物。雖然只有一秒，他們可以看見所有已被抹去的過往。

敏俊就在恰恰這個時刻穿著運動短褲和T恤踏上球場，渾然不覺自己錯過了想像的機會。他太忙於綁鞋帶、在比賽開始前伸展，無暇注意任何事。現在已是暮夏，首爾的高溫和霧霾逼得橄欖球賽愈來愈早開始。

敏俊錯過了前三場比賽，今天渴望下場。隊友都沒提及他長久缺席的事，就連友善的加拿大人馬克也一樣。對手是來自大邱的隊伍。他們以前比過，但敏俊不記得上次是哪隊勝出，也不記得要留意哪些人。總有些人打球的目的就是要傷害你。他掃視他們的臉，每個人都四四方方又白皙，但他各個沒印象。無論如何，回到球場，草地在他腳下，膠帶捆著他受傷未癒的肩膀，他的感覺還是很好。這讓敏俊想起自己擅長的一切：奔跑、瞎忙。已經開始爭球，場上一團令人眼花的肩膀和前臂，小腿機動，眼睛瞪大。敏俊盯著對手，等待偷球的機會。

比賽的過程中，他的心思空洞而清明。敏俊沒時間也沒機會思量昨夜聽見美咲哭泣的事。剛開始彷彿一場夢，她的漆黑剪影在他的床緣。他們在由真過世後這麼短時間內就上床，他害怕兩個人都有罪，因此阻止自己安慰她。

比賽結束後，迎接敏俊的是秀彬傳來的一連串訊息，其中充滿濃濃的驚慌。宇珍看來好像出了什麼意外。敏俊將一個冰袋固定在後頸，出發前往公司；他渾身是泥，成了地鐵裡的奇景。幸好三星設有淋浴間，甚至還有床鋪供真正投入公司目標的員工使用。敏俊從來就不在那些員工之列，而且，就算他對工作的興致在初夏時還算溫熱，現在也已跌至冰點。因為由真過世後的種種事件，敏俊開始從一種令人痛苦的角度看待他的工作，如此膚淺，如此無用。我究竟在做什麼？他尋思，一面將運動包甩上肩膀，走出沙丁魚罐頭般的地鐵。

宇珍即將與斯普林特的代表會面，而他為了讓自己看起來更具備西式風格，他對他的頭髮做了一些可怕的事。他的靈感來自最新的《黃金單身漢》。儘管美髮師警告過宇珍後果，他還是毫不遲疑地將他的頭髮漂色、用化學藥劑拉直。結果是場災難，孫甚至考慮為此推遲與斯普林特在洛杉磯的第一輪會議。不可能將宇珍踢出團隊。如果是家族人脈讓宇珍保住這份工作，也是相同的關係確保他能留在這項計畫之中，就算孫不贊同也沒用。

「你怎麼這麼晚才到？」孫在他的辦公室內踱步。「你看見了嗎？」他咄咄逼人。「看見了吧？太可恨了。他會成為會議的笑柄。」

可以從孫的辦公室看見宇珍獨自坐在休息室，活像頭上有一大團河狸毛皮。「看起來很糟。」敏俊評論道。

「你也覺得？看起來像路上被車撞死的動物。他顯然還打算割雙眼皮，還好秀彬阻止了他。你能想像嗎？他到底怎麼會有那種想法啊？」

某個東西在敏俊心中擾動。「這不是顯而易見嗎？過去三個月以來，你要團隊全心全意看美國電視節目。宇珍無疑認為看起來不一樣有助於三星拿下訂單。」

「我們付你薪水並不是要你提出什麼心理學見解。」孫輕蔑地說。「我已經要秀彬打電話聯絡一些造型師，他們會盡他們所能挽救。我要你去勸他清醒點。我們不能讓他這樣去洛杉磯。他會毀掉整場交易。」

「我該說什麼？」

「告訴他我們是要他用美國人的方式思考，不是看起來像美國人。派宇珍去的重點完全就在他會讓人放鬆。他需要看起來像個貨真價實的韓國人。」孫喝口水。「不要這樣看我。你知道我在說什麼。你認為亞洲人為什麼在美國那麼成功？那是因為我們沒造成威脅。他們喜歡我們，感覺能夠信任我們。宇珍必須看起來符合角色設定。我們不能讓他把客戶嚇跑。」

有可能是因為他在早上那場橄欖球賽遭受的多次撞擊，或是他離開公寓時那片看起來奇妙又寬容的天空，也或許是美咲雙手握住他脖子的記憶，敏俊無法理解自己為什麼站在三星的一間辦公室內，跟討厭的男人交談，做著他鄙視的事。這份工作純粹只是虛榮，頌揚著他慢慢開始厭惡的一切。他不過是一個受到過度美化的推銷員，誘使他人接受西方的宣傳，說服宇珍這種人相信他們的頭髮太直、臉太大、眼睛太小。如果他留下來，那他成了什麼樣的人？

不過到此為止了。他告訴孫他不幹了，他要辭職。收拾辦公桌的時候，孫提醒他，他的工作簽證是由三星擔保，等到他們撤銷擔保，他們也肯定會這麼做，他還剩下三十天的時間可以離開韓國。敏俊說沒問題。

沿大樓街區走到一半時，敏俊聽到有人喊他的名字。是宇珍，他戴著棒球帽遮住可怕的頭髮。「你不能就這樣離開。你瘋了嗎？我們需要你，我們需要你的專業。」

「你們從來就不需要。」敏俊說。「你們兩個都絕對有能力順利完成這個案子。只要把你的頭髮打理好就好。」

「但是我們要透過你才能深入了解美國人。少了你，我們就不知道他們在想什麼，根本不可能知道他們想要什麼。」

敏俊拿出手機查看時間。「人一般來說要的都是相同的東西，宇珍。我想，無論你去到哪裡，你都會發現是這樣。」

他們向彼此道別，從此分道揚鑣。敏俊會需要在首爾找到另外一家願意聘用他的公司——除非他決定打道回府。或許是時候了。這裡還有什麼在等著他？但若他現在離開，他將永遠無法原諒自己。這是他欠由真的，若是不完成，他將辜負由真的回憶。而且，就算片子一點兒也不重要，他也還是想看看；他想看看由真一直以來藏起來不讓他看見的那個部分。

他希望查茲的唱片發行派對能給他機會查出更多線索。他打算當面問美咲她到底涉入多少，就算這代表結束他們兩人之間無以名狀的關係，他也要追問到底。

查茲那天在酒吧塞了一張樣本CD給敏俊，根據上面的地址，發行派對位於文來洞，這是一個位於漢江南側的狹長小區域。計程車讓敏俊在一條後巷下車，他隨即置身魚板串的香氣之中。大學生散布路邊，坐在塑膠凳子和椅子上享受涼爽的夜晚，一面用塑膠杯喝啤酒，一面來來回回傳遞烤肉串。敏俊站在一棟曾為汽車修理廠的破舊兩層樓建築前再次查對地址。門拴住上鎖了，窗戶上糊著報紙。

他正要打電話給美咲，這時聽見有人喊他的名字。查茲從屋頂上探出身子，頭髮遮住他的臉。他要敏俊留在原地，他馬上下來。巷子裡的人漠不關心地觀望著。音樂在街道的另一端響起，一小群人慢慢在那裡聚集。

查茲帶敏俊進入建築內。「走上樓就到了。靠右邊，小心腳步。還沒空把一樓的舊汽車零件清走。」

樓梯通往門，門後則是寬敞的起居空間和廚房。硬木地板和挑高天花板——很難想像這棟建築的醜陋表面之下竟然是這個模樣。幾個敏俊在酒吧認識的人在聊天，一張噴濺紅漆的巨大畫布妝點其中一面牆；裝設於天花板的投影機在另一面牆放映無聲的黑白電影，看起來跟日本武士有關。

「自己去冰箱拿啤酒啊。」查茲拍拍敏俊的肩膀。「我還得招待客人呢。」

敏俊四處找尋美咲，穿過低語聲呢喃的走廊，走上充斥情侶的樓梯，經過擺滿啤酒瓶如海玻璃般綠光閃閃的桌子。某處隱隱傳來更多音樂聲，參加派對的人全部穿著黑褲和皮夾克，他們從旁擠過，不是很認真地道歉。敏俊在屋頂花園找到她。她穿著淡藍色牛仔褲和棉質襯衫，手上拿著白酒，正在研究沿混凝土牆生長的常春藤。一串燈泡在他們頭頂說悄悄話。

「我趕上了。」敏俊在她身後開口。

她轉身。燈光和黯淡的星光下，敏俊忽然領悟，由真過世之後，要是沒有美咲，他真不知道會多寂寞。找尋答案的過程中，他不時覺得茫然無助，甚至覺得失去目標。只有她帶著他去參加告別式的時候除外，還有她跟他一起坐在佛寺裡、邀請他去她的異世界祕密酒吧時。跟她在一起的時候，他感覺到些什麼，一種患難與共，一種只有他們兩個會說的密謀語言。因此他才永遠開不了口問有關由真之死的更多問題。他害怕她可能說出來的答案。

「我不確定你會不會來。」她的酒杯顫動。敏俊不禁驚嘆，這麼一個花俏又活躍的人怎麼會看起來如此懷疑自己。這是他不曾看過的脆弱片刻。「很抱歉那天早上我這麼早就離開。」

敏俊想起她發著抖的軀體。他內在的所有東西都在抗拒；無論他們之間是什麼關係，他都不希望畫上句點。話語從他口中湧出。「我跟素拉談過，她把一切都告訴我了。」

美咲審視他，接著緩緩把酒喝完。她靠近，他們之間的距離縮短。如果敏俊希望剛剛那句話能夠揭露美咲說過的話或做過的事背後的真相，他失望了。她的表情沒有變化，眼神悲傷但蘊含希望。「我知道素拉和由真在交往。」她終於開口。「她們自以為做得很聰明，都會等到我上床或出門上課，但其實很明顯——只要看著她們，任何人都看得出來她們有一腿。」

「只有我看不出來。」

「我原本想告訴你，但我看見你跟由真，跟她們兩個在一起很快樂。我知道她們在欺騙你，她們或許甚至連自己都騙，但你們三個看起來像好朋友。就算我喜歡你，我也無權置喙。然後所有事情出了可怕的錯，而揭發死去的由真似乎更是大錯特錯。」

「妳說得好像妳一點責任也沒有。」

美咲把玩著手腕上的銀手鐲。「如果你說的是電影課……拍片的事……我對那個片刻並不感到驕傲。他——」

「妳為什麼要告訴由真的父親？因為妳嫉妒嗎？妳想報復她那樣對妳嗎？」

「你肯定很看不起我吧。」她說。

敏俊要的只是簡單的認罪。他的聲音中燃起熊熊怒火。「因為妳，素拉進了療養院。因為妳，部長發現了所有事。」

樂團在屋內開始演奏，酒精模糊了女人的聲音。美咲表情安詳，眼神平靜。「我別無選擇。

部長直接找上我，而且不只一次，他質問我由真和素拉的關係。他威脅我。如果我不告訴他些什麼，他會要學校開除我，把我遣送回日本。我猜你會說那我就該離開。」

敏俊沒想過美咲會成為由真她父親的目標。「不，當然不會。」他覺得某個東西坍塌了。

「我不知道。妳早該——」

「怎樣？」美咲厲聲問，「說出來？你會以為我發瘋了。不。我必須給他點資訊，他原本不知道的資訊。於是我想出一件小事，微不足道又無足輕重的事。我原本可以告訴他真相；我原本可以出賣她們，但我沒有。我保護了她們。我守住她們的祕密……電影課和愚蠢的拍片，我只告訴他這些。我聽見她們在討論。她們說那是作業——我怎麼會知道這有多嚴重？我沒想到她們會那麼魯莽，竟然在片子裡揭露自己。」

慢慢地，敏俊開始懂了。他想起她在告別式後的佛寺裡說了什麼：「我想改正錯誤。我一直在想，我可以有什麼不一樣的做法。我忍不住就是覺得有罪惡感。」她覺得她要為由真的死負全責。她相信她引導部長找到一支片子，而由真和素拉在一起的確鑿證據就在其中。

敏俊靠向她。「美咲。」

她舉起雙手，阻止他繼續接近。

「求求妳，」敏俊說，「我不知道他威脅妳。妳做了正確的事……但那支片子。不是妳想的那樣。素拉告訴我了。裡面的東西一點也不淫穢。」

「我想你就是想先跟我上床再跟我對質，」她冷冰冰地說，「真是方便啊。」

敏俊靜靜站著，全身麻木。

「然後因為素拉告訴你的事，你現在跟我說我沒必要有罪惡感？那個在你背後持續跟由真暗通款曲一年半的女孩？你到底有沒有親眼看過那支影片？如果那支片子不是她們被發現的原因，那由真的父親又是怎麼知道的？你有沒有聽見自己在說什麼？是我。都是我造成的。」

頭頂的燈光搖晃，燈絲在敏俊耳裡發出爆裂聲。他用手指按壓太陽穴。「我修正，美咲。我很抱歉，我不該說那些話。但妳一定要相信我，責任不在妳身上。」

美咲只是搖著頭朝屋內走去。她在高低不平的木板上停下腳步，前後搖晃了一會兒，然後轉身面對他。「沒什麼好修正的。」

敏俊無語地看著她離開。問題和懷疑在他混亂的腦中咆哮。就算美咲不相信素拉所說的話，李教授的言外之意也顯示那支片子是無害的。

美咲給了部長無用的資訊，但他為什麼又要繼續刺探、細查，直到最後發現真相？

敏俊離開派對，決定先散步一段再搭車回家。他需要冷卻一下，重新組織他的想法。如果敏俊能找到片子，他至少可以說服美咲她不用為由真的死負責。他可以讓她從她的罪惡感之中解脫。那樣對待她之後，他至少還能為她做到這件事。

街上空無一人。敏俊經過二手衣店和咖啡廳，店家都休息了。少了夜店或酒吧，寂靜有了重量，沉沉靠在街燈上。他轉朝漢江走，心想那個方向應該比較有機會招到計程車。又走過一個路口後，敏俊注意到有一個身穿西裝的男子在他後方一個街區外講手機。他無法確定，但不認為這也是自從由真的告別式後就開始跟蹤他的那些人之一。肯定不是暴牙男。敏俊大概很長一段時間都忘不了他的臉。

安全起見，他在一家雜貨店買了一碗泡麵，店員在保麗龍碗內注入熱水，放在櫃檯，再擺上一雙免洗筷，同時敏俊等著那個男人從櫥窗前經過。老女人凝視敏俊，二十四小時制的輪班在她臉上留下刻痕。她看著泡麵碗的紙蓋因為蒸氣而皺起、捲縮，彷彿裹上糖霜的指甲在櫃檯上喀喀喀敲出緩慢的死亡。

那男人走得很慢，他不趕時間。敏俊找尋能看出他為部長工作的蛛絲馬跡。什麼也沒有：黑色西裝外套、白襯衫、黑鞋，沒有袖口鏈扣，沒有珠寶，像卡紙一樣枯燥乏味。然後他看見鑽入那男人襯衫領口的捲曲塑膠耳機線。他手上沒有手機，從頭到尾都只是用手壓著耳朵。敏俊伏低，避開他的視線，嘴發乾，汗水流入眼裡。部長顯然還是認為他有可能帶著他們找到那支片子。不然他們為什麼要跟蹤他？敏俊的膝蓋在痛，他又蹲了一分鐘才起身。

「你的麵泡爛了。」老女人說道。

敏俊回到家時，天已經快亮了。他推開門，發現有人將一個薄薄的信封從門下縫隙塞進他家。敏俊脫掉鞋子，倒了一杯水，在廚房桌旁坐下。他從側邊撕開信封，拿出一張筆跡潦草的紙條，來自朴警官，上面寫著：**假定你的手機被竊聽。去樓下的便利商店領取慶泰（*Kyoung-tae*）寄來的包裹。**

26

由真　很快就能遺忘

憤怒和懷疑為我的猜忌煽風點火。搭火車回家的路上，我發狂般地奔過一節節車廂，每次門在我身後密合，我就回過頭查看。我咬著牙，胃在翻騰，思考著我的選項。多虧美咲，父親確信我正在破壞他為我鋪好的康莊大道。我自己的母親對我暗施手段，想榨取出所有真相。然而，只要我跟素拉的關係沒被揭穿，我知道我犯下的所有過錯都會獲得原諒。

我那天上午稍早離開湖畔小屋，堅持要自己叫計程車。母親笑容滿面，無比親切，幫我準備了一包水果和優格。昨天跟父親一起在廚房裡的人真的是她嗎？或許我是遺傳自她吧，能夠用一抹微笑隱瞞、遮掩。在外面等計程車時，臥房的窗簾微乎其微地動了一下，我知道父親在看著。

火車加速，直線延伸的鐵軌迫使它直朝首爾而去，彷彿受到一塊巨大的磁鐵吸引。我閉上眼，想像自己在火車頂，風拉扯我的頭髮、眼皮，撕掉前一晚的記憶、父親的憎惡神情。這一切都在母親預料之中嗎？我的終結，我的失敗。那些給予我一切的人必將失望。但還不算太遲。所以她才告訴我美國大兵的往事。我犯了錯，她的意思是這樣，但我還能亡羊補牢。

來到首爾車站後，我去廁所隔間裡換掉外套、戴上棒球帽。我必須假定我時時刻刻受人監視。我在一家手機店買了一支廉價預付手機。輸入敏俊和素拉的電話號碼後，我傳訊息給他們，告訴他們我原本的號碼不能用了。我將舊手機保持開機狀態，斷線的話父親會起疑。必須對所有人維持表象。我特別擔心要是素拉得知美咲背叛我們、我父親在暗中調查我們，她不知道會做出什麼事。如果我還想要任何未來的假象，我就不能引發任何騷動。

經過兩站地鐵，我回到公寓；幸好沒人在家。我在我房間的門前停下來傾聽。我預期逮到有人正在竊取片子，準備拿去交給我父親？

不過涼爽黑暗的房間內空無一人，只有我那張鋪好的床，書桌上成排的教科書，空調喀的一聲開始運轉又休息。我把包包丟到床上，走到衣櫥前拉開門，推開外套和洋裝，衣架碰撞，發出塑膠的空洞喀啦聲。我將手塞進皮靴溫暖柔軟的靴尖，手指隨即握住隨身碟，如釋重負的感覺淹沒我。暗色小點撒在棕色皮革上，擴散、變平。我用雙手碰觸臉，這才發現我在哭。我領悟這是感恩的淚水。我將靴子放回去，關上衣櫥的門。片子很安全，沒人發現，也將永遠如此。我不會交給教授；不會有任何人看見。等到我覺得脆弱，覺得被生活的常態和俗務打倒，我就可以回來這個地方，來看看這段清清楚楚的人生紀錄；無論再怎麼簡短，我確實曾擁有這樣的人生。這會是我的救贖，也是我對抗黑暗的一盞燈。

我想像未來，我的未來，充滿累人的課程或冗長的會議，清醒的時時刻刻都以名片和造作的業務職掌度量，男人用晶亮的眼神打量妳。父親在我前方，我看見自己嫁給一個無臉男，我大腹便便，被迫為了家庭辭去我不曾喜歡過的工作。就算是在梨大最野心勃勃的學生之間，男人預期女人在時機到來時退離職場、回家照顧小孩，這也是公認的事實。無須爭辯，也不用考慮任何感覺。這理所當然。在未來等待著我的這種命運只讓我感到害怕，我卻決心要實現它。無論我的存在變得多麼沒價值、多麼單調，至少我永遠擁有那支片子，擁有我曾經活過的證據。

我想著美咲。不得不稱讚她，我沒想過她有辦法報復我。肯定是因為嫉妒吧。她一直以來扮演著閒散、疏離的女孩，不過說到底，她憎恨我擁有的一切：素拉、敏俊、未來。發現我從來沒打算跟她當朋友、我們利用她作為掩護，她便訴諸報復。現在我們待在梨大的時間只剩下兩個月，她還有其他手段可使。她隨時可以向我父親揭發我和素拉的關係，不過隨著時間過去，我愈來愈確信她不會說出去，她會讓這件事懸在我心上，以此時時要脅我。她認為我是個軟弱的女人，而她無疑預期我就會像個軟弱的女人一樣驚慌、崩潰、自爆。但我不會讓她稱心如意。我會像不曾發生任何事一樣繼續過日子。我不會讓她毀掉我最後兩個月的大學生活。

就在數週前，三家公司錄取了我，而我一一回覆了他們。只有宋主席的職缺還在。祕書冷冰冰地說，對，如果我想要，那個位子就是我的，六月的第三個週一開始上班。「穿點又短又可愛的。老闆喜歡那種。」她掛斷前這麼說道。

我做做樣子混過所有其他課，沒費多大力氣就拿到高分。現在做做樣子是多麼輕而易舉啊。有時候，相較於火爐般的高中，大學感覺就像一股清涼、舒爽的微風。許多同學都滿心憂慮，擔心著工作前景或未來的學術生涯。有些女孩在第一輪面試失利後已經去動刀了——整形手術，而且事實上人數還不少。更尖的下巴、酒渦、更纖細的大腿和小腿，只要能增加優勢，她們什麼都做。其他女孩則是再度埋首書堆，為了進入醫學院或法學院，她們以索引卡磨練自己，苦讀到深夜。我應該快樂才對。相對而言，我的未來、我的事業都已經決定好了，只要我承受得了，接受那些就是我的未來和我的事業。

只有在梨大，我才確知父親沒凝視著我。我不相信有哪個女人為他工作，而男人在校園裡很顯眼。我們的電影課最近在放映期末作業的作品，大家都是重新演繹我們研究過的經典電影。我對有些同學的作品所展現的技巧和原創性印象深刻，甚至覺得敬畏。就沒學過電影拍攝技術的學生而言，她們令人驚嘆。李教授禁止我們到校外選角，因此短片中的所有男性角色都由女人扮演，造就了一些古怪甚至滑稽的片刻。有人重現了《非洲女王號》（*The African Queen*）的場景，一個學生把*soju*（燒酒）倒進河中，同時另一個學生睡在臨時湊合的木筏上，臉上畫了鬍子，髒兮兮的船長帽遮住她的眼睛，模仿亨佛萊·鮑嘉（Humphrey Bogart）。一個人數較多的組別找來日本武士的服裝，長途跋涉到鄉下，身穿黑衣和白衣坐在起伏的稻穀間，重演黑澤明的《亂》的開場。

我和素拉拍了什麼呢？我們並不是重新演繹或詮釋，只是一種表現，示意我一直以來想說但不知該如何表達的一切。沒做過的夢，沒活過的人生，以黑白畫面呈現，以一種我終於了解的語言講述。我以我的內心最深處為模具，鑄造出這部短片，它是獻給我自己的，而非任何其他人。

輪到我分享前，我已經走出教室寬敞的雙開門；那時教室依然黑暗，投影機也仍呼呼運轉。我快速走過空無一人的走廊，來到陽光燦爛的方院，我的片子還在我的口袋裡。它透露太多真相，我不能讓任何人觀看。

那天傍晚，素拉聽說我決定不分享我的短片，她心痛極了。「但是我們為了拍攝耗費那麼多心思。」她關上冰箱門；剛從健身房回來，她的臉色依然紅潤。「妳光是剪輯就花了一週的時間。」

「成果還是不怎麼樣啊。妳該看看其他同學的作品有多精練、多專業。拿我的東西出來會讓人笑掉大牙的。而且，我又不會拿到分數。」

太陽落到摩天大樓或山峰後方，長長的影子拉得更長了，廚房陷入黑暗。素拉繞過廚房的中島，一根手指的指尖劃過花崗岩角落。她快速一扭，脖子啪啦一聲，然後是她的下背。「妳沒分享的真正原因是什麼？」她的語氣中帶著濃濃的憤慨。

我想告訴她美咲和我父母的事，告訴她他們知道的一切，但我抗拒著那股衝動。我是如此接近畢業，這個時候承擔不起更多混亂。「我剛剛跟妳說了。」

素拉竊笑。

我感覺到一股長久的苦澀再次甦醒，隨著時間一分一秒過去變得愈來愈強烈。因為素拉是如此強大，如此獨立，如此有洞察力，她或許無法讓我做這個決定。她先前順從我，接受我的遊戲規則，直到她再也無法忍受。我的短片對她來說別具意義。她想被看見、被見證；然後一切獲得正式認可。

「妳為什麼就是無法了解？我只是不想把我的短片放映出來，我不喜歡被人看見，看見我們。」

「這又沒什麼。」

「對我來說有什麼。」

素拉搖頭，咬著她的嘴脣。「就算妳有敏俊保護妳，妳還是擔心。他的存在不就完全是為了這個目的嗎？讓所有人看見妳有多喜歡男人，證明妳沒碰過女人。」

「這是兩碼事。」

「妳以為我像妳父母，像敏俊一樣蠢嗎？妳不覺得我看得出妳在做什麼嗎？」

我沒心情忍受她的輕蔑、她在各方面的優越感。她總是提醒著我，她在道德制高點擁有不可動搖的位置。「我沒在做任何事。我只是努力平順度過最後這一年而已。」

素拉嘲弄地說：「那就去啊，沒人攔著妳。把所有東西都藏在一個漂亮的小盒子裡，好讓妳能順利畢業、假裝什麼也沒發生過。」

我的臉發熱，我告訴自己，她只是在發洩，她並不是真心這麼說。「別扭曲我說的話。」

「計畫不是向來如此嗎？」她繼續說，聲音聽來殘酷，不停迴盪。「投奔正常人生和了不起的重要工作之前先胡鬧個幾年？」

我感覺體內有某個東西滑開，喉嚨發疼，下方是悶燒的熱。「妳不知道我是什麼感覺。」

她開口要說話，但我搶先一步，聲音刺耳，愈來愈高亢。「妳在我家是撐不下去的。妳自以為強悍，不過事實上，如果妳必須做我做的那些決定，妳一秒也撐不下去。」

「別欺騙自己了，由真。」素拉譏諷地說。「像我們這樣的人都不好過，我們只是不會到處扮演受害者。」

「受害者！妳這是什麼意思？」

半籠罩在陰影下的廚房中，素拉的表情轉為冷酷，嘴唇薄而無血色。「承認就是了。妳為我們而感到羞愧。更糟的是，妳為妳自己而感到羞愧。妳騙不了我，由真。我知道妳是什麼樣的人，妳一直以來都是什麼樣的人。」她從凳子上一把抓起她的運動包，消失在走廊裡，房門在她身後碰地關上。

我能告訴她兩者都不是嗎？沒錯——我感到羞愧。我為自己變成這樣的人而感到羞愧，也為自己這樣對待身旁的人而感到羞愧。我猛力拉開櫥櫃門，抓起我們過去一起為公寓買的盤子——那時候，一切都比較輕鬆，彼此就是我們唯一所需——將盤子砸在磁磚地板上，陶瓷碎片像榴霰彈一樣在我腳邊爆開。

寂靜吞沒我。我聆聽素拉的房裡有沒有傳來哭聲，但什麼也沒聽到。

接下來這段時間，我等著父親來找我對質，也等著敏俊來質疑我們到底是什麼關係，同時，我跟素拉保持距離。如果她加入了舞團，她也沒告訴我。如果我害怕在一個我不感興趣的領域展開新工作，我也沒告訴她。我們在冷戰，兩邊都不願意投降。我生她的氣，甚至對她失望。她帶著我跟隨這種感覺，這種對自我主權的渴望，現在卻在懲罰我。為什麼？因為我對真實，對自主的想法有別於她。

懷疑在我們的沉默之中綻放。素拉真心相信她聲稱自己當作人生信念的那些事物嗎？面對我父母口中的嚴酷現實，她是否能堅持她的信仰，相信人應該不計任何代價，活出生命原本應有的樣貌？我不相信她會，她會回顧這些尖銳的觀點，領悟這些想法有多傻、多天真；我暗中懷疑著她，而且日益加劇。

因此，我全心投入我和敏俊的關係。如果父親的手下在監視，如果他們看見我們在一起，那就隨他們去吧；我們的感情只會保護我，避免我父親發現我和素拉的真正關係。我對敏俊又再次加溫還有其他原因。誠然，這段感情是我生命中唯一為我帶來歡樂的面向，將我的注意力暫時從未來的現實拉開。儘管注定曇花一現，我覺得跟他共度的時光就像令人舒心的緩刑，讓我遺忘前方的一切。我猜對他來說應該也一樣。關於我們從哪裡開始、將結束於何處，其中不存在任何幻覺。我們不談論未來。而我確信我們覺得這種關係令人覺得解脫，甚至興奮。

有沒有可能他並不是這樣想？有。如果是那樣，我的所作所為更是無以復加的欺瞞。但我有自信我並沒有哄騙敏俊，讓他以為我們的關係意義不只如此。至於他是否知道我是什麼樣的人，這似乎完全是不一樣的問題，而且，無論這個問題什麼時候鑽進我的意識，有如透過關上的百葉窗探入屋內的偏斜陽光，我都不予理會。跟敏俊在一起時，我可以如何遺忘所有其他事？我決定我要專注於此。我在五月的最後那幾天領悟，那是他的天賦；那時的首爾開始因為夏季的第一波熱浪而蒸氣騰騰，母親和父親在廚房爭執的聲音也逐漸淡去。他幫助我忘卻我是誰、我將成為什麼人。

這個月的最後一個週五，他帶我去新沙洞的一家義大利餐廳吃飯。他說要慶祝我找到工作。我告訴他沒必要這樣——去餐廳吃飯太超過又太花錢，尤其是西餐廳——但他堅持。如果不拿出來花，那在三星賺這些錢有什麼意義？

敏俊教我怎麼先把細扁麵在湯匙上轉成一坨再吃。他做作地轉動紅酒，喝之前先把整個鼻子塞進杯子裡，說起酒中帶有淡淡香草、梅子、雷雨和純真的味道。我用盡所有自制力才沒讓酒從我的鼻孔噴出來。幾張桌子的客人瞪我們，被我們的笑聲惹惱。我們不以為意。跟敏俊在一起，我總是輕而易舉就忘記我的責任和義務，不只是對我父母的責任和義務，還有對國家，對那股周遭世界加諸於我、日益強烈的窒息感。在我熟悉的一切事物之中，他是個外人。他在我持續對抗的這個地方自由來去。坐在他對面，我忍不住納悶著我是否在重複過去，我的行為是否與母親多年前跟那個美國大兵在一起時如出一轍。我們金家的女人是否有某種特質，我們因此容易受這種稍縱即逝的戀情吸引？

我在座位安頓好，努力換上輕鬆的語氣。最近每次跟素拉交談感覺都像審問，也像為了奪取資訊與祕密的戰鬥。跟敏俊在一起時，我必須提醒自己我們之間沒有那樣的戰鬥。我們對彼此有所保留，但這不一樣。他談起他對音樂的愛，音樂是如何能讓你身臨其境，為你的生命注入色彩，給予你某種你不知道自己已經遺失的事物。他告訴我他最愛的專輯是哪一張、他希望自己能回到過去參與哪一場現場樂團演出：史普林斯汀一九七八年在羅克西（The Roxy）那場，樂隊合唱團（The Band）一九七六年在冬之境舞廳（Winterland Ballroom）那場，還有在吟遊詩人（The Troubadour）舉辦的任何一場。[10]

我對《東京物語》、《阿拉伯的勞倫斯》（*Lawrence of Arabia*）和《生活的甜蜜》也懷抱相同的熱情，而我多希望也能和他分享啊。在這些電影中，人性的本質經過熬煮，濃縮到無論你或

10. The Roxy Theatre、Winterland Ballroom以及The Troubadour皆為加州歷史悠久的現場樂團演出場地，Winterland Ballroom現已歇業，另外兩家則依然活躍。

看或別開視線都幾乎無法承受的地步。迷人至極。如果我對他分享這種事，和他所知的我如此天差地遠，他會怎麼想？我畫了一幅畫，而我必須待在我的畫框之內。但關於我和素拉，他會怎麼說？他能怎麼說？我們幾週沒碰彼此了，這樣有差嗎？他會受傷，沒錯，但他會懂的。他懂在這裡，在韓國置身那種情況的現實。他懂一旦公諸於世大家會怎麼看你。那將會是他們唯一所見、所知。他會因為我隱瞞這種事而責怪我嗎？責怪我藉由找到他、愛上他而試圖變成不一樣的人？

但若是他發現我們的關係比我們雙方原本所知還不如，他只會因此而痛苦。如果這是愛，那也只是友誼、方便之愛。跟素拉之間呢？那是突破重重困難的愛。一種瘋狂。我永遠不會告訴他。我寧願去死，我心想，幾乎為這想法而笑出來。

我記得當時感覺像靈魂脫離軀體，觀察著坐在窗內桌邊的我們。我們看起來很快樂，甚至看似正常。感覺真是不一樣啊，看見他人所見，沒有從我內在看見自己時的那種恐慌困惑。敏俊很英俊，甚至稱得上玉樹臨風，他活力充沛又滿懷熱情。我們之間有一股磁力，這一點無可否認。

晚餐後，我們搭計程車回我的公寓，回我家的距離近一點。我們在後座依偎著彼此，霓虹燈如夜空中冒泡的浮游生物般散發光芒。我靠著敏俊，感覺幾週以來的壓力像被太陽烘乾的泥土一樣乾燥、粉碎。時間沒對他造成任何變化。我們將分分秒秒拼接起來，延伸到無限。他無憂無慮，我也無憂無慮；他快樂，我也快樂。這是全世界最簡單的事，而這具備某些意義，不是嗎？要是那才是重要的事呢？不是艱難的那些，不是掙扎、痛苦和折磨，而是簡單的那些。走簡單的路很丟臉嗎？不是出走而是進入？進入某個真實的事物之中？

車子在我的公寓前停下，我叫醒他，然後付了計程車車資。我們微醺而飽足，歪歪扭扭沿人行道而行。行進間，我把手伸進他的口袋，探向他。他笑著推開我的手。

「妳家就在前面，妳等不及了嗎？」

答案是不能。很快就能遺忘，而我等不及了，等不及他疊在我身上，以素拉永遠做不到的方式跟我在一起。我等不及跟他一起遺忘一切。不過我注意到某個東西，隨即停了下來。一輛黑色賓士怠速停在我家公寓大樓外，那是我父親的車。

27

敏俊 每個季節的不同色調

敏俊重讀朴警官的紙條：**假定你的手機被竊聽。去樓下的便利商店領取慶泰（*Kyoung-tae*）寄來的包裹**。難怪他從不回電。部長在監聽朴警官。安全起見，敏俊下樓時沒帶手機。或許他就是因此才被跟蹤。現在無論什麼事似乎都不顯得牽強了。

敏俊站在大樓的大廳朝便利商店的玻璃牆內窺探。他認得在櫃檯工作的那個青少年；他大概一個月前曾賣過敏俊香菸，由真愛抽的那種。進入便利商店前，敏俊在他的信箱附近晃了晃，確保自己沒被人跟蹤。透過雙開門，他看著車頭燈在黑夜中穩定流過。他的腳在乾淨的花崗岩地板敲出緊張的節奏。

敏俊最後一次四處張望一番，接著鑽進便利商店，從排列整齊、散發診所般白光的冰箱抓了一瓶汽水。其他客人都離開後，敏俊走向收銀檯。「慶泰寄來的包裹。」他愈說愈小聲。

原本看著手機的收銀員抬頭細看他的臉，似乎滿意之後在櫃檯下方摸索一番，拿出一個厚厚的大信封。敏俊一把搶過來後隨即轉身離開。

「汽水不要了嗎？」那孩子在他身後喊道。

敏俊已然離開。他沒回公寓，決定在外面走走。保持移動比較安全，他心想。這是個溫暖的夜晚，午夜狂歡者和喧鬧的上班族攀著彼此，踉踉蹌蹌沿人行道前進，敏俊在他們之間穿梭。他切進一條小巷，縮進一個門道內，打開信封，把手伸進去。裡面有一支還裝在塑膠盒內的預付手機，還有另外一張紙條：**已預載通話分鐘數，打下面這支電話**。

敏俊拆掉笨重的外包裝，啟動手機，輸入號碼。朴警官在鈴響第一聲後便接起電話，敏俊隨即開口，「搞什麼鬼啊？」

「到首爾車站西側停車場來。搭計程車。確定沒人跟蹤再過來。我會在地下二樓。找一輛藍色轎車。你到了之後我會解釋一切。」

敏俊還來不及提問，電話已經切斷。他將紙條塞進口袋，走出小巷，攔下他看見的第一輛計程車，告訴司機目的地。車子開動，敏俊從後照鏡確認沒人跟蹤。計程車司機一耳掛著耳機低聲說話。敏俊發現他只是在安撫女兒，鬆了一口氣。她似乎做惡夢被嚇醒，所以才打電話給爸爸。

來到地下停車場前時，時間已接近凌晨一點。他從票亭前經過，裡面的老翁對他露出無牙的笑。敏俊搭電梯往下兩層樓，來到一個天花板低矮、電燈劈啪響的空間。朴警官的車停在籠罩陰影的柱子之間。他走近後，駕駛座的門打開，朴警官下車，深色牛仔褲和衣襬沒紮進去的扣領襯衫取代了他平常穿的西裝。

「在我的門底下留紙條很冒險。」敏俊瞥見朴警官憔悴的臉。

「想說他們已經搜過你家了。」

「你怎麼知道？」

「他們幾天前也來過我家。值得冒這個險。」

「部長的人一直在跟蹤我。」

「我們在這裡應該沒問題。進出各只有一條路。在這裡見面最安全了。上車。」

敏俊猶豫片刻，突然害怕起朴警官的意圖。他仔細想清楚了嗎？

警官難以置信地看著他。「怎麼，突然謹慎起來？別浪費時間了，我有些東西要給你看。」

當然了，他是對的。敏俊怎麼會冒出那個想法？他得控制一下自己的猜疑了。他滑進乘客座，刺鼻的麝香和菸味立即迎面襲來。朴警官在這裡等多久了？

「你在紫月島有什麼發現？」

敏俊描述素拉的狀態、她和由真的祕密關係，還有部長是如何威脅斷絕親子關係。過程中，朴警官專注地盯著他那側的後照鏡，一面摳弄磨損的皮椅套。

朴警官嚼著下脣，彷彿可以嚼出某個難題的解答。他似乎正在苦思，設法穿過霧中迷宮。

「由真和素拉……在一起，」他喃喃說著，「我沒想過這個可能，但倒解釋了一些事……所以部長才會對這個案子這麼感興趣。他不希望她們的戀情曝光。」

「這代表你現在可以結案了嗎？」

「不盡然。」朴警官從後座拿出一個棕色活頁夾塞進敏俊手裡。「拿去。」他說。「回家再看。」

「這是什麼？」

「由真的作業，還有我第一次去案發現場的筆記。」

「片子。從頭到尾都在你手上。」

「我沒在筆記中提及我找到這東西，也沒把它登錄為證據。我隱約覺得她父親可能會想要。」

「但你為什麼要給我這些東西？」

「他們不讓我辦這個案子了。嗯，更準確的說法應該是我被迫提早退休。如果我不停手，我主管威脅要取消我的嘉獎、追回我的退休金。我猜他們不喜歡我拖那麼久。看來我問太多問題了，或只是問了不對的人。不過聽著，」朴警官將重心挪向敏俊，「我想把片子交給你。或許你會懂。我看超過二十次了，但還是弄不明白。不過因為某些原因，部長從由真過世的那天起就一直在找這支片子。放在你這裡比較安全。誰知道有多少人領他薪水。」

「那你接下來打算怎麼樣？」

朴警官嘖了幾聲。「我會想出點什麼的，或許去釜山或濟州島。我已經不記得上一次休假是多久以前的事了。」

「我為你的工作感到遺憾。」敏俊說。

「沒關係，」朴警官說，「早該遇到了。」

「那你的筆記呢？你不能就這樣給我吧。你會惹上麻煩的。」

朴警官笑了一聲，從襯衫口袋掏出一包菸。「我退休了，記得嗎。他們不能對我怎麼樣。而且我就是想給你。或許這些東西能幫助你畫上句點。我一直在想我那個自殺的好朋友，還有所有那些縈繞我心頭的問題。如果有誰知道些什麼，無論再怎麼糟糕，我都會想看看，想親自了解。」

敏俊不知道該說什麼。他覺得和朴警官有一種親近的感覺。他要怎麼做才能回報他？

朴警官點著菸，已經打開門下車。「最好不要在這裡待太久，說不準有沒有人在跟你。」

敏俊和朴警官一起站在閃爍的螢光燈下，他和警官握手、向他道謝。朴警官點頭，煙在他眼裡，他的大手包覆敏俊的手。「這個案子還有一件事我想不透。」他的聲音接近耳語。「正如你一開始時所說，由真並不軟弱，她沒那麼容易被打倒。我不懂她怎麼會只因為被出櫃就自我了結。」

「我也不懂，我怎樣都無法相信她會像那樣失去希望。」

朴警官點頭附和。「該走了。」

「感激不盡。」

朴警官嘲弄地一笑。「沒必要。什麼退休禮物都比不上對付不講道德的野心家。好了，快滾吧，小心啊。」

回到家後，敏俊凝視著他從棕色活頁夾倒到餐桌上的內容物。一個ＵＳＢ小隨身碟，下面是若干看起來像案件報告的複印文件。他拿出筆電，插入隨身碟後點開。裡面只有一個名為「期末報告」的ＦＬＶ檔案。敏俊關掉燈，轉移陣地到床上。

影片的開場是一段帶過稻田的黑白鏡頭。背景中，孤單的一個人影在辛勤耕作，一面沉思一面涉過及踝的水。攝影機轉朝天空。城市的靜景閃過：駱山公園的首爾城牆、廣藏市場的擁擠攤販、佛寺、汝矣島的巨型教會、咖啡店的閃亮白色店面、夜店、按摩院、二十四小時遊樂場，還有*hagwon*（學院）。然後是黑暗。

這是一首城市的頌歌嗎？一封情書？敏俊認出幾個地方。有些他是跟由真和素拉一起造訪，其他則只跟由真一起。敏俊不知道這些地方跟《生活的甜蜜》有什麼關聯。到目前為止，影片中沒有任何東西和教授口中的電影共鳴。

下一個鏡頭：身穿黑色平口洋裝、披白色披巾的女人在夜晚的窄巷中行走，金髮披垂背後。她小心地在建築間前進，驚奇地窺看公寓窗戶和拉上百葉窗的店面之內，幾盞黯淡的街燈照亮她的路，攝影機則一路跟著她。她抬頭凝視想像的夜空，移動的方式有一種玩鬧的放蕩感。一直到她轉過一個彎，發出清晰可聞的喘息聲——露出她的臉——敏俊才認出她是由真。戴著假髮的由真；身穿洋裝的由真。

「真美。」她愉快地說，攝影機轉開，來到清溪川，緩慢而迂迴地穿過兩旁長滿蕨類植物和莎草的人造運河。畫面中沒出現車輛和行人，敏俊推測她是在清晨時分拍攝這個鏡頭。

優雅的黑色洋裝在她身後拖曳，她敏捷地走下階梯。攝影機跟在後面，拍攝她步入水中，一面逆流而上一面快樂地轉動，淙淙水聲愈來愈明清晰。前方，瀑布從抬高的平臺傾瀉而下，注入溪流。攝影機晃動，對準她濃妝豔抹的臉拉近。煙燻的雙眼，飽滿的紅唇，她一隻手從水中劃過，同時微微噘起嘴。然後她凝視攝影機，彷彿在對觀者傳遞某種不能言說的命令。攝影機在這個場景幾乎無法察覺地靜止了，停在由真的特寫鏡頭。角落出現一個人影，身穿俐落的深色西裝，長髮紮起馬尾；這個人走向正在瀑布下跳舞的由真，由真對著她張開雙臂。

看見身為誘惑者的由真令敏俊大吃一驚。她扮演著這個角色，一身黑與白，在水聲如雷的瀑布下，這樣的她對敏俊而言前所未見，充滿深沉的渴望。在他眼裡，她似乎一直都是個女孩兒。美麗的女孩，沒錯，但他不曾認識眼前這個女人——這個自我實現的女人。

感覺像是她重生了、解放了，可以自由自在表達她的所有奇想與渴望。矯飾和修潤都不見了，一個角色、一個人物完完整整地棲息在那之下。一個一心只關切當下與美好生活的存在。而且，就算是在那頂假髮之下，在那身洋裝和濃妝之後，敏俊也認出一個一直都存在的由真，只是她在視線所不能及之處，極度渴望被看見。或許他過去都忽略她，甚至扼殺了她，但他現在面對的這個人一直以來要的事物都如此簡單，如此與生俱來：存在的機會，不受各種分類拖累，無須從眾。

慢慢地，後到的人也下水走向由真，艱難地緩緩行走於清晨冰冷的溪水中，直到她們相對而立。敏俊這時才認出素拉。她彷彿重獲新生，頭髮梳得光滑服貼，抬頭挺胸。她們的側臉輪廓相距不過數寸。素拉看似在對由真說話，嘴脣快速蠕動。她們像那樣靜立片刻，轟隆的水聲幾乎震耳欲聾。然後太陽出來了，素拉緊抓著由真的雙手，狂亂地左右張望。陽光舞過石塊和水面，鏡頭外傳來汽車和卡車的聲音。困惑又尷尬的素拉拉著由真上岸，長長的裙襬拖在由真身後，彷彿溺水的孔雀。然後畫面暗去。

創造力十足、就藝術上而言大膽無畏，這是敏俊從不認識的由真。她有多少次想對他開啟電影的話題，但又忍住？她又有多常迫使他們的對話浮上表面，有如大口喘氣的潛水者？影片沒有任何淫穢或猥褻之處。真要說的話，片子也只是彰顯出由真對藝術快速萌發的熱情。這時他這才完整了解她人生的悲劇，而他也知道當他回顧他們在一起的時光，他將永遠疑惑，疑惑她都在想什麼，都在夢想什麼。

部長為什麼要追查這支影片？它應該值得驕傲、值得讚頌。就算敏俊不確定片子的中心思想或更深層的寓意，他也知道這是一項成就，是藝術上的信仰之躍，欠缺理性但有其必要；儘管他沒看過《生活的甜蜜》，由真詮釋的畫面卻仍緊抓著他的意識。她那自信優雅的步伐，她的手穿過瀑布下時的狂喜表情，素拉目光追隨著她的每個動作、每次呼吸——全部歷歷在目。

就算敏俊已合上筆電，他發現自己還是在腦中一再重播由真的片子，看著她走過小巷，頭髮來回擺動，披巾襯著黑色洋裝有如白雪。某個原本纏捲起來的東西在他內心深處展開。世俗的規範壓平她的每一條皺紋、消去她的所有美好缺陷；這個作品是在反抗那些規範，也反抗旁人的巨大期待。這是最純粹的宣告，宣示她那沐浴於所有糾結榮光中的個人特質。由真過世之後，敏俊才終於瞥見真正的她。

敏俊將注意力轉向案件檔案，他細看朴警官的第一頁筆記。

時間：十點三十五分。房間依然黑暗，顯示死者拉上了窗簾。房間乾淨，床鋪整齊，空調運轉中。明顯感覺寒冷。房間的狀態顯示其有預謀。死者關心外表。課本和課堂筆記在書桌上。家庭照。頭戴式耳機放在床邊小桌上的隨身碟旁。黑色亮片手提包也在床邊小桌上，內有化妝盒、小錢包、幾包口香糖，兩支手機，都沒開機，其中一支看似為拋棄式。目前為止沒看見遺書。移陣衣櫥。目標呈跪姿。兩條皮帶串在一起，以掛衣架上吊。死者的頭歪向衣櫥外，重心朝前。目前尚不清楚，不過似乎死於不完全上吊。死者臉部蒼白。沒有腫脹或充血，顯示死亡過程緩慢。瞳孔放大，舌頭從口中突出，尖端變色——棕色，幾乎泛黑，嘴唇呈藍色。沒有出血或口吐白沫的初步徵兆。死者身穿白色睡袍。預估死亡時間為午夜到凌晨兩點之間。現場狀態顯示出死者對細節一絲不苟，並有預謀。沒有遺書令人關注。沒有謀殺的明顯跡象。門由內上鎖。現場和死者都很典型。死因很有可能是窒息。

敏俊一再重讀這份筆記，想像由真跪著，身穿她的睡袍，肩膀前傾，嘴脣泛藍，臉色蒼白。黑棕色的舌頭——這畫面令他反感，但他無法將其驅出腦海。他快吐出來了，連忙踉蹌走到浴室；他站在馬桶旁，雙手撐著膝蓋，等著東西出來。他看見由真的棕色眼眸，放大的瞳孔無限擴展。他看見她的纖細肩膀裸露在薄如蟬翼的睡袍之外，抵著堅硬地板的膝蓋發紅瘀傷。他感覺她那無生命的頭髮在他指間。他感覺自己被從案發現場拉回來，手臂和腿亂甩，看著她的蒼白人形沉入黑暗，她身軀的輪廓愈來愈淡。她是黑暗中的一顆星，燃燒著黯淡白光。

他啜泣、喘息，雙手緊抓著馬桶。他祈求由真原諒，原諒他和美咲犯下的罪。淚水從某個無窮無盡的源頭湧出，以泵浦抽到表面，在此墜落，往下，再往下，落入下方的水中。

朴警官的案件筆記鉅細靡遺，毫無潤飾。前程似錦的政治家、滿懷抱負的電影製作人，必然之事、調情、每個季節的不同色調。敏俊希望她在某個版本的白我之中找到了內心的平靜；他希望這支片子帶給她快樂；他希望素拉給了她他沒能給的事物。

朴警官說由真的父親極度渴望拿到這支片子。他肯定以為影片顯露出他女兒醜惡的一面。他真是大錯特錯。敏俊要把部長一直以來想要的東西帶去給他。他要讓部長看看他一直以來壓迫、扼殺的那個女人擁有多了不起的天賦與創造力。他要讓部長看看他可能殺死的是一個什麼樣的女兒。

28

由真
唯一的出路是進入

唯一的出路是進入，沒有重新來過的機會，也沒有第二幕，我坐在父親的車後座想著，他的私人司機在空無一人的街道穿行。他為什麼選擇在這個時候召喚我，而非更早一點？或許，他在湖畔小屋之後還繼續監視我，希望我會犯錯。也或許他預期我立刻中斷和敏俊的關係，全心投入他們的計畫。如果是這樣，他肯定失望了。我還是繼續跟敏俊交往。就算父親懲罰我，那也是我辜負他們的兩樁罪中較輕微的那一樁。而且到頭來，如果我懺悔、道歉、認錯——電影課、敏俊、笨拙補救過的面試後續——他會原諒我。他可能會遺忘路上的這個小顛簸，遺忘這些害我分心帶我進入荒野的事物。我現在懂了，而我有信心他也會懂：我「大到不能倒」。他們在我身上投注了太多資源——時間、金錢，還有愛。我現在不能轉過身。

不久前在人行道上，我看見黑色賓士後假裝忽然不舒服，告訴敏俊我病了，需要躺下休息。這些謊言多麼輕鬆就脫口而出啊。我們安排好明天的計畫：喝咖啡，再做些觀光客愛做的事，或許去景福宮。

走進公寓大樓前，我準備好面對父親的失望，甚至狂怒，卻只發現他根本沒親自來，而這不知怎麼更加令我驚慌。

我在車裡輕敲隔開我和司機的深色玻璃。「我們要去哪？」

玻璃以天鵝絨般的滑順姿態降下。「仁川。」司機從她的帽緣下打量我。「部長在那裡等妳。」

我往後靠，閉上眼，肩膀緊繃，脖子抽痛。為什麼不在我的公寓見我？大老遠把我載去首爾之外的城市，遇見熟人的機會微乎其微——這表明了父親的多疑，我遺傳自他的多疑。我一直在等著他找我算帳，現在就是了嗎？我準備好面對他了。我能夠讓他了解。我受夠陰謀和謊言了。我準備好放棄我的電影夢。我會告訴他我打算結束我跟敏俊的關係；無論他覺得我該選擇什麼職業，我都打算乖乖聽話。我也會結束我跟素拉之間的一切，但這不需要告訴他。我人生中有某些我父親無法理解的部分，素拉就是其中之一。

睜開眼睛時，月光斑斑的大海寧靜地躺在我右方。我們的車行駛在一條窄道上，掠過傾斜的鐵網圍籬和崩毀的建築正面。前方是炫目的一千盞球場泛光燈，有如異星船艦停靠在地球尋求近距離接觸。隨著我們靠近，矩形的燈串襯著黑色夜幕，那構造展露形體。

「部長在外面等了。」司機停車，堅毅的表情沒透露蛛絲馬跡。

我們在半島末端，世界的邊緣，父親站在一座巨大的高爾夫練球場中央，四周都是沒人管的高爾夫球和亮綠色草皮。他來回踱步，有如在演練臺詞的演員，努力在登場前將每個字都印入腦海。

我走過俱樂部露天空間，經過梯臺和障礙沙坑。我猜只有商務人士會在週末來這裡，或許是為了逃離妻子和家人，也或許是來此完成交易、娛樂彼此，在一個完全屬於他們的星球放鬆。我沒理由知道像這樣的地方。這裡對我來說沒有用處。我不曾受邀。但我父親在這裡，他在燈光下等著我走過去他身邊，看不見的網子包圍四周，藉此接住打偏的球，曲球、斜飛球。

我在他前方幾步外停下腳步。他冷淡地凝視我，彷彿站在高高的山峰頂，斜眼看著下方的區區汙點。風呼呼颳過水面。

我的心臟撞擊著肋骨，我苦苦思考正確的措辭。他的身軀似乎在顫抖，我在他臉上看過相同的沉著，那是暴風雨前的寧靜。他不停用粗粗的食指撫平他的一邊眉毛，一而再再而三，彷彿他想將它徹底抹掉。

「父親，我要告訴——」

「不用，不用，由真。」他搖頭。「妳用不著告訴我任何事。妳失去那個特權了。」他別開視線。「說謊從什麼時候開始變成妳的家常便飯了？那個以勤奮和誠實為她父母增光的女兒跑哪去了？」

就算當我站在他面前，目光筆直、抬頭挺胸，我還是感覺得到我在發顫。我想起我們的露營之旅，還有我把腳踏車留在雨中的那次，又冷又怕，他的訓斥就像甩在我臉上的巴掌。我想告訴他我依然是那個人；我一直以來都是她。

父親清清喉嚨，開口時語氣緊繃而平穩。「我要真相，由真。我想知道電影課的事，還有跟妳交往的這個男孩。」

有一部分的我認為我還是有可能說服他，讓他看見這條新的道路帶給我多大的快樂。因此我一股腦兒對他傾訴，告訴他敏俊的事，還有我對電影新生的熱情。我告訴他我不曾覺得比現在更快樂，也不曾覺得比現在更生氣勃勃。敏俊對待我的方式——他給我空間，讓我能成為某個人；他給我信心，讓我確信我已經夠好了。我在關上燈的講堂研究、觀看了無數次的那些電影，振筆疾書，就像在*hagwon*（學院）準備修學能力試驗時一樣草草書寫筆記，只不過這堂課沒有測驗、沒有考試，對我而言卻依然意義非凡，比我曾做過的一切都重要。我這輩子第一次真心為某件事感到興奮，而且並不是為了野心或驕傲或名聲，而是因發現與了解而生的喜悅，純粹而不帶任何算計。

我說話的同時，父親雙臂交抱站在那兒，長皺紋的額頭在燈光下閃爍。「妳母親在幫我理解男朋友的部分，不過其他這些事，由真。這不像妳。」他斬釘截鐵地說，音調愈來愈高亢。「妳在高中花了那麼多時間念書，不是為了讓妳現在能浪費生命搞藝術。妳什麼時候開始不再關心出人頭地、找份好工作了？我親自向那些公司推薦妳。我賭上了我自己的名聲！」

「但你看不出來嗎？那些現在都不重要了。這只是一個階段，而我現在準備好要重新聚焦，把重心拉回工作上了。一切都還在常軌上。我會接下自由韓國黨的工作。我會去念法學院。只要有必要，我什麼都願意做。我還是同樣那個人。」

「妳以為有那麼簡單嗎，由真！」父親咆哮，表情在極度痛苦中扭曲。「我們不能就這麼假裝什麼也沒發生過。總會有後果的。」

白熱的狂怒在我胸膛沸騰。他憑什麼教訓我什麼是尊重與榮譽？他監視我、扭曲我的想法、推我去追求只對他有利的未來。素拉是對的。他一直以來都只想以他自己的形象改造我。我把大拇指握在拳頭中用力擠壓，直到這兩根手指似乎隨時要啪的一聲從關節斷開。

「片子的事又怎麼說？」父親以粗啞的聲音繼續進逼。

「那不重要！」我尖叫，切斷我們之間某個看不見的事物。

父親今晚首次直視我，雙眼圓睜定定看著我。我這輩子不曾高聲對他說話。他似乎無法理解眼前這個女人。不悅的神色閃過他的臉，他伸出一根粗粗的手指對準我。「妳要把片子交給我，由真。不用跟我爭了。妳讓這個家陷入難以維繫的處境。看在老天分上，我可是國防部長。妳沒想過這件事嗎？這支片子有可能毀掉一切。被毀掉的不只是我和妳母親，也包括妳。所以如果片子不重要，那就交給我，我來銷毀它。」

我發現我自己在搖頭。它是獻給我自己的，而非任何其他人。它代表著一種替代結局，一個平行人生，我不曾體驗過，但還是想保留它的精神，想要有個東西能提醒我它的存在。這是一個紀念品，紀念著我能做什麼、我可能成為什麼。在我這段一絲不苟的人生中，在我做過、創造過的所有事物之中，只有這支片子真正重要。其中所描繪的希望、未來——我永遠不會追求的希望、未來——不過無論如何，我還是無法消滅它，無法將它遺棄於黑暗中。

「那不是給你的。」

「告訴我是哪裡出錯了，由真。妳母親和我是哪裡辜負妳？我們給了妳邁向成功所需的所有機會啊。」

有個東西在我體內猛力拉扯，忽然無法再正常運作。光轉暗，我的視野縮小。我凝視父親腳下那雙乾淨得無懈可擊、在月光下閃閃發亮的鞋。我想起素拉的腳，長繭又瘀傷累累，隨著她在舞蹈地板上飛掠而撕裂、流血。我想起我和敏俊不屈不撓地在城市裡走著，風雪繞著我們打轉。我想起我坐在桌前，修學能力試驗考試本在我面前，我看著牆上的時鐘，等待開始，等待我的人生啟程。

父親抓住我的手肘，把我往上提。「無論妳要不要把片子交給我，我們都會回雞龍，全家一起。我都做好辭職的必要準備了，也已經打電話給宋主席，告訴他妳不會接下他那邊的工作。」

我猛力扯開手臂，差點往後摔倒。「你說什麼？我們計畫好的一切呢？」

「我們的計畫，」父親忍住一聲無比痛苦的哭喊，「都被妳毀了，由真！一切的一切。素拉來找我。她都跟我說了。我剛開始還不相信她。我不想相信。但她堅稱妳們兩個在一起，妳們是情侶。」

我試著說話，但發不出聲音。

「我無法容忍這種……這種生活方式。妳一畢業就立刻跟我們回家，如果妳選擇留在首爾，那妳就只能靠自己了，我不會支付妳的任何開銷。我拒絕幫助妳毀掉妳自己。」

「不可能。她不會……你騙人。」我擠出話語，空氣忽然變得厚重而令人窒息。如雲的昆蟲群聚在泛光燈下。渡輪在黑暗中轟然鳴笛。美咲終於展開報復了嗎？或者是海淑告的狀？我想起她是怎麼取笑我和素拉手牽手。或許謠言終於傳回我父親耳裡了。

「我也希望我是在騙人，由真。我認為素拉相信她這是在幫妳。她一直說妳沒有勇氣自己告訴我，還說妳沒有面對真正的自己。」

「你真以為你可以這麼輕而易舉就讓我們反目成仇嗎？你向來討厭她，但她是對的。你督促我做的一切，成績、主修、我人生的方向，都是為了你自己，不是為我。你從來就不在乎我想要什麼。」

父親的雙手垂落身側，他的目光飄向遠方。忽然間，他彷彿精疲力竭了。「回家吧，由真。我們會永遠愛妳，妳在我和妳母親身邊也永遠都會有棲身之處。畢竟我們只有妳這個孩子。我們從來就只希望妳得到最好的一切。但片子必須銷毀。像那樣的東西流傳出去是會造成大災難的，對所有人來說都一樣，不過妳尤其嚴重。想想我們所有人會多難堪。」

「你真的不相信我。你以為片子證明我和素拉在一起？證明我……我們……」

他舉起雙手。「沒什麼好討論的了。」

他對我的評價掉得有多低啊。他有多看不起我啊。在他的想像中，他真以為我做得出那種丟臉的事，那種卑劣之舉？我在修學能力試驗考試拿到前百分之一的分數又怎樣，在梨大的班上名列前茅又怎樣，我能擁有我想要的任何工作、任何未來又怎樣。我還是有能力褻瀆，有能力藉由一支猥褻的影片讓我的家人蒙羞。無論我成為什麼樣的人，無論我做了什麼——我依然是他的女兒，依然是一個女孩，一個女人，永遠注定失足，而這樣的墮落會照亮我靈魂的裂縫、我人格中的黑暗面，讓我的家人陷入最深沉的恥辱之中。無論我所受的教育、我的職業帶我走到哪裡，最後總會又回到他，回到這裡。

我走開——我不知道我要去哪。只要能離開他，能朝水而去、朝天而去，目的地並不重要。他的存在、他的聲音都令我反感。我從他張開的雙臂前退開，我說他是騙子，用一些我明知他不是的詞彙罵他。我想傷害他。我想留下一道會潰爛、留下疤痕的傷口，永遠提醒他他對我、對我們家做了什麼。

我的膝蓋在發抖，腳踝發軟，蹣跚走向包圍我們的網子，腦子一片空白。我大口吸著我並不想要的空氣，星星在旋轉，仁川的燈光忽明忽滅。

素拉永遠不會那麼做，我心想。永遠不會。

29

敏俊 那並非針對你

部長的宅邸坐落於鄰近北漢山國家公園一處樹木繁茂的郊外社區，白雲臺、仁壽峰、萬景臺的蒼白山峰映襯之下，西式風格的住宅顯得矮小。置身蒼翠的屋前草坪、長長的長車道和木瓦屋頂之間，敏俊莫名有種回到家的感覺。他站在一扇消光黑的大門前，抬頭看著監控攝影機。他從口袋掏出隨身碟，拿到鏡頭前，想像某個狡詐的人物在幽暗的房間內將他顆粒粗大的臉拉近放大。

一陣電子嗡嗡聲，滑動式大門喀的一聲縮回，塑膠輪滾過卵石車道。他還沒走上階梯頂，喬治亞殖民風格的前門已先行打開，一個身穿黑色西裝的男人在那迎接他。這個男人應該不是跟蹤者之一，敏俊不認得他，不過還是有種熟悉感——他站立的方式，剪裁合身的西裝外套。

他關上門，帶著敏俊走進簡樸的門廳。上方傳來地板的嘎吱聲，敏俊納悶著由真的母親是否在家。護衛在一扇雕刻木門前停下腳步，像是在指揮交通一樣舉起一隻手。他們靜靜站在那兒。然後他輕敲兩下。

「他現在可以見你了。」護衛說。「我就在外面。」

敏俊一手插在口袋裡碰了碰隨身碟，要自己堅強起來。我來這裡是為了向由真的父親證明她是無辜的，為她洗刷汙名，讓他知道他對自己女兒的事錯得有多離譜。

身穿灰色慢跑服的部長在書架前沉思，敏俊見狀頗感意外。他的體型比敏俊記憶中高大，身形的輪廓透過繃緊的外套浮現。就算穿著便服，由真的父親還是有一定的存在感——掌控著他四周的空間——彷彿他正在一步接著一步將一切拉向他的中心：恍如黑洞。

活動式百葉窗、嵌入式柚木書櫃、可供兩人相對而坐的超大辦公桌，還有雙人切斯特菲爾德椅，這間辦公室讓敏俊覺得自己彷彿跌入過去。就連泛黃的燈罩也散發烏賊墨色的光，讓這個房間沐浴在時光逝去的朦朧感之中。書架塞滿舊書、模型車和各式各樣的美國文物：羅斯摩爾山（Mount Rushmore）的模型、古老的可口可樂玻璃瓶。

「覺得怎麼樣？」部長邊說邊坐下。「我想你在這裡應該會比在外面感覺更自在一點。」他微笑著說：「我稍微稱得上收藏家。」

敏俊心生納悶，一個對美國文化如此不屑的人怎麼會在自己的辦公室內擺滿這些小玩意兒。部長私底下很欣賞美國？敏俊只能把這項發現加入他覺得由真的父親前後不太一致的事例清單中。他欣然接受敏俊進入他家，然而他看他的方式——部長在告別式也是用相同眼神打量敏俊，彷彿他無足輕重，幾乎令人討厭。深色暗流徘徊不去。像這樣的男人，只要他有必要得到某個東西，他都會不計代價弄到手。

「都很棒。」敏俊擠出回應。在他的想像中，他們的對話不應該如此開展。「我成長的過程中不曾擁有書房，不過這個房間讓我想起我還在美國時去過的一些人家。」

「機會之國。」部長的語氣中幾乎帶著一絲鄉愁。他摩擦雙手。「我幾個月前剛去過，阿靈頓（Arlington）。你去過維吉尼亞州（Virginia）的阿靈頓嗎？」

敏俊搖頭。

「綠意盎然的地方。很多樹、很多空間。美國的國土之寬闊，實在令人驚嘆。似乎就屬這個元素最能定義你的國家，幅員遼闊也啟發了一切。人、汽車、外交政策、軍隊——一切的一切都很大。」部長攤開雙臂。「韓國則是相反。我們的國家相對狹小，資源匱乏。我們住在比較小的公寓、開比較小的車，甚至在體型上，我們也比較小、比較矮、比較瘦。不過我們擁有我們自己的優勢。我們還沒完全相信美國夢的錯覺。總之，就是還沒有。生活、自由，還有追求幸福。」部長的音調自持而精準。「追求幸福。在弱者的腦中放入這種想法很愚蠢。」

「我聽過這些了。告別式的時候我也在。」

「所以你那天有在聽。」

「我是來跟你談你女兒的。無論你對美國有什麼看法，那都與我無關。我不是我們國家的大使。」

「噢，但你就是啊。」部長從椅子起身，一隻手臂靠在書架上。「無論你去哪，你就是你們國家的代言人。我們都是。那是你的美國傲慢在作祟，以為你可以身為貴國國民，卻毋須了解或捍衛貴國的原則。」部長停頓，忽然看似厭倦這個話題了。「抱歉，」他揉眼，「我非常欣賞西方文化，或許應該說尊敬。不過有些東西在韓國發展的過程中走偏了，出了嚴重的大錯。當然我們會吹噓我們的教育系統，我們的GDP，還有網路速度，但我不確定這些對我們而言都是有益的。沒錯，當然是好過沒有——這點無庸置辯。看看邊界的另一邊就知道了……」部長愈說愈小聲，目光在凌亂的辦公室內徘徊。「韓國是一道橋，」他終於又開口，「地理上、文化上、地緣政治上來說都是——不同國家穿過我們、跨越我們，他們把我們燒毀後又將我們重建。那種事對一個地方、對這地方的認同會產生一些影響。不在一邊，也不在另一邊——這是身為一道橋的難處。你不在這裡也不在那裡。你只是介於兩者之間。」

敏俊想起美咲曾對他提及的*Han*（憾恨）：「勉強算是一種感覺，一種回應長久以來世世代代遭占領、壓迫的集體絕望。身為一個個體、一個國家，最渴望的就是能選擇自己的命運，這是一種最基本的渴望，而*Han*（憾恨）就是那種渴望被摧毀的結果。」

部長現在想對他解釋的或許就是這個。但為什麼呢？這跟由真自殺有什麼關聯？他認為由於某種未知的原因，由真的死要歸咎於西方理想？他認為敏俊害她墮落嗎？

「我看不出這跟我有什麼關係。」敏俊說。

「我想你可能會感興趣。考量你在三星的工作，你應該是一個關注文化的人。你自己就是一座橋，介於兩個世界之間，不是美國人，也絕對不是韓國人。你被走過多少次？你只能一腳踩著一邊，思考著自己在這一切之中的位置。你瞧，我知道你是誰，敏俊．福特。朴警官退休了，這很令人遺憾；我知道你是來把他留給你的證據交給我。至少中的至少，我希望那是你來這裡的原因。」

「所以你承認你派人跟蹤我。」

「那並非針對你。我原以為你有可能帶我們找到片子。我很抱歉我的手下對你動手。我從沒要他們那麼做。」

「還有素拉。是你把她送進蓮樹之家？」

部長一僵，瞇起眼。「素拉不穩定。她需要協助，而蓮樹之家提供協助。」

「所以你承認是你把她送進去的。」

「對，她剛開始並不是十分願意，但我想她應該發現進去後對她的健康狀況大有助益。你自己也見過她。她隨時都可自由離去。」

「你真以為我會相信這些？」

部長又在他的椅子坐下。「我認為你對我的看法有誤。我可以向你保證，我不曾刻意傷害任何人。我是不是一個過度關心的家長？我是不是太常查探由真的狀況？我是不是逼得太緊？」部長的聲音顫抖。他往前靠，口鼻埋入雙掌中，吐出一口鬼魅般的氣息。「或許我是，但都是出於愛。」他嚴肅悲痛地垂頭。

灰塵瀰漫的日光從木製百葉窗斜斜射入，橫過部長正上下起伏、看來嚇人的寬闊肩膀。敏俊只能懷疑地看著。部長從口袋拿出絲質手帕，抹了抹臉，才抬起泛紅又空洞的眼。「我一心只想給她最好的一切。」

敏俊嚥下他喉嚨裡的憐憫，拒絕接受部長所受的痛苦和折磨。「那警察呢？他們為什麼會在所有人發現由真的屍體前就到公寓？你也在監視她嗎？」

「她傳訊息給我，」部長輕聲說，「告訴我她要自我了斷。我看見訊息後立刻報警。至於你的另外一個問題，我總是密切關注她的動態，偶爾也會看她的私人信件，但完全是因為我擔心她。我做了所有父母都會做的事。我嘗試拯救我的孩子。」

由真的父親在敏俊心中的形象和面前的男人之間存在著巨大的落差，而他再也無法加以忽視。他並不是一個一心帶來毀滅的殺人者。

這是一個深受悲傷所苦，因傷痛而崩潰的男人。敏俊對自己感到羞愧。他原本確信部長很邪惡，有能耐蓄意傷害自己的女兒。但在部長心中，由真顯然很重要，她現在走了，他只能在黑暗中摸索，找尋著答案，永遠遙想過去時光。

部長主動接著說：「由真是個困惑的女孩。她不懂自己在做什麼。」

「就算你沒殺死她，」敏俊脫口而出，「你也威脅她，如果她不結束她跟素拉的關係，你就要跟她斷絕關係、將她逐出家門。你逼著她去自殺。你讓她別無選擇。我跟素拉談過，她都告訴我了。」

部長困惑得皺起臉，嘴角擠出深深的皺紋。他再開口時說得緩慢而慎重：「我剛發現由真對我說謊的時候很生氣，當時可能說了一些輕率又傷人的話。我當時心碎了。但我永遠不可能對她關上門。父母做得出這種事嗎？沒錯，我要她回雞龍，但那是為了保護她。我對她的唯一要求是把她拍的片子交給我。這東西對任何人來說都很危險。拍下像那樣的東西有可能弄得天翻地覆，她就是無法理解。就算我求她，她也依然拒絕，沒提出任何解釋。」

「所以你不承認你要為她的死負起一些責任嗎？」

「就算你方才所說全部屬實，你真心認為我的女兒有可能因為被威脅斷絕關係就自殺？她很堅強——這連你也知道吧。」部長說。「真意外。我以為你對她的評價應該更高才是。我原本還希望你知道一些我不知道的事，希望你能告訴我她為何自殺。」

「我？我掌握的資訊怎麼可能多過你？」

部長似乎茫然若失。「我了解我的女兒。她很在意家人的想法。她想讓我們驕傲。不過由真永遠不會只因為感到羞愧就自殺。」

「或許她比你原本所想更在意你的認可。」敏俊愈來愈激動。他原以為只要他提出所有事實，她父親就會屈服，怎料對方反倒萌生更多問題。無論部長對由真說了什麼，他都不相信那些話的力量強大到足以讓她墮入絕望。他相信還有其他原因。他不懂自己的話語擁有多大的力量，還有那些話語可能帶來多大的痛苦嗎？他依然拒絕承認。「你讓她因為她所做的事、她是什麼樣的人而感到羞恥。你利用美咲獲取由真和素拉在一起的情報，再利用這個情報對付由真。」

部長淒涼一笑。「美咲？她們的室友？她沒跟我說多少。不是說我沒逼她。至少她跟我說了電影課和片子的事。我那時才知道情況沒那麼簡單。」

敏俊的胃在翻攪。美咲說的是實話，她只告訴部長片子和電影課的事，她認為說出這些無傷大雅。部長肯定是透過其他管道發現由真和素拉的戀情。

「你真心認為這支片子很危險，它威脅你的功績、你的名譽，而且也能解釋她的死？」敏俊問，「所以你才一直追查片子的下落。你認為無論片子的內容是什麼，它都能為你辯白、證明你所做的一切都是值得的。」

「我不能只想著自己，」部長說，「我還得考慮我的國家、我的妻子，不只是我的核心家庭，還要考慮我的所有先人。我不能冒險讓片子外流。」

敏俊起身，察覺自己的膝蓋和雙手在顫抖，腎上腺素像閃電一樣在他全身流竄。他拿出隨身碟放在辦公桌上。部長瞪大眼，像被什麼小玩意兒迷住的小孩一樣緊盯著不放。「這不會減輕你的罪惡感。我知道我的罪惡感就沒有減輕。」兩個大步，敏俊已經來到門口。「影片不露骨。那是藝術，永遠也威脅不了你的社會地位。」

「這由不得你決定。」部長拿起隨身碟，在掌中掂量著。「沒錯，我關心我自己的政治生涯，但我也關心我的女兒。她的人生令人無法忍受。我是在努力保護她，免得她傷害自己。」

「無論如何就是令人無法忍受。」敏俊轉身離開。

部長又說了些什麼，不過敏俊已經大步走出走廊，衝出前門。屋外正下著夏季陣雨，風裡

的雨。

　　這段時間以來，求知真相和由真真正發生什麼事的渴望一直占據他的全部心神，希望知道之後他就能獲得平靜。他是如此迫切想證明自己無咎，因此相信其他人有可能害死了她，甚至懷疑那人就是她的親生父親。隨著祕密一個接一個揭露，一層接一層剝掉，敏俊發現了一個他不曾認識的由真。這個發現曾經帶來恐懼和不安，但此時部長的聲音依然在敏俊耳邊迴盪，他感覺自己終於一點一點理解真正的由真。從她隱藏起來的那些部分——她在電影課萌發的藝術天分、她和素拉一起找到的那份愛——他建構出一個關於由真的記憶，感覺起來完整而真實，但就連這個記憶也似乎有所欠缺，不知怎麼就是不完整，直到現在。她的家人從頭到尾都拒絕真正了解她；他們為她打造了一個又小又令人窒息的人生，然後無視她的夢想或渴望，意志堅定地逼迫她進入其中——敏俊可以想像那種生存方式有多逼仄。就算他永遠找不到真正將她推入黑暗的罪魁禍首，他也能夠體會她的痛苦和孤獨，以及在那最後的片刻肯定充斥她內心的絕望感。

30

由真
沒有淚水，沒有煙火

要怎麼不說再見地說再見？要怎麼不說一個字地向某個人道謝、請求他們原諒？

我想知道敏俊看見什麼、他有什麼想法和感覺。太久了，我一直對他有所保留、將他邊緣化，確保他維持不明確、無法定義。沒錯，我們會在清晨一起喝咖啡、在城市裡一起長時間散步、在下午一起做愛、在午夜一起搭計程車，但我從不曾完全在場，我的心思總是飄向素拉、飄向未來，持續害怕著敏俊的內在遠比他所顯露的部分豐富，我願意揭露的自我又是如此稀少。

他為什麼來這裡？他希望找到什麼？我想知道是什麼促使他來到首爾。但我不能冒險。我還要顧慮我的未來、我父母的期望；我們之前協議要平順結束一切，這也是我必須要考慮的事。沒有淚水，沒有煙火。我們已經走了那麼遠，在世界的寧靜表面航行著。現在改變我們遊戲的規則並不公平。

我們說好一起度過這天，儘管敏俊前一天肩膀脫臼，他依然赴約。我們在仁寺洞休息喝咖啡，看著觀光客和當地人像油與醋一樣相混。那些幫我們泡咖啡的服務生研究著我們，他們腦袋裡的齒輪轉動得好大聲，我幾乎都能聽見了：他們是一對嗎？她只跟美國人交往嗎？他是做什麼的啊？敏俊也看見這些了嗎？他看見他們的妒忌和輕蔑了嗎？

喝完咖啡後，我堅持要去景福宮，王室的宮殿，敏俊為此苦惱不已。

「那個觀光客陷阱？去那裡做什麼？」他問。「妳明明就討厭那種地方。」

當然了，他是對的。他很了解我。就某種方式而言，這令我悲傷。我牽起他的手，拉著他跟我一起沿人行道往前走，六月初的空氣黏在我們的皮膚上，預示悶熱、令人無法忍受的高溫即將到來。「遷就我一下吧。」

透過店面和往來公車、汽車的車窗，我看著我們扭成一團的倒影，他身高六呎二吋，健壯的同時又顯得細長，身穿卡其褲和褪色的藍色牛津襯衫。他比我們經過的路人高出許多。上面看見的風景是否不一樣？

就算是走在敏俊身邊，我也忘不了父親是如何企圖讓我和素拉反目，那個我這輩子唯一真心信任的人。我們的關係有時候艱難又扭曲；我們有我們的分歧。我向她索求好多：犧牲、忠誠。但自始至終——就算是我讓我的恐懼占上風的時候——我也知道她永遠都會保護我。我們在梨大宿舍向彼此傾訴真心時，就已經立下那個沒說出口的誓言。

父親真以為我們會那麼輕易被操弄？透過各種可能的手段——美咲、監視、偷看我的所有通信，可能甚至還有海淑——他發現了我最重要的祕密，而現在他打算利用這個祕密，確保我忠於他一直以來為我想像的未來。無論他看見什麼、讀過什麼，也無論他的手下對他回報什麼——我都不會讓他扭曲他蒐集到的情報、對付素拉。

不過我還是需要保證。要是她幾個小時前有接起電話，那該多好。要是我能聽見她的聲音確認我已經知道的事實，確認她一直保守著我們的祕密，那該多好。至於我父親，至於現在，應變計畫，向他陪罪的方法，重新點燃他的信念——這是當下最重要的事。這需要最高層級的犧牲。他想要片子，他唯一無法擁有的東西。他無法領會的是，他無法理解的是，事情已經跟片子無關了。我這輩子以來都默許父親的每個願望、每個命令。但只有這個東西是我的。他無法得到他想要的一切。然而我還是下定決心跟他修復關係。還有時間保住我的未來。我只是需要更多時間思考。不可能把片子交給他，但或許還有其他解決方法，某個我沒發現的解答。畢竟，我是他的獨生女，他在這世上最珍視的事物。我總是能找到方法達成目的。我必須重新獲得父母的信任。或許是額外的暑修、擔任志工、更具雄心的職涯規劃。現在投入醫學，甚至金融領域都不算太遲。我可以求助於母親。她也曾遭遇與我相同的情況。她會了解我為什麼不能離開首爾。如果這整件事有分陣營，那她會是站在我這邊的。

在敏俊的幫助下，我慢慢抖落前一晚的醜陋記憶，感受著我的肩膀是如此完美適合他環住我的手臂，他又是怎麼替我把頭髮塞到耳後，而我為此感到喜悅。他渾然不知所有這些事：我父親、素拉、我有可能要離開這座美麗的城市。跟他在一起，我可以忘卻一切。還有其他必然，像是他回美國、我們的關係終將結束，但我們達成共識，了解我們為什麼需要結束。和素拉有所不同，我們之間不會有爭執、不會傷感情。我就是因此才那麼受他吸引。我不曾懷疑他對我是什麼評價。然而這種本質的關係永遠產生不了真正的親密感。我原以為這是我們之間最棒的一個特性，不過此時此刻，我們在王宮內觀光，我又一次滿心疑惑：是什麼促使他來到首爾？他希望找到什麼？

我一直知道我為什麼想離開雞龍。沒錯，首爾並不是另外一個國家。我並沒有像敏俊一樣飛越太平洋，找尋著失落或遭遺忘之物。然而我們兩個都去了某個地方找尋某個東西。我們兩個都有一種隱約的感覺，一種拒絕消退的可怕直覺，知道解除我們困惑的答案、情感轉移的解釋就藏在這座城市的某個角落，藏在呼嘯的警笛和無盡的喧囂之中。我們難道不希望如果我們聽得更仔細、看得更周密，就能找到我們找尋已久的線索？

我真的好想問問他，他到底為什麼來韓國。他找到他在找的東西了嗎？他會想念我嗎？拉出先人的根、找到這麼一個看似如此不願意接納他的地方、準備迎接我們的關係畫上句點，有沒有哪一個讓他覺得很難捱？

然而，當我們在景福宮的寬闊庭院遊覽、在等待守門將交接的人群之間穿梭，身穿亮色衣袍、黏上假鬍子的男人隨古代的鼓聲行進，那些問題我都不能問出口。交接儀式雖然是參觀景福宮的重點，我想讓敏俊看的卻不是這個；我我帶著他深入王宮、走過略帶霉味的走廊。

我們終於來到一座環繞王室宴會廳的倒影池塘。宴會廳是一棟開放式建築，二樓以石柱支撐。這裡遠離人群，鼓聲成了喃喃的低語。深藍色的屋瓦、上揚的屋簷，宴會廳在遠山的映襯下呈現迷人的姿態，下方的水面映出半成形、模糊的流動倒影。敏俊從各個角度觀察這棟建築，細細研究，而我研究著他。我來這裡並不是為了看風景；我是為他而來。我希望引發他的什麼反應？我想要看見他看見什麼？

「真美。」他只說了這兩個字。他的想法或感覺肯定不僅如此，但我不敢開口問。

結束參觀後，我們去嘉會洞吃午餐，那裡的窄巷讓我想起《生活的甜蜜》中的羅馬，馬切洛和希薇亞（Sylvia）走在黑與白的完美世界。敏俊沒來過城市的這個角落，對小店和家庭經營的餐廳很感興趣。我放任自己溜進幻想，無論再短暫都好；在這場夢中，我可以帶他去見我的父母；這場夢中，他們認可他，認可我們。有什麼好不認可的？他身材高挑、外貌英俊，有一份令人尊敬的工作、擁有大學學歷，而且還是美國人——來自那個我們無比妒忌敬畏的國度。如此白日夢、如此大膽的幻想結局很危險，而我很快便從冥思中驚醒。當然了，都是不可能的。我不能那麼做。我們的關係取決於非正式的便利性，沒有空間容納戲劇化的行為。我們不是那種關係。

我們隔著蒸氣騰騰的湯說笑，像平常一樣迴避相同的問題，就像經驗豐富的船長引船入港，無論黑夜或白天。我們閉著眼睛也做得來，雙手握著舵輪，引擎的震動傳入我們指尖。我們知道水面下險惡又可憎的危機潛伏於何處。微笑著、笑出聲、為夏季制訂計畫——很容易就能將那些徘徊不去的問題推開、展望未來。他在夏季結束前就會離開；我則是會在首爾的某處工作。

「只剩最後一場期末考了。」敏俊舉起裝著麥茶的杯子。「政府科，對吧？」

我活潑地點頭。我沒為這科考試花太多心思。電影期末報告已經占去我的全部心神了。我記得及踝的冰冷溪水，上方無星的天空，在巷弄和高聳大樓之間絲縷顯露。敏俊會懂我為什麼需要做像這樣的事，冒這樣的險嗎？他會了解我是為什麼而非做不可嗎？

「怎麼了？」他手肘撐在桌上往前靠。

「沒事。」我清醒過來。

他對我眨眨眼，離座去洗手間，不過先結完帳才去，他總是有這些小舉動，不知不覺累積成某種難以言說的美好。

我想著素拉或許有傳訊息給我，於是查看手機。只有一封來自李教授的電子郵件。我一時冒出一個可怕的想法，以為她不知怎麼地已經看過我的片子了，卻只是發現那是不可能的事。我一面讀信一面笑自己傻。

親愛的由真：

妳的母親幾天前來辦公室找過我，因此我才寫這封信給妳。那天她運氣很好剛好遇見我，因為我只是去查看信箱裡有沒有信。她問我妳的作業是不是在我這裡，我說沒有，但她還是無比堅持，要我盡早把片子交給她。當我告訴她，教授不得在未獲學生同意的情況下將他們的作品交付他人，她顯得相當心煩意亂。要不是她本身也是梨大校友，我肯定會請警衛過來處理。

妳的母親似乎對我這堂課的內容有些誤解。我想最好還是聯絡妳，妳才能改正這個情況。

感謝

李教授

文字模糊、滲血。手機匡啷摔落地。我試著恢復鎮定，在桌子下摸索，血液湧上我的頭部。我撿回手機，刪除那封信之前又重讀了一次。母親為什麼要去找我的教授？她不再站在我這一邊了嗎？

我清楚知道母親向來忠於父親和他對我們家的熱望，我卻總是覺得我們之間有些連結，不只是母女關係，而是同為女人。她肯定知道他人拒絕給妳機會、妳的存在削減為單一目的是什麼感覺。我知道她比任何人都了解我的渴望，不只是渴望生存與成功，也渴望依照自己的意願而活。

不過，看來是我低估了我的處境有多嚴酷。如果她也反對我，回雞龍就勢在必行了。我的父母雙方都涉入，我就不可能說服他們改變主意了。我無處可去，無處可逃。

「妳還好嗎？」負責我們這桌的女服務生問道。

「我沒事。」我微笑，擠出回應。

我把手機塞進包包，喝一大口水。我想像我在其他地方，羅馬，走在街道上。我想像素拉在我身邊。整個城市都屬於我們，我們沿林蔭大道漫步，在庭院逗留，在汩汩噴泉旁唱情歌，月光照亮被丟入水中尋求好運、久遭遺忘的硬幣。我的心跳慢下來，呼吸也恢復正常，剛好在敏俊坐下時眨掉眼角的淚。

在那個一閃即逝的片刻，如果他問起我有什麼不對，我會對他和盤托出：素拉、我父親、片子，那股令人全身無力的恐懼，害怕我們所做的一切都只是在消磨時間。但他沒問。我發現自己莫名對他生起氣來。他怎麼可以沒在我的聲音、眼神裡察覺出了什麼錯？他只要問我有什麼不對，我就會對他傾吐所有事。但他只是微笑，手伸進口袋裡掏出兩條垂盪的電線。「轉接線，我們就可以一起聽音樂了。我們去散步，順便試試看。」他微笑著說。「我知道妳說過不要送禮物，但大學畢業只有一次耶。」

我接過這份禮物。我事事隱瞞他，他又要怎麼知道我是否有什麼不對？尤其我又完美地扮演著我的角色？

我用盡我的每一分專注力和自律，才能要我的靈魂也待在敏俊身邊。在 *hagwon*（學院）度過的所有累人時光、考試技巧、我那將視野縮小到僅剩一束光線的天賦——我都用來聽見音樂，眞正聽見。

城市安靜下來，在我們周遭活動著，我們手牽手，戴著耳機，分岔的轉接線垂盪在我倆之間。穿過什麼地區、經過多少時間……確定的一切、能夠緊緊抓牢的一切都在我們耳裡。我不知道敏俊看見什麼。他是否注意到那輛爆胎的計程車、免費幫人算命的無牙乞丐、細跟高跟鞋壞掉的商務婦女？黃昏時分的空氣溫暖逗弄著，我們的指間發黏。我們來到公園附近，我看著一個小孩放風箏，微風中的風箏顯得懶洋洋又安逸。人聲、弦樂器、貝斯有如我們耳裡的祈禱。知道敏俊正聽著和我相同的音樂，我感覺無比舒暢。就在這一刻，我們闖紅燈，對著按叭的車輛歡笑，我們被傳送到另一個世界，一起在一個轉瞬即逝的片刻再次降生，在那個片刻之中，理解無須證明，我們的存在便已足矣。小販兜售食物、摩托車在紅燈下怠速等待，祖母用背巾背著嬰兒——各種景象在我們眼前旋開，聚合在整個世界令人無法承受的美之中。

就算敏俊遠在大海的另一端，我們也能擁有這個——我們可以在艉流中的某處找到彼此。在地底朝家疾馳而去，我們搖晃，手臂從地鐵車廂的中央扶桿伸出。敏俊生來就不適合這個地方，他好高，頭幾乎觸及車廂頂。我靠著他，感覺著他的重量，頭隨著音樂擺動，手在他的大腿打拍子。

「妳到站了。」他用手肘輕輕推我。

音樂停止。世界急速回歸：刺眼的螢光燈、車窗外不變的大地、月臺地面的一片片灰色石板。門伴隨著悅耳的一聲叮！滑開。「考試順利。」他用壓過月臺廣播的聲音喊道。

我轉身，揮手道別，頭髮卡在嘴裡，電車駛出視線範圍之外，敏俊化為模糊。

31

敏俊　找到你追尋的事物了嗎？

悶炙的八月末暑氣暫歇，暴風雨取而代之，敏俊決定放棄計程車，改為徒步離開部長宅邸的社區，穿過迂迴的住宅區道路，朝市中心的方向前進。他心中沒有明確的目的地，只是渴望持續移動。過去三個月以來，他滿腦子只有由真和他們的昔日。跟部長談過後，他現在對由真確實是自殺再無疑慮，他也能接受自己永遠無法得知她的真正理由。真相只有她知曉。此時此刻，沒有記憶需要剖析，也沒有謎團需破解，敏俊感到無精打采。他先前殫精竭慮追尋答案，剛開始是發狂似地想贖罪，然後是嘗試了解那個他不曾真正了解的女人。在他們交往的整個過程中，他們都堅持不懈地維持著兩人之間感情上的距離，唯恐看見彼此真正的面貌：失落的靈魂、極度渴望找到歸屬。

如果他們曾讓對方進入彼此內心，或許由真就不會死了，敏俊心想。他現在看出他們的關係原本可以多實在，心裡湧現一股深沉而激烈的哀傷。敏俊喉嚨發緊，忍住眼淚，繼續前進。遠方，在灰色建築物和交錯的電線之外，他覺得可以透過微微細雨隱約看見地鐵站。頭髮黏在額頭上，襯衫沉重潮濕，敏俊放任思緒飄盪。

她走了，他想著。不是哪個人的錯，我們都辜負了她。就算我們的那段過去很表面，但也不會因此就貶低了我們自身，以及我們對彼此的意義。敏俊感覺有某個東西鬆開、掙脫了。他的努力並非徒勞。在美咲和朴警官的協助下，他終於看清由真的深度和藝術天分。就算由真已經死去，她仍然幫助他面對了他自己來到首爾的理由。

他做過的一切、去過的所有地方，他的所求都只有一個：接納，一種由真肯定，也很了解的渴望。在首爾，他原本希望得到那種虛無縹緲的感覺，像是他終於回到家了，不過首爾並沒有給他像那樣的東西。就算置身他認為是同伴的人之中，敏俊也一直都是外來者，是客人，因此他變得悲觀、心長出硬繭，做著一份他不太在意的工作，跟由真一起像受重力吸引一樣被拉向安逸又輕鬆的關係。他沒過多久就放棄探索他失落的文化，完全失去興致，甚至沒去探訪母親唯一要求他去的地方——外曾祖父的墓地。他覺得自己是個傻子，一個陳腔濫調。

現在他的追尋畫下句點，他不知道自己是不是從一開始就錯了。自從敏俊來到首爾，他一直預期在身外之物中得到確認。從路邊攤飄來的熟悉味道，到刺耳、語調豐富的先人語言，在建築工人口中咆哮著，在小學生嘴裡尖叫著——他懷抱渴切的驚奇看著、聽著。而既然他什麼也沒感覺到，他便繼續找尋，希望某個事物能帶給他平靜，讓他感覺完整。

敏俊發現自己站在地鐵入口的階梯頂，雙手插在口袋裡，看著通勤者從黑暗中冒出來，進入陽光下，視線朝上。一名青少年從相反方向衝下去趕電車，一步跨兩階，背包甩盪，頭髮飛旋。一架飛機在頭頂輕鬆飛過。他離開之後，這一切——城市永不停歇的喧囂和彼此糾纏的居民——將持續下去。

現在，由真走了，他領悟原來她也在找尋。她的學業成就和似錦前程並沒有為她帶來歡樂，也沒有滿足感，於是她仰望，將她內心最深處的波段對準一絲閃爍，一抹微光，轉向電影與藝術。

那支片子肯定了她的發現，也肯定了她付出的努力，並非為成績或獲得讚賞，而是為了她自己。無論多麼短暫，由真都找到了真實；她愛素拉。然而，沒有父母無條件的愛，也沒有能夠信任的朋友，她陷入絕望，徹底孤獨，眾人環繞，她身邊卻一個人也沒有。

敏俊終於領悟自己有多幸運，母親愛他、支持他，父親則只是擔心著這個似乎永遠如此難以理解、有如頑強謎語的兒子。這樣看來，由真的所作所為似乎完全理所當然；她將光源朝內心照射，無論照出什麼都不畏縮地直視。敏俊曾以為唯有來首爾、在首爾生活，他才能融入，才能感覺完整，但他現在懂了，從來就不是那麼一回事。首爾沒辦法給予他任何他原本沒有的事物，而他知道他可以離開了，他也將會離開。到了未來，就算只有一半歸屬的問題和懷疑可能又會像把刀一樣卡在他的肋骨之間，他也不會有事了。他會呼吸，他會活著，他會知道該怎麼理解、掌握那些懷疑，直到他找到它們的真相。

敏俊走下階梯，發現當他想著飛回加州、看見被太陽烘烤著的海岸從霧氣中露臉，他身上的沉重感消失了。他會為由真堅強起來。無論心裡的鐵弦有多微弱、多令人害怕，他都會仔細聆聽。不過他的首要之務是找到美咲。他必須先和她談談，然後才能離開。跟部長談過後，他知道美咲對由真的死沒有任何責任；她需要知道這件事。

終於來到她們的公寓後，敏俊發現門戶洞開，他衝了進去，只發現幾個身穿白色連身衣的男人正在刷油漆。家具都清空了，廚房的櫥櫃空無一物。他一面呼喚美咲一面跑去各個房間。他來遲一步，錯過她了。在她空蕩蕩的房間內，敏俊試著想像原本應該是什麼模樣，但注意力總是落在簡單的書桌和素面的牆。敏俊想到永遠無法再見美咲一面，一股令人無法承受的悲傷油然而生。她永遠無法知道由真的真相，也永遠無法知道她對他來說有多重要。他來到外面的起居室，油漆工對他露出困惑的表情，腳步在鋪了塑膠的地板上發出窸窣聲。然後敏俊在冰箱上看見那東西。一抹閃亮的螢光粉紅襯著冷冰冰的不鏽鋼。那是一張便利貼。美咲在康萊德（Conrad）酒店等他。她知道他會來找她。

敏俊向工人們致歉，最後一次穿過公寓。所有東西都沒了。只有由真的房間依然上鎖——裡面是空或是滿，他無從得知。

夜幕降臨，恭敬的侍者和門房在康萊德酒店的挑高大廳裡輕聲招呼，整個空間瀰漫著嗡嗡聲。隨著賓客來來去去，泊車人員以禮貌至極的態度忙進忙出，滑門外傳來跑車的轟轟聲。某處有人在彈鋼琴，音符有如穿過叢林樹冠的陽光那般懶懶飄向敏俊。

敏俊在電梯內告訴服務人員他要到幾樓，他們隨即以俐落、金屬般的實用姿態嗖地上升。這座電梯跟由真家那棟大樓的電梯毫無相似之處，敏俊心想。沒有嘎吱聲或碰碰聲，鋼索也不會每到一層樓都抗議。敏俊回想起他第一次猛捶公寓的門，要求美咲回答他的問題；當時的他被悲痛沖昏頭了。他還是能看見她，清晰如昔，害怕又孤單地站在黑暗中。還是說，當時覺得害怕又孤單的是我？敏俊納悶著。對，更像是這樣。美咲沒事，她向來不會有事。她完全不需要他，總是在他前方兩步之外。不過，這會兒在她門外的走廊等待，他還是希望她至少能聽他說、接受他的道歉。

他吐氣，扎實地敲了三下門。附鏈條的門栓在門後滑開，另外一個鎖喀了一聲，門把轉動，裹著白色浴巾的美咲隨即站在他眼前，閃耀的厚厚黑髮貼著她的耳朵，首爾的天際線在她身後燃燒，有如含金屬的篝火。

「你來了。」她說。

「我看見妳留的紙條。」

「我再擦乾一下就好。」她說完隨即走入浴室。

這個空間活生生就像出自雜誌；從家具到壁紙，入眼皆白，因此有一種無限擴展的感覺，就像如果丟著不管，牆壁有可能會無止境延伸下去。敏俊注意到堆在床上的四只黑色手提箱。

他在窗邊眺望城市的景色；將近三年以來，他都稱這個地方為家。漢江在月光下顯得光滑如鏡，拖船和渡輪的燈光點綴其上。敏俊的鼻子貼著玻璃，他覺得他可以感覺到下方生命的振動。

「你知道嗎，」美咲穿著剪去袖子的運動衫和牛仔褲站在他身旁，「我以前都不知道旅館的房間愈高價格也愈貴。非常有道理。我只是從來沒多想。」

敏俊還沒機會開口問，她就自己先回答了。

「我爸付的錢。他用這種方式感謝我回家。」

敏俊害怕自己要是再不說話，那就永遠開不了口了，於是專注於遠方的一個光點，告訴美咲他很抱歉，他不該因由真的死而怪罪她。她是少數試著幫助他的人之一，他卻傷害了她。他對一切都感到非常抱歉：他的猜疑、他的盲目、他的驕傲。

她發出一個難以辨別的聲音，敏俊想看她的臉，但又不敢看。他這麼多次想在她的臉上找尋意義，現在卻羞於一看。

「我們在某方面來說都有罪。」她說。

他低聲說：「妳沒做錯任何事。她父親試圖脅迫妳，妳完全有權說些什麼。」

美咲執起敏俊的雙手，迫使他面對她。「我告訴他電影課、片子的事時，我沒想過最後會變成這樣。我只是想害她惹上一點點麻煩。很小心眼，一個軟弱的片刻。我氣她們拐我搬進去跟她們一起住，也受不了她們對你如法炮製。當然了，我現在很後悔。我直接把由真的父親帶到她們的祕密前。」

「我想說的就是這個。」敏俊說。「我親眼看過了，那只是她的電影課作業，就這樣而已。我發誓。部長以為內容有失體面，但並不會。我來就是想告訴妳這件事。妳不要再繼續為由真自殺而責怪妳自己了。」

美咲依然靜默，彷彿不相信自己能夠這麼輕易獲得赦免。「那由真的父親又是怎麼發現的？」

「我今天早上去找他，把片子交給他。他之前一直派人跟蹤我和由真。負責這個案子的警官說，部長能夠駭入電子郵件帳號、讀取訊息。他肯定是那樣發現的。」

美咲顫抖。「我好討厭他臨時跑來公寓的時候。他讓我全身發毛，總是到處窺探，問由真的行蹤。」

「我還是不懂她為什麼不乾脆把片子交給她父親算了。我是不是不該交給他？我想讓他知道他有多冤枉她。我以為片子無傷大雅，但我有可能遺漏了什麼。」

「你做了你認為正確的事，」美咲說，「這樣就夠了。」

他們離開窗邊，一起在長沙發坐下，空無的電視螢幕映出他們陰暗的倒影，彷彿兩個並肩而坐的鬼魂。「你愛她嗎？」她好一會兒後才終於開口。

「我們不是那種關係，但我不怪她做出她做的這些事。我剛開始憤怒又受傷，但我現在滿腦子只剩下她當時肯定有多迷失、多害怕。她迫切想找到一條出路。」

「真希望我像你那麼寬宏大量。有幾次，我恨由真和素拉欺騙你。由真在我們公寓的大廳把你介紹給我的那一刻起，我就開始嫉妒了。我因為你喜歡她而怨恨你的次數也一樣多。而你愈是找尋答案……你愈是努力查明真相，我就愈生氣。真幼稚啊。但我想要你看見……我想要你看見……」

「我知道。」敏俊握住她的手。「我現在懂了。我看見妳了。」

這是一個親密得古怪的片刻。就算他們上過床，在黑暗之中愛撫過對方，不知道為什麼，一個吻的感覺更加大膽，也更加透露他們的渴望。彷彿曾上過床的敏俊和美咲屬於另外一個不一樣的世界，一個跟此時、此地沒有關聯的地方。對於那些版本的自己，對於他們說過的話、做過的事、犯過的錯，他們都無所虧欠。

「我很快就要回家了。」美咲以近乎耳語的聲音說道。「我家人說我畢業後還可以多待一年，但這裡發生了太多事。無論我朝哪裡看，都會讓我想起我寧願遺忘的事。」

敏俊想著他慢慢拋下的那些記憶。由真滑雪沿山坡而下，美咲穿著吊帶褲旋轉，素拉隔著藝廊的那間藍色布屋對他說話。

「我也要走了。」他說。

「是什麼讓你下定決心？」

「來到首爾後，我一直在等待某件事發生。或許『發生』這個說法不對。」他說。「我一直在等待一種感覺，就好像妳扣上安全帶的時候。不過在這裡待了這麼久，由真過世後，我發現首爾無法給我那種感覺，任何地方都給不了。妳必須在妳自己心裡找尋。」

「那你要去哪呢？」她問。

「回洛杉磯。我離家太久了，應該回去看看我媽，或許甚至看看我爸。」

「那三星的工作怎麼辦？」

敏俊放鬆地靠著長沙發的長毛絨靠墊。「我辭職了。」

美咲說她為他感到高興。他還有許多其他事能做。「沒理由為邪惡效力。」她說著一眨眼，輕鬆化解殘留的任何緊張與懊悔。一致的旅館裝潢給予他們一種匿名感，他們笑談那些曾經帶給他們痛苦與困惑的事物。他們可以成為任何人，可以去任何地方。

「所以我們都要回家了。」

「應該是囉。」

「你準備好了嗎？」她說，「找到你追尋的事物了嗎？」

於是敏俊告訴她。他對她說，他或許根本注定不該找到任何東西；或許他不需要靠某些外在的真相了解自己。他提起美咲在由真告別式那天說過的話，當時她談到*Han*（憾恨）。他總是感覺得到那種難以確切描述的悲傷，他這麼告訴她。那種無法說明的感覺，覺得自己有所欠缺、不完整。他原本確信來到首爾就能找到自己缺少的那一塊，但他現在不確定這樣的東西是否確實存在了。

美咲微笑。「我們可以選擇自己的命運。」

敏俊將頭往後靠，暫時閉上眼。有好多事要做——打電話給爸媽、訂機票、打包收拾公寓——然而此時此刻，他只想坐在美咲身邊，待在這間豪華的飯店裡，置身城市上方的高處，像是逃亡者一樣壓低音量說話。

建築之外，太陽放鬆它對天空的掌握，生鏽的爪子在薄暮畫出道道斑紋。夜色漸濃，星星的微弱脈動迷惑著停步仰望的人。南山山上的狂熱觀光客、彎著腰的漁人，黏在船上的魚鱗沾在身上，防水衣變得硬邦邦、從*hagwon*（學院）的窄小窗子朝外眺望的學生。入夜後，一個不一樣的城市醒來，統治著這座城市的是蒸氣騰騰的路邊攤，以及高聳公寓大樓的琥珀色窗子，建築彷彿盒裝燈光構成的龐然巨塔。

幾個小時過去，隨著時間一分一秒流逝，敏俊距離部長、三星，甚至由真的記憶都愈來愈遙遠，他如釋重負。他允許自己放手。喝完美咲用客房服務點的一瓶紅酒之後，他們倆發現自己享受著彼此交談時的自在感，一種他們不曾體驗過的滿足。兩具精疲力竭的軀體緊緊相擁。敏俊專注於他們的呼吸；他們是天生一對，看看他們步伐協調的樣子就知道了，還有他們是怎麼最後來到這裡，一起在這個地方。萬物無聲——外面的瘋狂被切換成靜音模式。

「今晚別走。」美咲對著他的頸間咕噥，一隻手愛撫著他的鬍渣。

他們來到床上，衣著完整並肩躺著，累得沒力氣鑽進床單下。迷你冰箱喀的一聲開始運轉，哼著撫慰人心的曲調。奇怪的影子舞過天花板。

敏俊輕撫她的頭髮。「那妳呢？妳找到妳追尋的事物了嗎？」

「有時候，光是稍微逃離就已經足夠，有沒有找到東西並不總是重要，找尋的動作本身就能改變你看待世界的方式。」

敏俊抱緊美咲，他這輩子不曾那麼用力抱緊過任何其他東西。他們睡著。

他醒來時，天空是一片暗黃的灰。他在夢境的迷霧中聽見淋浴的水聲；蒸氣從浴室門底下鑽出，為房間注入一絲薰衣草的香味。漿得硬挺的床單在他雙腳之間，敏俊靜靜躺著，想像著美咲，她的頭髮濕透，水在排水孔打轉，她在擊鼓般的雨中閉上眼。

他再次醒來時，房間裡安靜明亮。有人在敲門，一隻禮貌、戴手套的手。「客房服務。」

敏俊要對方進來，一面環顧房間內。他沒看見美咲。沒有包包，也沒有蒸氣。侍者推著蓋白桌巾的推車進來。「美式早餐，先生？」男孩滿懷希望地微笑，掀開銀蓋，露出酥脆的培根和蛋。「小松小姐特別交代您要在床上用早餐。她已經打點好您的每件事，並安排了延遲退房。她說您會懂。」

敏俊只能坐起來微笑。他確實懂。說再見太難、太討人厭了，就像發苦的水果。最好還是這樣。如果沒說再見，那就沒有結束。敏俊領悟侍者還在等小費，於是從地上的長褲口袋裡掏出幾張鈔票，羞怯地遞給他。他們昨晚是什麼時候脫掉衣服的？

「謝謝您，先生。」男孩說。「如果您需要觀光景點的建議，請隨時開口。首爾有很多迷人之處。」

敏俊謝過男孩，把推車推到床邊。他將厚厚的餐巾圍在脖子上。我不需要任何建議，他心想，一面將半熟荷包蛋切成兩半，蛋黃流到盤子上。我清楚知道我要去哪裡。

32

由真
只有空氣，再無其他

我在鐘路三街站等轉車，音樂依然在我耳裡迴盪，敏俊的手也彷彿仍環著我的腰，這時我接到素拉打來的電話，她的聲音拉長了，感覺稀薄。她可以跟我見面嗎？不要在公寓，而是去更私密的地方，像是新村洞的LP酒吧？

她回我電話了。她終於可以證實她沒對我父親透露任何事。他的陰謀和刺探將一覽無遺。

「什麼時候？」我屏住氣息，感覺自己被素拉的引力拉了過去。就算經過激烈爭執，她也還是會聽。我可以告訴她我父親打算帶我離開首爾的計畫。我可以告訴她我母親跑去找電影教授，還有美咲的事。她會懂這一切代表什麼意義。她會聽見敏俊聽不見的部分。

「現在。」她說。

完全正中下懷，就算我正處於深切自責之中，我仍然答應跟她見面。父親對我的指責一點也沒錯，而且還不只如此，不過我還是需要聽見素拉明白說出他錯了。

我到的時候，酒吧裡塞滿慶祝考試結束的學生和幾個移居韓國的美國人。我突然想到，敏俊從來沒跟這些人、他的同類在一起。除非我問起像黃色萬壽菊一樣在他大腿、前臂綻放的瘀傷是怎麼回事，他才會稍稍提起橄欖球比賽。素拉和我是他的唯二朋友。

瓊妮·密契爾（Joni Mitchell）的聲音切過瀰漫的煙。她那憂傷的嗓音和歡慶的酒客們搭不起來，但沒人注意。我掃視店內，眼睛有如火燒。

素拉出現在混亂的人群中，她示意我過去對面的牆邊，她在那裡占了一張桌子。我裹足不前，想著我們對彼此說的那些傷人話語。現在似乎都如此愚蠢。她的頭髮梳得整整齊齊，長度就在耳垂之上，緊身黑色高領衫包覆著她的身軀，她看起來美麗而沉著。

「謝謝妳來。」她給了我一個鋼鐵般的擁抱。她很好聞，彷彿剛切開的小黃瓜，或是夏季黎明。我吃了一驚。我們過去兩個月以來幾乎形同陌路，我原本以為迎接我的會是怨恨和憤怒。

我們坐下。她主動去點飲料。

「我很高興妳打電話來。」我說。「我知道我們上次吵架後就一直不理對方。我自己說過的話我有一半都不記得了，但是我很抱歉。我不知道該怎麼辦。我感覺像被困在一個房間裡，非得傷害某個人才能找到出路。」

素拉喝了一大口她的啤酒，揮開我的掛念。「由真，」她說，「沒關係的。是我啊。」

「謝謝，」我說，「真心的。我鬆了一大口氣。原本以為妳會生我的氣。所有事都出了嚴重的錯，我一定要告訴妳我父親做了什麼。」

「妳父親做了什麼。」素拉重複我說的話，貼著她腹部的高領衫原本就已經很平坦，她還是又伸手撫平；我無比熟悉的腹部，堅硬如花崗岩，平坦如洗衣板。

「他一直在監視我，監視我們。而且我進梨大後他就開始偷看我的電子郵件和我的簡訊。他甚至要美咲告訴他電影課和作業的事。我覺得就連海淑也可能跟他說了什麼。她那天看見我們了，記得嗎？他知道我們的事，素拉。他什麼都知道。」

素拉用手掌摩擦她的大拇指，彷彿這根指頭是幸運符。「他什麼反應？」

「當然很恐怖囉。」能夠自由地把父親和我之間發生的事付諸言語，我感到精神一振。「他威脅要全家搬回雞龍。他拒絕幫我付梨大之後的任何費用。一畢業，我就只能靠自己。除非我離開首爾。」

「但妳不能回去。那太荒謬了。妳是個成人，妳可以決定妳想怎麼過妳自己的人生。」

「我不怪美咲向我爸打小報告。我們對她很不好。」

「我們只是做了必要的事。」

必要的事——沒錯，確實是。我和素拉的關係從來就不像是個選擇。它就是發生了，就是一個事實，胃裡破的一個大洞，一顆跳動的心臟。我們撐過來了。還有過什麼其他選項？

「這還不是最糟的。我父親跟我對質的時候，他說是妳讓他確認了他對我們的懷疑。他說妳自己跑去告訴他。他不只試圖控制我的人生，他還想拆散我們。他想要我回到小時候那樣，什麼事都依賴他。」

「他沒說謊。」素拉的聲音幾乎淹沒在吵鬧的酒吧裡。「我去找他。」

「妳什麼？」

「我告訴他我們的事。」

我細看我們的啤酒在桌面留下的潮濕圓圈，色深、完美勻稱。它們擴張、縮小，滲出、淡去，直到新舊之間再無差別。我無法迎上素拉的目光，無法接受她所說的話。我聽錯了。如果我不看她，如果我再也不見她，她說的話就不可能成真。我等著她再多說些什麼，將我從這場惡夢中喚醒。結果什麼也沒等到，我起身想離開。我不能待在這裡；我必須走。

「由真。」她握住我的手腕。「坐下。求妳。」

我這時才逼自己看著她，看著她那雙深情的眼和柔嫩的脣。「妳做了什麼？」

素拉的嘴動了動，但我什麼也沒聽見。光斑充斥我的視野，水彩般擴散開來。酒客們壓向我們。我的耳朵啵啵響，肺發疼，彷彿從海底看著她，她的臉在層層燈光下難以識別。海床這裡一片寂靜，同時暴風雨在上方肆虐，模糊的閃電閃過霧濛濛的狂濤駭浪 。要是可以待在這裡那該多好；要是不需要空氣那該多好。

「妳不能一直逃。」素拉的聲音切過暴雨。「這就是妳。我不能袖手旁觀妳過不圓滿的人生。我不能看著妳虛擲生命。妳有權利愛妳愛的人。不這麼做的話等同自殺。」

「妳告訴我父親。是妳。」

「這樣比較好，妳就不用活在謊言中了。妳看不出來嗎？我們自由了。妳自由了。妳的父母會接納妳。他們別無選擇。他們只有妳這個孩子。」

一個完全了解妳的人有可能如此錯誤地解讀妳的角色、妳的整個存在嗎？素拉看見了我從來就不知道確實存在的我，她誘哄我走向一種歸屬感。跟她在一起，我覺得自己無所不能。現在她卻做了這件事——我不知道該如何定義的這件事。是背叛嗎？這似乎是唯一合適的字眼，然而她真的背叛了我嗎？不可能，卻又確實發生了。

我的臉感覺凍結了，彷彿一張死亡面具。我父親知道了所有事，知道了我的所有祕密。再也沒有任何事物維持原樣了。我想像自己是一隻翻面的箱龜，無助地揮動著四肢，等著有東西過來毀滅我，或許是掠食者、或許是洶湧海浪。她是否對他說了所有細節、所有的幸福快樂？我永遠回不了家了。

桌子的另一邊，素拉只是因為我再次坐下而更顯興奮，她雙手的暖意滲入我的牛仔褲。「我要去蘇黎世了。有一個總部在那裡的舞團舉辦甄選，而我去參加了。我一直在等個好機會告訴妳。不過我入選了，這個夏末就要過去。」

「蘇黎世，在瑞士？」所以跟敏俊一樣，她也要離開了。每個人都有某個地方要去。

「對，但他們會在整個歐洲巡迴演出。倫敦、巴黎、米蘭。」

素拉聽見自己在說什麼了嗎？她看不出自己犯了什麼錯、鑄下什麼大錯嗎？都說得通了，我父親為什麼這麼急著舉家搬回雞龍、母親為什麼跑去質問我的電影教授。素拉沒留給他們任何想像空間。無路可逃，也沒有可能誤解的空間。試著開口時，我的喉嚨發出乾燥嘶啞的聲音。牆壁朝內擠壓，直到只剩下我一個人，一只聚光燈在黑暗中刺眼地照在我身上。

「那個祕密不該由妳揭露。妳無權做那樣的事。」我擠出話語。

「只有這個方法了，由真。妳看不出來嗎？擺脫這一切。」素拉這麼說著，眼裡閃爍著她為我們想像的所有可能性。「我們可以去任何地方、成為任何人。妳不想離開這個國家嗎？想想妳在妳愛的那些電影裡看過的所有地方，那些狹窄的鵝卵石街道、歪七扭八的房子和陽光遍灑的廣場、咖啡店、市集。我們可以看所有這些東西、去所有這些地方——妳和我一起。」

我聽著她說話，同時體內有某個東西斷裂、掉落，墜入下方的深淵。素拉沒在聽我說話。她無法理解自己做了什麼。我想著所有我能說的話。告訴她，我毀了、完蛋了。告訴她，我父母不會用跟她相同的方式看這件事，他們已經將我從宋主席那邊的工作除名。他們羞於稱我為他們的女兒。我餘生唯一的未來是回雞龍、永遠活在他們警戒的目光之下。我可以告訴她這一切——讓她了解她一直以來都安於視而不見的所有事。她傷了我，致命的傷，破壞了自始至終唯一重要的承諾。我大可全部說出來，讓她去感受，讓她了解那種似乎在我的核心鑽出一個洞，而且愈鑽愈深的傷痛。

但我沒有。我沒辦法。我們之中至少有一個人能追隨自己的夢想。她很快樂。她將她的一切奉獻給舞蹈，而這就是回報，這就是報償。我不會毀掉她的重要時刻，就算只是自欺欺人也一樣。我永遠不會跟她一起去歐洲。我永遠不會離開韓國。我永遠不會離開首爾。

因此我沒有抓住她的肩膀搖晃她、逼她了解她剛剛把一把刀插進了我的心臟，也沒有告訴她現在就是說再見的時候，永別了，我在酒吧內汙濁的空氣中捕捉一抹微笑，注入我自己的嘴脣和眼睛。我在我體內的某個角落找到快樂，灌入的我聲音中。永遠的演員，詐騙高手。

為了隱藏我的毀滅感，我一躍而起，幫我們又點了一輪酒。我恭喜她進入舞團。素拉總是比我堅強，現在夢想在她的意志力之下開花結果。她沒多久就會跳上飛機，將首爾拋諸腦後，遠離這些熟悉的牆。她已經走了，迷失在她想像的未來之中。

我們喝啤酒，挪到靠牆的窄長椅上並肩而坐。酒吧空了，音樂繼續播放，我抱緊她，我們的臀部緊緊相貼，我把鼻子埋入她頸間，思考著這個世界是什麼、不是什麼。她立意良善，她只是想幫忙，我重複這樣告訴自己，一次又一次，直到我全心相信。

菸抽了；在羅馬過冬、在巴黎度夏的夢想熠熠生輝，彷彿在黑暗的講堂中以投影機放映而出。我讓她為我明知永遠不會實現的未來制定計畫。

素拉給了我自由。那是真的。但現在什麼都沒有了，我投入未知，找尋著踩腳處、突出的岩石，只要能接住墜落的我，什麼都好，卻發現只有空氣，再無其他。素拉，我這輩子唯一真正信任的人。素拉，唯一讓我覺得有可能的人，她已將我遺忘。我無比渴望獨處，害怕自己可能會洩漏我的淒涼和孤單，我找了個藉口，說要去梨大的圖書館借一本書。

「那妳會累壞的。」她把我拉進一條後街，脣貼上我的脣。她前後搖擺，四周是嘈雜刺耳的計程車喇叭聲和嘰嘰喳喳的學生。我暈頭轉向。「這是妳第一次讓我在公眾場合這麼做。」

我試著微笑，最後一次默記她的臉、她的吻。我還能怎樣呢？

她捏捏我的手。「那就等妳回家後見囉。」

「不用等我。」我在她身後喊道。

我漫無目的地朝南走，朝河而去。走過一個又一個路口，天色愈來愈暗，星星眨著它們的火焰。蚊蟲紛飛的夏日空氣讓位給涼爽的微風。獨自一人，我又能呼吸了。形式一致的公寓大樓聳立我身旁。我貪婪地一次一大口汲取空氣。

我發現自己來到一條四線大馬路，被一個身穿反光黃色背心的慢跑者嚇了一跳。她呼地跑在我前方，戴著頭燈，彷彿夜晚的火炬。她經過時牢牢注視我，一轉眼就過去了，而我看著她那染成金色的馬尾蹦蹦跳跳融入夜色。

我不知道我走到哪、走了多久。重要的是持續移動，持續拉開我和所有事物的距離。如果我停下來，如果我暫歇聆聽世界，我覺得我肯定會就此死去。

不知道多久之後，我迷路了，但因此感覺好了一些。我過馬路，沿一條樹木成排的小徑走，來到一片眺望三塊運動場的空地。肯定是韓國主辦世界盃時建造的。不知道敏俊是不是在這裡打橄欖球。他不曾邀請我去看比賽，我也不曾提出要求。

我的鞋原本像月球表面一樣白得發光，現在沾滿汙泥。我跪下擦掉鞋尖的一些泥，依然潮濕，像顏料一樣抹開。泥在我指間的感覺全然陌生。在城市裡，泥土就像黃金一樣罕見。我在記憶中找尋蛛絲馬跡。任何跡象、徵兆，能夠解釋我是怎麼來到這裡，來到這個地方，這個邊緣之地，只剩下孤身一人。父親的話語在我腦中迴盪：「來到妳面前的一切都注定屬於妳。無論好壞，一切都是妳應得的。」我也曾是幸運兒，有愛我、支持我的雙親、安穩的家、安全的成長環境。對於我為什麼長成這個樣子，我無法怪罪於任何創傷，也沒有任何說得通的解釋。我養尊處優。在我生長的過程中，我一直都有信心，也知道如果我失足，如果我從鋼索上跌落，總會有人接住我。看不見的手指引著我，托著我，保護著我——成長的過程中我一直知道這件事，不曾懷疑。而我拿這份安全感贈禮來做什麼？揮霍、不當一回事。如此沉浸於自欺，一心一意只想找尋自我，總是觀照內心，沒能注意到我的網子已經不見了。無論我栽培、修整出多豐饒的內在生活，若是沒有社會、家庭的溫暖，那就一點價值也沒有。我孤身自處。再也沒有手指引我。這樣比較好，我心想。對所有人來說都比較輕鬆。

彷彿蚯蚓，彷彿鐵和血，我的手指聞起來像我已遺忘或可能根本不曾知曉的事物。然後我慢慢想起父親以前帶著我一起去的露營之旅，我們無言坐在火星四濺的火堆旁，影子閃過他面帶微笑的臉。我想起我釣到的第一條魚，釣竿是怎麼彈跳、彎曲，還有彷彿從我喉嚨射出的興奮尖叫。我想起父親將魚放回清澈的溪水中。「總是放妳的第一條魚自由，」他說，「求個好運。」

定時器的設定下，運動場的燈光在一聲回音梟梟的劈啪中熄滅——更多讓我消失其中的黑暗。哪裡還有更好的藏身處？如果我看得夠仔細，眼睛瞇得幾近閉合，讓我的視線變得模糊、出現裂痕，我可以看見敏俊在那兒，來回奔跑著、喘著氣、伸手探向某個東西。

我拿出第二支手機，傳了一則訊息給他。他應該已經睡了。

很高興你送我轉接線。有什麼比得上在城市漫步，知道有個人正在聽你聽的音樂、看見你所見的風景？

而他確實是。真的。我希望他能以某種方式理解為什麼只有這麼做才能改正錯誤。我希望他能記得美好的部分，記得我們給予彼此的安全感。我們給了彼此一些東西；這是沒人能搶得走的。

我又打了一則訊息給我父親，這次晚一點才會送出，用意是在其他人發現前先通知他。我一想到素拉或敏俊發現我的情景就受不了。這樣一來，他們對我的最後回憶就不會蒙上汙點或扭曲。

我凝視訊息，一方明亮而模糊的光。

還有其他事要安排，要整理房間，有些私人物品要收拾好。我需要一些時間無聲地跟這座城市、跟敏俊和素拉道別。我希望他們知道這不是他們的錯。我希望他們知道，我曾試圖在這個世界找到一些真實的事物，而在那短暫又燦爛的一瞬間，就算在那事物從我指間溜走的同時，我也曾將它握在掌中。

33

敏俊 一首他不曾學會的歌

那天早晨，敏俊四處奔波處理各種雜務。他離開旅館後先去了一趟銀行，關閉帳戶前先把餘額全數轉入他的美國帳戶。他在回公寓的路上打電話去大韓航空，訂好當晚從首爾飛回洛杉磯的機票。回到公寓後，敏俊發狂般打掃，拖地、刮掉浴室磁磚上的皂垢。清完冰箱，也把爐子擦乾淨後，他開始專心打包。儘管在首爾住了將近三年，他要收拾的家當還是相當稀少，彷佛他總是預期有天要突然離去。歷經大費周章收摺又重新收摺、塞擠和拉拉鍊，敏俊成功把所有物品裝入兩個滾輪式行李箱。

坐在光裸的床墊邊緣，他欣賞著自己的成果。一股清新的檸檬味瀰漫屋內，地板反射著從窗戶灑入的斜陽。敏俊很讚賞體力活兒的某些特點，像是明確、可量化。

他查看時間。剛過中午不久。他母親習慣早起，這時應該醒著。電話直接轉語音。她總是放到電池完全沒電。敏俊在留言提示音後告訴母親他要回家了。三星的工作已經結束，感覺是時候回去了。他搭當晚的飛機。他要她不用費心來機場接他，他會搭計程車。

敏俊想起母親曾要他去外曾祖父的埋身處看看。他來首爾的這段時間，她只要求過他這麼一件事，但他一直逃避，害怕到時候不知道該有什麼想法、什麼感覺，但現在，經歷了這一切，他的不安顯得有些愚蠢。這不只是關乎找到與祖先的連結，更是關乎懷念的這個舉動本身。

首爾國立公墓建於一九六五年，於一九七六年增建，供奉韓戰和越戰的老兵，以及一九一九年獨立運動的愛國者。拖延了一次又一次之後，敏俊終於來到這裡，來探訪外曾祖父的埋身之處；敏俊就是以他的名字命名，這個為了韓國脫離日本統治而付出一切的男人。

敏俊充其量也只有概略的印象，但他知道外曾祖父熱烈擁護國家獨立自主，甚至飛去美國，希望獲取美國對韓國戰事的支持。美國人覺得無利可圖，因而拒絕了。一直要到後來，紅色恐慌如病毒蔓延整個美國，他們才以自由民主之名回應韓國的請求。到那時候，敏俊的外曾祖父已經成為政治難民，出逃中國和夏威夷。美國在南韓成立以李承晚為首的傀儡政府，示意與北韓和解的希望告終，外曾祖父發誓永遠不再回國。一直到大韓民國政府正式道歉，並表彰他為愛國者，敏俊的母親才同意將他的遺骨送回來。

敏俊的其中一方家族就是這樣來到美國，就是這樣在世紀之交埋下他們的根，在夏威夷的鳳梨農場艱苦工作。不久後，他們的背駝了，手也變硬了，他們最後一次挺進美國本土，來到洛杉磯，創立了自助洗衣店和美甲沙龍，餐廳和花店。他們就是這樣一路走過來，就是這樣在一個國家的無情岩石上鑿出人生，一次一秒、一個孩子、一個世代。大約三十年後，韓戰爆發，一切捲土重來：外交官變成洗碗工、教授變成工友和園丁。他們是戰爭難民，四散風中，手忙腳亂地逃離某個他們並不理解的事物。他們成為牧師、流氓、悲劇演員、推銷員、劇作家，以及酒保助手。他們成為可能被稱為美國人的一切。

這些想法感覺起來依然像某種想像力練習：敏俊填補空白、依據謠傳創造現實。他母親那方很少提及家族歷史。他們從何而來、過去是什麼身分——那是一團煙塵。敏俊的外祖父從不談美國之前的任何事，純粹就是沒有原因，沒有時間也沒有地點。

父親的家族則完全相反，他們搭乘五月花號（*Mayflower*）橫渡大西洋，在嚴酷的新英格蘭大地艱苦工作，最後，彷彿征服一個海岸還不夠，他們終究朝西方前進。這是一個被吹捧、轉化為神話的家系。

無論是否有意，敏俊的韓國先人被以生存，甚至愛國之名掩蓋、推到一旁。敏俊對這樣的犧牲毫不知情，不曾被迫視自身為侵入者、難民、某種完全非美國人的事物。那些心緒只保留給他的外祖父母；珍珠港事件後，「非日本人」的胸針妝點著他們的翻領。這種胸針比任何藍寶石或綠寶石更珍貴，保護他們免於必死無疑的命運，也免於猶他（Utah）和亞利桑那（Arizona）的拘留營。儘管敏俊的母親不曾提起，敏俊也能想像高中生的殘酷，手指拉扯無辜的眼角，嘲弄著他們不可能經歷過的事。後來莫名稀釋了、減輕了，敏俊不曾遭遇如此苦難。不曾有人否定他受教育、工作的機會，也不曾有人剝奪他的尊嚴。諸如自主、自由等詞彙對敏俊而言意義不大，先前的世代卻奮鬥、死去，為了這些信念與意識形態而遭受難以想像的困難；他無所虧欠。

於是他來到韓國，來到首爾，找尋事物分崩離析之地，希望能拼湊出自己。他原本渴望某種體驗或掙扎，或許能夠將他鍛造為某種模樣。他想起美咲在旅館房間的灰色黎明對他說的話：「找尋的動作本身就能改變你看待世界的方式。」

花崗岩墓石成完美直線一排排立於遼闊草海中，一刈幅寬的墓園小徑劃開草海，延伸到敏俊視線的盡頭之外，他沿小徑而行。有些墓石有鮮花為伴，其他則是大韓民國國旗。幾家人和幾個如敏俊般的孤身到訪者混雜於遠方的墳墓間。前方地勢一層層抬高，彷彿嵌入山坡的梯田，較大的墓碑成排，立於一只金屬香爐兩側，其中裝滿供人插香的沙。

四周無樹，天上無雲，只有太陽照耀著這片將近四百英畝的土地；所有那些生命，還有這片寂靜，只聽得見陣陣強風偶爾更替，呼嘯穿過花崗岩分割出來的通道，敏俊不禁自覺渺小。

他再次查看草草抄錄於手背的識別編號，目標明確地走上一小道設置於青草山坡的階梯，數過三個墓碑，接下來就是他的外曾祖父了。墳墓沒有特別的記號，只有他的名字和生卒日期。敏俊點燃一根香。煙裊裊上升。他想起美咲在由真告別式之前教他的做法。感覺是好久以前的事了。

敏俊將香插入沙中，回到墓碑前跪下，努力淨空思緒。膝下的土壤感覺溫暖柔軟。要是能再往下沉一點就好，敏俊想著。往下，下，再往下。雙眼閉合，雙手埋在草中，一片片粗糙葉片在他指間，敏俊不再擔心他人眼中看見什麼。這個男孩或男人，肩膀寬闊，襯衫上有深色的汗水痕，唱著一首他想不起來的歌。一首他不曾學會的歌。

這片承載著如此大量遺骸的土地意義非凡；他的祖先們與他同在。他是他們的奮鬥、成功的迭代。然而，同時間，這也無關緊要，對他的生命而言可有可無。他來到此地，感受了一部分的他們，現在他可以遺忘了。

他有能力放手了，放開所有他不曾記得的回憶，所有他自從出生起就不知不覺背負在身上的重量。敏俊汲取帶香氣的煙，思考著腳下的大地與周遭的魂魄。他們低聲呢喃著犧牲，或瑣碎或宏大的渴望，原諒與愛。

有可能找到你並沒有在找尋的事物嗎？敏俊站在那兒思考著，一面拍掉膝蓋上的草。有可能失去你不曾擁有過的事物嗎？

敏俊站在地鐵銅雀站的手扶梯上，身軀彷彿失去重量，他想著由真。「我們可以逃走。」她這麼對他說，彷彿真有可能拋下一切。或許他們對彼此而言就是這個意義。無論她在逃離什麼——業已決定的人生、如山高的期待、她對素拉的愛——敏俊永遠無法確知了，不過他相信，無論再稍縱即逝、再微小，他對她來說都具備一定的意義，而他從這個信念中獲得安慰。他們曾是彼此的逃生出路。他們給了彼此某種安慰。那個浮上他意識表面、勢不可擋的問題，那個他現在允許其存在的問題，其實並不那麼重要。

敏俊在月臺上等待，一面用鞋尖勾勒黃線，一面看著電車靠近，整團燈光和金屬朝他疾駛而來。他閉上眼，感覺那股超越所有事物、必然的寂靜，然後風吹亂他的頭髮、溫暖了他的臉頰，串連的車廂箭一般從他的臉前方數寸之外經過。

那天晚上，下午乾掉的汗水依然在他眉間，敏俊登上由仁川飛往洛杉磯國際機場的班機。

購票時只剩下頭等艙可選，於是敏俊在富麗堂皇的靠窗座位安坐，旁邊是一名在筆電上瘋狂打字的商務人士。空服員走入機艙，為敏俊送上熱毛巾和香檳，他欣然接受，他的鄰居則沒理會她，只是一面喃喃自語一面敲打鍵盤。狹小的機窗外，敏俊可以看見在航廈內等著登上其他架飛機的乘客，襯著夜色，航廈顯得光明透亮。商務旅客不耐煩地站著查看手機，其他乘客則在長椅上閒散地消磨時間，父親和母親忙著將孩子聚集在身旁，一面拉上背包的拉鍊、拯救掉落的填充玩偶。

他想著自己的父母，以及他們在他還小時為他做的一切，他想不起來的一切。敏俊掏出口袋中的手機，寫了一封電子郵件給他父親，說他安頓好後想南下聖地牙哥一趟。他終於覺得自己知道該怎麼好好解釋他為什麼必須辭掉工作、來首爾。敏俊並不指望他父親全部了解，但他希望他們交談，希望他們彷彿有生以來首度對彼此說話，敞開心胸、不加修飾。

擴音器傳來機長令人寬心的聲音，宣布他們即將起飛。另一位空服員禮貌地提醒敏俊的鄰居關閉所有電子用品。他們滑向跑道，敏俊看著地面的停機坪調度員，他們正拿著發光的細長圓錐指揮交通。體積龐大的飛機緩緩轉入跑道，敏俊可以從他的座位看見跑道上白亮的燈橫過黑暗，而他知道，那是家的方向。

致謝

作者想對以下人士表達他的無上謝意：

Marta Pérez-Carbonell、Woody Skinner、Joey Lemon、Scott Armstrong、Kelly Farber、Jennifer Solomon，以及Susannah Parker，感謝他們在閱讀這本小說各版本草稿時給我的鼓勵與坦率回應。

Blanche Boyd、David Greven、Richard Spilman、Margaret Dawe、Josh Barkan、Kenny Cook、Peter Behrens，John Gregory Brown，以及Josh Rolnick，感謝他們在課堂上的耐心與智慧。

Jinhee Jacqy Chung、Ann Babe、Charlotte Cho、Monica Park，以及Robert Joe，感謝他們為我提供韓國各方面的知識。

Lindsey Rose、Bethan Jones，以及Debora Sun de la Cruz，感謝他們的遠見與熱切的編輯工作。

Catherine Cho，感謝她對我懷抱信念。

Mike McGroddy與Matt Cummings，感謝他們歷久不衰的友誼。

Jennifer Wiley，感謝她的力量與愛。

PL00107

當我們分崩離析 WHEN WE FELL APART

作　者—魏舜南 Soon Wiley
譯　者—歸也光
編　輯—黃煜智
行　銷—林昱豪
校　對—魏秋綢
封面設計—朱疋
內頁排版—綠貝殼資訊有限公司

副總編輯—羅珊珊
總 編 輯—胡金倫
董 事 長—趙政岷
出 版 者—時報文化出版企業股份有限公司
108019 台北市和平西路三段二四〇號四樓
發行專線—（〇二）二三〇六六八四二
讀者服務專線—〇八〇〇二三一七〇五、（〇二）二三〇四七一〇三
讀者服務傳真—（〇二）二三〇四六八五八
郵撥—一九三四四七二四時報文化出版公司
信箱—10899 臺北華江橋郵局第九九號信箱

時報悅讀網—www.readingtimes.com.tw
電子郵件信箱—ctliving@readingtimes.com.tw
思潮線臉書—https://www.facebook.com/trendage
法律顧問—理律法律事務所　陳長文律師、李念祖律師
印　刷—家佑印刷有限公司
初版一刷—二〇二三年十月十三日
定　價—新台幣五六〇元
（缺頁或破損的書，請寄回更換）

時報文化出版公司成立於一九七五年，
並於一九九九年股票上櫃公開發行，於二〇〇八年脫離中時集團非屬旺中，
以「尊重智慧與創意的文化事業」為信念。

當我們分崩離析／魏舜南（Soon Wiley）著；歸也光譯 .
-- 初版 . -- 臺北市：時報文化出版企業股份有限公司，
2023.10
416 面；14.8×21 公分
譯自：When we fell apart.

ISBN 978-626-374-227-7（平裝）

874.57　　112012969

WHEN WE FELL APART

ISBN 978-626-374-227-7
Printed in Taiwan